《蘇州全書》編纂出版委員會 編

·陸士衡文集
·陸士龍文集
·張司業詩集

蘇州全書

甲編

古吳軒出版社
蘇州大學出版社

圖書在版編目（CIP）數據

陸士衡文集 / (晉) 陸機撰 . 陸士龍文集 / (晉) 陸雲撰 . 張司業詩集 / (唐) 張籍撰 . -- 蘇州 : 古吳軒出版社 : 蘇州大學出版社 , 2023.11
（蘇州全書）
ISBN 978-7-5546-2189-9

Ⅰ. ①陸… ②陸… ③張… Ⅱ. ①陸… ②陸… ③張… Ⅲ. ①中國文學—古典文學—作品綜合集—西晉時代 Ⅳ. ① I213.72

中國國家版本館 CIP 數據核字（2023）第 163841 號

責任編輯 黄菲菲
裝幀設計 周　晨　李　璇
責任校對 戴玉婷

書　　名 陸士衡文集　陸士龍文集　張司業詩集
撰　　者 〔晉〕陸機　〔晉〕陸雲　〔唐〕張籍
出版發行 古吳軒出版社
地址：蘇州市八達街118號蘇州新聞大厦30F　電話：0512-65233679
蘇州大學出版社
地址：蘇州市十梓街1號　電話：0512-67480030
印　　刷 常州市金壇古籍印刷廠有限公司
開　　本 889 × 1194　1/16
印　　張 39
版　　次 2023 年 11 月第 1 版
印　　次 2023 年 11 月第 1 次印刷
書　　號 ISBN 978-7-5546-2189-9
定　　價 300.00 元

《蘇州全書》編纂工程

總主編

劉小濤　吴慶文

學術顧問（按姓名筆畫爲序）

王　芳　王　宏　王　堯　王　鍔　王紅蕾　王華寶　王爲松　王衛平
王餘光　王鍾陵　朱棟霖　朱誠如　任　平　全　勤　江慶柏　江澄波
汝　信　阮儀三　杜澤遜　李　捷　吴　格　吴永發　何建明　言恭達
沈坤榮　沈燮元　武秀成　范小青　范金民　茅家琦　周　秦　周少川
周國林　周勛初　周新國　胡可先　胡曉明　姜　濤　姜小青　韋　力
姚伯岳　馬亞中　袁行霈　華人德　莫礪鋒　徐　俊　徐　海　徐　雁
徐惠泉　徐興無　唐力行　陸振嶽　陸儉明　陳子善　陳正宏　陳尚君
陳紅彦　陳廣宏　黄愛平　黄顯功　崔之清　張乃格　張志清　張伯偉
張海鵬　葉繼元　葛劍雄　單霽翔　程章燦　程毅中　喬治忠　鄔書林
賀雲翱　詹福瑞　趙生群　廖可斌　熊月之　樊和平　劉　石　劉躍進
閻曉宏　錢小萍　戴　逸　韓天衡　嚴佐之　顧　芗

前言

中華文明源遠流長，文獻典籍浩如烟海。這些世代累積傳承的文獻典籍，是中華民族生生不息的文脉和根基。蘇州作爲首批國家歷史文化名城，素有『人間天堂』之美譽。自古以來，這裏的人民憑藉勤勞和才智，創造了極爲豐厚的物質財富和精神文化財富，使蘇州不僅成爲令人嚮往的『魚米之鄉』，更是實至名歸的『文獻之邦』，爲中華文明的傳承和發展作出了重要貢獻。

蘇州被稱爲『文獻之邦』由來已久，早在南宋時期，就有『吳門文獻之邦』的記載。宋代朱熹云：『文，典籍也；獻，賢也。』蘇州文獻之邦的地位，是歷代先賢積學修養、劬勤著述的結果。明人歸有光《送王汝康會試序》云：『吳爲人材淵藪，文字之盛，甲於天下。』朱希周《長洲縣重修儒學記》亦云：『吳中素稱文獻之邦，蓋子游之遺風在焉，士之嚮學，固其所也。』《江蘇藝文志·蘇州卷》收録自先秦至民國蘇州作者一萬餘人，著述達三萬二千餘種，均占江蘇全省三分之一强。古往今來，蘇州曾引來無數文人墨客駐足流連，留下了大量與蘇州相關的文獻。時至今日，蘇州仍有約百萬册的古籍留存，入選『國家珍貴古籍名録』的善本已達三百一十九種，位居全國同類城市前列。其中的蘇州鄉邦文獻，歷宋元明清，涵經史子集，寫本刻本，交相輝映。此外，散見於海内外公私藏家的蘇州文獻更是不可勝數。它們載録了數千年傳統文化的精華，也見證了蘇州曾經作爲中國文化中心城市的輝煌。

蘇州文獻之盛得益於崇文重教的社會風尚。春秋時代，常熟人言偃就北上問學，成爲孔子唯一的南方弟子。歸來之後，言偃講學授道，文開吳會，道啓東南，被後人尊爲『南方夫子』。西漢時期，蘇州人朱買臣負薪讀書，穹窿山中至今留有其『讀書臺』遺迹。兩晉六朝，以『顧陸朱張』爲代表的吳郡四姓涌現出大批文士，在不少學科領域都貢獻卓著。及至隋唐，蘇州大儒輩出，《隋書·儒林傳》十四人入傳，其中籍貫吳郡者二人；《舊唐書·儒學傳》三十四人入正傳，其中籍貫吳郡（蘇州）者五人。文風之盛可見一斑。北宋時期，范仲淹在家鄉蘇州首創州學，並延名師胡瑗等人教授生徒，此後縣學、書院、社學、義學等不斷興建，蘇州文化教育日益發展。故明人徐有貞云：『論者謂吾蘇也，郡甲天下之郡，學甲天下之學，人才甲天下之人才，偉哉！』在科舉考試方面，蘇州以鼎甲萃集爲世人矚目，清初汪琬曾自豪地將狀元稱爲蘇州的土産之一，有清一代蘇州狀元多達二十六位，占全國的近四分之一，由此而被譽爲『狀元之鄉』。近現代以來，蘇州在全國較早開辦新學，發展現代教育，涌現出顧頡剛、葉聖陶、費孝通等一批大師巨匠。中華人民共和國成立後，社會主義文化教育事業蓬勃發展，蘇州英才輩出、人文昌盛，文獻著述之富更勝於前。

蘇州文獻之盛受益於藏書文化的發達。蘇州藏書之風舉世聞名，千百年來盛行不衰，具有傳承歷史長、收藏品質高、學術貢獻大的特點，無論是卷帙浩繁的圖書還是各具特色的藏書樓，以及延綿不絕的藏書傳統，都成爲中華文化重要的組成部分。據統計，蘇州歷代藏書家的總數，高居全國城市之首。南朝時期，蘇州就出現了藏書家陸澄，藏書多達萬餘卷。明清兩代，蘇州藏書鼎盛，絳雲樓、汲古閣、傳是樓、百宋一廛、藝芸書舍、鐵琴銅劍樓、過雲樓等藏書樓譽滿海内外，彙聚了大量的珍貴文獻，對古代典籍的收藏保護厥功至偉，亦於文獻校勘、整理裨益甚巨。《舊唐書》自宋至明四百多年間已難以考覓，直至明嘉靖十七年（一五三八），聞人詮在蘇州爲官，搜討舊籍，方從吳縣王延喆家得《舊唐書》『紀』和『志』部分，從長洲張汴家得《舊唐書》『列傳』部分，『遺籍俱出宋時模板，旬月之間，二美璧合』，于是在蘇州府學中槧刊，《舊唐書》自此得以彙而成帙，復行於世。清代嘉道年間，蘇州黄丕烈和顧廣圻均爲當時藏書名家，且善校書，『黄跋顧校』在中國文獻史上影響深遠。

蘇州文獻之盛也獲益於刻書業的繁榮。蘇州是我國刻書業的發祥地之一，早在宋代，蘇州的刻書業已經發展到了相當高的水平，至今流傳的杜甫、李白、韋應物等文學大家的詩文集均以宋代蘇州官刻本爲祖本。宋元之際，蘇州磧砂延聖院還主持刊刻了中國佛教史上著名的《磧砂藏》。明清時期，蘇州成爲全國的刻書中心，所刻典籍以精善享譽四海，明人胡應麟有言：『凡刻之地有三，吴也、越也、閩也。』他認爲『其精，吴爲最』，『其直重，吴爲最』。又云：『余所見當今刻本，蘇常爲上，金陵次之，杭又次之。』清人金埴論及刻書，仍以胡氏所言三地爲主，則謂『吴門爲上，西泠次之，白門爲下』。明代私家刻書最多的汲古閣、清代坊間刻書最多的掃葉山房均爲蘇州人創辦，晚清時期頗有影響的江蘇官書局也設於蘇州。據清人朱彝尊記述，汲古閣主人毛晉『力搜秘册，經史而外，百家九流，下至傳奇小説，廣爲鏤版，由是毛氏鋟本走天下』。由於書坊衆多，蘇州還産生了書坊業的行會組織崇德公所。明清時期，蘇州刻書數量龐大，品質最優，裝幀最爲精良，爲世所公認，國内其他地區不少刊本也都冠以『姑蘇原本』，其傳播遠及海外。

蘇州傳世文獻既積澱着深厚的歷史文化底藴，又具有穿越時空的永恒魅力。從范仲淹的『先天下之憂而憂，後天下之樂而樂』，到顧炎武的『天下興亡，匹夫有責』，這種胸懷天下的家國情懷，早已成爲中華民族精神的重要組成部分，傳世留芳，激勵後人。南朝顧野王的《玉篇》，隋唐陸德明的《經典釋文》、陸淳的《春秋集傳纂例》等均以實證明辨著稱，對後世影響深遠。明清時期，馮夢龍的《喻世明言》《警世通言》《醒世恒言》，在中國文學史上掀起市民文學的熱潮，具有開創之功。吴有性的《温疫論》、葉桂的《温熱論》，開温病學研究之先河。蘇州文獻中蘊含的求真求實的嚴謹學風、勇開風氣之先的創新精神，已經成爲一種文化基因，融入了蘇州城市的血脉。不少蘇州文獻仍具有鮮明的現實意義。明代費信的《星槎勝覽》，是記載歷史上中國和海上絲綢之路相關國家交往的重要文獻。鄭若曾的《籌海圖編》和徐葆光的《中山傳信録》，爲釣魚島及其附屬島嶼屬於中國固有領土提供了有力證據。魏良輔的《南詞引正》、嚴澂的《松絃館琴譜》、計成的《園冶》，分別是崑曲、古琴及園林營造的標志性成果，這些藝術形式如今得以名列世界文化遺産，與上述名著的嘉惠滋養密不可分。

維桑與梓，必恭敬止；文獻流傳，後生之責。蘇州先賢向有重視鄉邦文獻整理保護的傳統。方志編修方面，范成大《吴郡志》爲方志創體，其後名志迭出，蘇州府縣志、鄉鎮志、山水志、寺觀志、人物志等數量龐大，構成相對完備的志書系統。地方總集方面，南宋鄭虎臣輯《吴都文粹》、明錢穀輯《吴都文粹續集》、清顧沅輯《吴郡文編》先後相繼，收羅宏富，皇皇可觀。常熟、太倉、崑山、吴江諸邑，周莊、支塘、木瀆、甪直、沙溪、平望、盛澤等鎮，均有地方總集之編。及至近現代，丁祖蔭彙輯《虞山叢刻》《虞陽説苑》，柳亞子等組織『吴江文獻保存會』，爲搜集鄉邦文獻不遺餘力。江蘇省立蘇州圖書館於一九三七年二月舉行的『吴中文獻展覽會』規模空前，展品達四千多件，並彙編出版吴中文獻叢書。然而，由於時代滄桑，圖書保藏不易，蘇州鄉邦文獻中『有目無書』者不在少數。同時，囿於多重因素，蘇州尚未開展過整體性、系統性的文獻整理編纂工作，許多文獻典籍仍處於塵封或散落狀態，没有得到應有的保護與利用，不免令人引以爲憾。

進入新時代，黨和國家大力推動中華優秀傳統文化的創造性轉化和創新性發展。習近平總書記强調，要讓收藏在博物館裏的文物、陳列在廣闊大地上的遺産、書寫在古籍裏的文字都活起來。二〇二二年四月，中共中央辦公廳、國務院辦公廳印發《關於推進新時代古籍工作的意見》，確定了新時代古籍工作的目標方向和主要任務，其中明確要求『加强傳世文獻系統性整理出版』。盛世修典，賡續文脉，蘇州文獻典籍整理編纂正逢其時。二〇二二年七月，中共蘇州市委、蘇州市人民政府作出編纂《蘇州全書》的重大決策，擬通過持續不斷努力，全面系統整理蘇州傳世典籍，着力開拓研究江南歷史文化，編纂出版大型文獻叢書，同步建設全文數據庫及共享平臺，將其打造爲彰顯蘇州優秀傳統文化精神的新陣地，傳承蘇州文明的新標識，展示蘇州形象的新窗口。

『睹喬木而思故家，考文獻而愛舊邦。』編纂出版《蘇州全書》，是蘇州前所未有的大規模文獻整理工程，是不負先賢、澤惠後世的文化盛事。希望藉此系統保存蘇州歷史記憶，讓散落在海内外的蘇州文獻得到挖掘利用，讓珍稀典籍化身千百，成爲認識和瞭解蘇州發展變遷的津梁，並使其中蘊含的積極精神得到傳承弘揚。

觀照歷史，明鑒未來。我們沿着來自歷史的川流，承荷各方的期待，自應負起使命，砥礪前行，至誠奉獻，讓文化薪火代代相傳，並在守正創新中發揚光大，爲推進文化自信自强、豐富中國式現代化文化内涵貢獻蘇州力量。

《蘇州全書》編纂出版委員會

二〇二二年十二月

凡例

一、《蘇州全書》（以下簡稱「全書」）旨在全面系統收集整理和保護利用蘇州地方文獻典籍，傳播弘揚蘇州歷史文化，推動中華優秀傳統文化傳承發展。

二、全書收録文獻地域範圍依據蘇州市現有行政區劃，包含蘇州市各區及張家港市、常熟市、太倉市、崑山市。

三、全書着重收録歷代蘇州籍作者的代表性著述，同時適當收録流寓蘇州的人物著述，以及其他以蘇州爲研究對象的專門著述。

四、全書按收録文獻内容分甲、乙、丙三編。每編酌分細類，按類編排。

（一）甲編收録一九一一年及以前的著述。一九一二年至一九四九年間具有傳統裝幀形式的文獻，亦收入此編。按經、史、子、集四部分類編排。

（二）乙編收録一九一二年至二〇二一年間的著述。按哲學社會科學、自然科學、綜合三類編排。

（三）丙編收録就蘇州特定選題而研究編著的原創書籍。按專題研究、文獻輯編、書目整理三類編排。

五、全書出版形式分影印、排印兩種。甲編書籍全部采用繁體竪排；乙編影印類書籍，字體版式與原書一致；乙編排印類書籍和丙編書籍，均采用簡體横排。

六、全書影印文獻每種均撰寫提要或出版説明一篇，介紹作者生平、文獻内容、版本源流、文獻價值等情況。影印底本原有批校、題跋、印鑒等，均予保留。底本有漫漶不清或缺頁者，酌情予以配補。

七、全書所收文獻根據篇幅編排分册，篇幅適中者單獨成册，篇幅較大者分爲序號相連的若干册，篇幅較小者按類型相近原則數種合編一册。數種文獻合編一册以及一種文獻分成若干册的，頁碼均連排。各册按所在各編下屬細類及全書編目順序編排序號。

陸士衡文集

〔晉〕陸機 撰

據中國國家圖書館藏清影宋鈔本影印。

提要

《陸士衡文集》十卷，晉陸機撰。

陸機（二六一—三〇三），字士衡，曾任平原内史，故世稱『陸平原』。西晉吳縣人，孫吳丞相陸遜之孫，大司馬陸抗第四子。少有異才，文章冠世，與弟陸雲合稱『二陸』。歷任祭酒、太子洗馬、著作郎、中書郎等。精文論，詩歌文賦俱佳，被譽爲『太康之英』。與潘岳並稱『潘江陸海』。兼工行、草書。著有《晉紀》等。

《陸士衡文集》共十卷。前有徐民瞻《晉二俊文集叙》。卷一至卷四賦，多抒懷、述志、詠物之作，以《文賦》影響最著；卷五至卷七詩，多爲擬古之作，述見聞、交游，反映社會情狀；卷八雜著；卷九頌、箴、贊、牋、表、文、誄、哀辭；卷十議、論、碑。其文音律諧美，講求對偶，辭藻宏麗，多用典故，開駢文先河；詩以華美深密見稱，注重排偶，開太康詩風。

據《晉書·陸機傳》載，陸機所作詩文達三百餘篇。《隋書·經籍志》著録十四卷，《新唐書》與《舊唐書》均著録十五卷，鄭樵《通志》著録四十七卷，後漸散佚。南宋徐民瞻謂『每以未見其全集爲恨』，又謂曾聞鄉老言，『士衡有集十卷，以《文賦》爲首；士龍集六卷，以《逸民賦》爲首』。徐氏後任華亭知縣，搜訪遺書，『得士衡集十卷于新淮西撫幹林君，其首篇冠以《文賦》』，次年『移書故人秘書郎鍾君』，又得士龍集於册府，首篇《逸民賦》，『悉如所聞』，遂合編《晉二俊文集》，慶元六年（一二〇〇）於華亭縣學刊刻以行，爲今存二陸詩文集之最早刊本。明正德間，吳郡陸元大據以翻刻。其後又有明汪士賢刻十卷本、薛應旂刻七卷本、張溥刻《陸平原集》二卷本等。

本次影印以中國國家圖書館藏清影鈔宋華亭縣學刻《晉二俊文集》本爲底本，原書框高二十二·七厘米，廣十六·五厘米。此書曾經歸安嚴元照、常熟翁同書等名家收藏，天頭及行間有朱、藍、墨三色校注，末葉有嚴元照朱筆識語。

晉二俊文集叙

奉議郎知嘉興府華亭縣事徐 民瞻

民瞻幼閱晉陸機士衡傳太康末士衡與弟雲士龍俱入洛造太常張華華素重其名一見如舊識曰伐吴之役利獲二俊嘗伸卷反覆求二俊所以名於世者張華所以稱道而有得士之喜者觀之盖其兄弟以文章齊驅並駕於兵戈擾攘之間聲聞闕肆人無能出其右者時號二陸華聞服之久一旦驟得之宜其欣慰而稱道之也吁二俊殁寥寥且千載其人不可得而見矣其文章所謂如朗月之垂空重嵒之積秀者固自若也耳目可無所見聞乎其載於文選諸

書中者亦多即而熟讀之其詞深而雅其義博而顯遠超枚馬高躡王劉百代之文宗也每以未見其全集爲恨聞之鄉老曰士衡有集十卷以文賦爲首士龍集六卷以逸民賦爲首雖知之求之未遂偶因乏使承雲間民社之寄二俊雲間人也拜命之日良慰于中謂平素願見而不可得者遂於此行矣到官之初首見遺像於吏舍之旁塵埃漫汚曖昧殊甚大非所以揭虔妥靈之本意即日闢縣學之東偏建祠宇奉以遷焉邦人觀瞻無不懽喜稱嘆因訪其遺文於鄉曲得士衡集十卷于新淮西撫幹林君其首篇冠以文賦士龍集六卷則無之明年移書故人秘書郎

鍾君得之于册府首篇逸民賦悉如所聞亟繕寫命工録之木以行目曰晋二俊文集二俊之文自晋歷隋唐更五代迄于我宋又二百四十餘年湮沒不彰今焉恍如揭日月于雲霧之上震雷霆于久息之中焜燿雲閒雲閒學士大夫宗之仰之有餘師矣二俊之名不朽矣民瞻之欲遂矣又明年書成謹述于篇首慶元庚申仲春既望信安徐 民瞻述

陸士衡文集卷第一

晋平原内史吴郡陸　機　士衡

賦一

文賦

余每觀才士之所作竊有以得其用心夫其放言遣辭良多變矣妍蚩好惡可得而言每自屬文尤見其情常患意不稱物文不逮意蓋非知之難能之難也故作文賦以述先士之盛藻因論作文之利害所由

瞳曨當皆

他日殆可謂曲盡其妙至於操斧伐柯雖取則不遠若夫隨手之變良難以辭逐蓋所能言者具於此云爾

佇中區以玄覽頤情志於典墳遵四時以歎逝瞻萬物而思紛悲落葉於勁秋喜柔條於芳春心懍懍以懷霜志眇眇而臨雲詠世德之俊烈誦先人之清芬游文章之林府嘉藻麗之彬彬慨投篇而援筆聊宣之乎斯文其始也皆收視反聽耽思傍訊精騖八極心游萬仞其致也情曈曨而彌鮮物昭晣而互進傾羣言之瀝液漱六藝之芳潤浮天淵以安流濯下泉而潛浸於是沈辭怫悅若游魚銜鈎而出重淵之深

浮藻聯翩若翰鳥纓繳而墜曾雲之峻收百世之闕
文採千載之遺韻謝朝華於已披啓夕秀於未振觀
古今於須臾撫四海於一瞬然後選義按部考辭就
班抱景者咸叩懷響者必彈或因枝以振葉或沿波
而討源或本隱以末顯或求易而得難或虎變而獸
擾或龍見而鳥瀾或妥帖而易施或岨峿而不安罄
澄心以凝思眇衆慮而爲言籠天地於形内挫萬物
於筆端始躑躅於燥吻終流離於濡翰理扶質以立
幹文垂條而結繁信情貌之不差故每變而在顏思
涉樂其必笑方言哀而已歎或操觚以率爾或含毫
而邈然伊茲事之可樂固聖賢之所欽課虛無以責

有叩寂寞而求音函緜邈於尺素吐滂沛乎寸心言恢之而彌廣思按之而愈深播芳蕤之馥馥發清條之森森粲風飛而飈豎鬱雲起乎翰林體有萬殊物無一量紛紜揮霍形難爲狀辭程才以效伎意司契而爲匠在有無而僶俛當淺深而不讓雖離方而遯圓期窮形而盡相故夫誇目者尚奢愜心者貴當言窮者無隘論達者唯曠詩緣情而綺靡賦體物而瀏亮碑披文以相質誄纏緜而悽愴銘博約而温潤箴頓挫而清壯頌優游以彬蔚論精微而朗暢奏平徹以閑雅說煒曄而譎誑雖區分之在兹亦禁邪而制放要辭達而理舉故無取乎冗長其爲物也多姿其

認當作認

而必當而一本作其

爲體也屢遷其會意也尚巧其遣言也貴妍暨音聲之迭代若五色之相宣雖逝止之無常固崎錡之難便苟達變而識次猶開流以納泉如失機而後會常操末以續巔謬玄黄之秩叙故淟認而不鮮或仰偪於先條或俯侵於後章或辭害而理比或言順而義妨離之則雙美合之則兩傷考殿最於錙銖定去留於毫芒苟銓衡之所裁固應繩而必當或文繁理富而意不指適極無兩致盡不可益立片言以居要乃一篇之警策雖衆辭之有條必待兹而效勣亮功多而累寡故取足而不易或藻思綺合清麗芊眠炳若縟繡悽若繁絃必所擬之不殊乃闇合乎曩篇雖杼

褫文選作捇注
取也或爲褫褫
猶去也

頤文選作歸

軸於予懷怵他人之我先苟傷廉而愆義亦雖愛而
必捐或苕發穎豎離衆絶致形不可逐響難爲係塊
孤立而特峙非常音之所緯心牢落而無偶意徘徊
而不能褫石韞玉而山暉水懷珠而川媚彼榛楛之
勿翦亦蒙榮於集翠綴下俚於白雪吾亦以濟夫所
偉或託言於短韻對窮迹而孤興俯寂寞而無友仰
寥廓而莫承譬偏絃之獨張含清唱而靡應或寄辭
於瘁音言徒靡而弗華混妍蚩而成體累良質而爲
瑕象下管之偏疾故雖應而不和或遺理以存異徒
尋虛而逐微言寡情而鮮愛辭浮漂而不頤猶絃幺
而徽急故雖和而不悲或奔放以諧合務嘈囋而妖

治徒悦目而偶俗固聲高而曲下寤防露與桑間又雖悲而不雅或清虛以婉約每除煩而去濫闕大羹之遺味同朱絃之清氾雖一唱而三歎固既雅而不艷若夫豐約之裁俯仰之形因宜適變曲有微情或言拙而喻巧或理朴而詞輕或襲故而彌新或沿濁而更清或覽之而必察或研之而後精譬猶舞者赴節以投袂歌者應絃而遣聲是蓋輪扁所不得言故亦非華說之所能精普辭條與文律良余膺之所服練世情之常尤識前脩之所淑雖濬發於巧心或受蚩於拙目彼瓊敷與玉藻若中原之有菽同橐籥之罔窮與天地乎並育雖紛藹於此世嗟不盈於手掬

患挈缾之屢空病昌言之難屬故躓踔於短韻放庸音以足曲恒遺恨以終篇豈懷盈而自足懼蒙塵於叩缶顧取笑乎鳴玉若夫感應之會通塞之紀來不可遏去不可止藏若景滅行猶響起方天機之駿利夫何紛而不理思風發於胷臆言泉流於脣齒紛葳蕤以馺遝唯毫素之所擬文徽徽以溢目音泠泠而盈耳及其六情底滯志往神留兀若枯木豁若涸流覽營魂以探賾頓精爽而自求理翳翳而愈伏思軋軋其若抽是以或竭情而多悔或率意而寡尤雖茲物之任我非余力之所勠故時撫空懷而自惋吾未識夫開塞之所由也伊茲文之爲用固衆理之所因恢

使一本作而

不綸不一本作弗

萬里使無閡通億載而爲津俯貽則於來葉仰觀象於古人濟文武於將墜宣風聲於不泯塗無遠而不彌理無微而不綸配霑潤於雲雨象變化乎鬼神被金石而德廣流管絃而日新

感時賦

悲夫冬之爲氣亦何憯懍以蕭索天悠悠其彌高霧鬱鬱而四幕夜緜邈其難終日晼晚而易落敷層雲之崴蕤墜零雪之揮霍氷冽冽而寢興風漫漫而妄作鳴枯條之冷冷飛落葉之漠漠山崆巄以含瘁川蜲蛇而抱涸望八極以曭漭普宇宙而寥廓伊天時之方慘曷萬物之能歡魚微微而求偶獸岳岳而相

擯猨長嘯於林杪鳥髙鳴於雲端矧余情之含瘁恒覩物而增歎歷四時之迭感悲此歲之已寒撫傷懷以嗚咽望永路而汍瀾

豪士賦

夫立德之基有常而建功之路不一何則循心以為量者存乎我因物以成務者繫乎彼存夫我者隆殺止乎其域繫乎物者豐約唯所遭遇落葉俟微飈以隕而風之力蓋寡孟嘗遭雍門以泣而琴之感以末何者欲隕之葉無所假烈風將墜之泣不足繁哀響也是故苟時啓於天理盡於民庸夫可以濟聖之功斗筲可以定烈士之業言遇時也故曰才不半古而功

巳倍之蓋得之於時勢也歷觀古今徼一時之功而居伊周之位者有矣夫我之自我智士猶嬰其累物之相物昆蟲皆有此情夫以自我之量而挾非常之勲神器暉其顧眄萬物隨其俯仰心玩居常之安耳飽從諛之説豈識乎功在身外任出才表者哉且好榮悪辱有生之所大期忌盈害上鬼神猶且不免人主操其常柄天下服其大節故曰天可讎乎而時有袪服荷戟立乎廟門之下援旗誓衆奮於阡陌之上况乎代主制命自下裁物者哉廣樹恩不足以敵怨勤興利不足以補害故曰代大匠斲者必傷其手且夫政由寗氏忠臣所爲慷慨祭則寡人人主所不久

觀一本作覩

堪是以君奭怏怏不悦公旦之舉髙乎師師側目慱陸之勢而成王不遣嫌吝於懷宣帝若負芒刺於背非其然與嗟乎光于四表德莫富焉王曰叔父親莫暱焉登帝天位功莫厚焉守節没齒忠莫至焉而傾側顛沛僅而自全則伊生抱明允以嬰戮文子懷忠敬而齒劒固其所也因斯以言夫以篤聖穆親如彼之懿大德至忠如此之盛尚不能取信於人主之懷止謗於衆多之口過此以往恶觀其可安危之理斷可識矣又況乎饕大名以冒道家之忌運短才而易聖哲所難者哉身危由於勢過而不知去勢以求安禍積起於寵盛而不知辭寵以招福見百姓之謀已

江刻本然下有者字

楫當作揖

則申宮警守以崇不畜之威懼萬民之不服則嚴刑峻制以賈傷心之怨然後威窮乎震主而怨行乎上下衆心日陊危機將發而偃仰瞪眄〔眄〕謂足以夸世笑古人之末工忘已事之已拙知曩勳之可矜暗成敗之有會是以事窮運盡必於顛仆風起塵合而禍至常酷也聖人忌功名之過已惡寵祿之踰量蓋爲此也夫惡欲之大端賢愚所共有而游子徇高位於生前志士思垂名於身後受生之分唯此而已夫蓋世之業名莫大焉震主之勢位莫盛焉率意無違欲莫順焉借使伊人頗覽天道知盡不可益盈難久持超然自引高楫而退則巍巍之盛仰邈前賢洋洋之風俯

藥當作樂　別本作樂

⿱保言當作諐

寇來籍而大欲不乏於身至藥不愆乎舊節彌效而德彌廣身愈逸而名愈劭此之不爲彼之必昧然後河海之跡堙爲窮流一簣之釁積成山岳名編凶頑之條耳身厭荼毒之苦（苦衍）痛豈不謬哉故聊賦焉庶使百世少有寤云

世有豪士兮遭國顛沛攝窮運之歸期當衆通之所會苟時至而理盡譬摧枯而振敗因天地以運動恒才瑣而功大於是禮極上典（於）服盡暉崇儀北辰以葺宇實蘭室而桂宮撫玉衡而樞極運萬物乎掌中伊天道之剛健猶時至而必⿱保言曰罔中而弗昃月何盈而不闕襲覆車之危軌笑前乘之未完若知險而退

止趨歸蕃而自戢推旋璣以長謝顧萬物而高揖託浮雲以邁志豈咎厺之能集擠爲山以自隕歎禍至於何及

瓜賦

佳哉瓜之爲德邈衆果而莫賢殷中和之淳祐播滋榮於甫田背芳春以初載迎朱夏而自延奮脩系之莫邁延秀瓞之綿綿赴廣武以長蔓粲煙接以雲連感嘉時而促節蒙惠霑而增鮮若乃紛敷雜錯鬱悅婆娑發彼適此迭相經過熙朗日以熠燿翕和風其如波有葛虆之覃及彖椒聊之衆多發金榮於秀翹結玉實於柔柯蔽翠景以自育綴修莖而星羅夫其

擢別本作濯

種族類數則有括樓定桃黃瓠白傳金文螽篇小青大班玄骭素椀貍首虎蹯東陵出於秦谷桂髓起於巫山五色比象殊形異端或濟貌以表内或惠心而醜顏或攄文而抱緑或披素而懷冊氣洪細而俱芬體脩短而必圓芳郁烈其充堂味窮理而不餉德弘濟於飢渴道夥流於貴賤若夫擢以寒冰淬以夏淩越氣外斂温液密凝體猶握虚離若剖冰

思親賦

悲桑梓之悠曠愧烝嘗之弗營指南雲以寄欵望歸風而効誠年嵗俄其聿暮明星爛而將清迴飈肅以長赴零雪紛其下頹羨纖枝之在幹悼落葉之去枝存顧復

慕别本作暮

之遺志感明發之所懷居辭安而猒苦養引約而摧
豐忘天命之晚慕顧鞠子之速融兄瓊芳而蕙茂弟
蘭發而玉暉感瑰姿之晚就痛慈景之先違天步悠
長人道短矣異途同歸無早晚矣

陸士衡文集卷第一

卷第一　九　高

何別本作和

陸士衡文集卷第二

晉平原內史吳郡陸　機　士衡

賦二

遂志賦并序

昔崔篆作詩以明道述志而馮衍又作顯志賦班固作幽通賦皆相依倣焉張衡思玄蔡邕玄表張叔哀系此前世之可得言者也崔氏簡而有情顯志壯而泛濫哀系俗而時靡玄表雅而微素思玄精練而何

悳欲麗前人而優游清典漏幽通矣班生彬彬切而不絞哀而不怨矣崔蔡沖虛温敏雅人之屬也衍抑揚頓挫怨之徒也豈亦窮達異事而聲爲情變乎余備托作者之末聊復用心焉

武定鼎于洛汭胡受瑞於汝墳繇鳴鳳於百祀啓敬仲平方震苟天光之所照豈舜族之必陳厭禋祀於故墟饗禴祭于東鄰禰八葉而松茂舞九韶乎降神系姜叟於海曲表滄流以遠震仰前蹤之緜邈豈孤人之能胄匪世禄之敢懷傷兹堂之不搆理或睽而後合道有夷而弗順傳栖嵓而神交伊荷鼎以自進蕭綢繆於豐沛故攀龍而先躍陳頓委於楚魏亦陵

胥以自濯，伍被刑而伏劒。魏和戎而擁樂，彼殊塗而並致。此同川而偏溺，禍無景而易逢，福有時而難學。推萬物之運動，雖紛糾而相襲，隨性類以曲成。故圓行而方立，要信心而委命。援前修以自程，擬遺跡於成軌。詠新曲於故聲，任窮達以逝止。亦進仕而退耕，庶斯言之不渝，抱耿介以成名。

懷土賦并序

余去家漸久，懷土彌篤，方思之殷，何物不感。曲街委巷，罔不興詠；水泉草木，咸足悲焉。故述斯賦。

背故都之沃衍，適新邑之丘墟。遵黃川以葺宇，被蒼林而卜居。悼孤生之已晏，恨親沒之何速。排虛房而永念想遺塵其如玉眇緜邈而莫覿徒佇立其焉屬感亡景於存没惋嘖年於拱木悲顧眄而有餘思俯仰而自足留兹情於江介寄瘁貌於河曲玩通川以悠想撫征轡而躑躅伊命駕之徒勤慘歸途之良難愍棲烏於南枝吊離禽於別山念庭樹以悟懷憶路草而解顏甘堇荼於飴茈緯蕭艾其如蘭神何寢而不夢形何與而不言

行思賦

背洛浦之遥遥浮黄川之裔裔遵河曲以悠遠觀通流之所會啓石門而東縈泝汴渠其如帶託飄風之習習冒沉雲之藹藹商秋肅其發節玄雲霈而垂陰凉

氣凄其薄體零雨欝而下淫覩川禽之遵渚看山鳥之歸林揮清波以濯羽翳緑葉而弄音行彌久而情勞塗愈近而恩深羨品物以獨慼悲綢繆而在心嗟逝官之永久年荏苒而歷茲越河山而託景眇四載而遠期孰歸寧之弗樂獨抱慼而弗怡

思歸賦并序

余以元康六年冬取急歸而王師外征職典中兵與聞軍政懼兵革未息宿願有違懷歸之思憤而成篇

節運代序四氣相推寒風肅殺白露霑衣嗟行邁之彌留感時逝而懷悲彼離思之在人恒慼慼而無歡悲緣情以自誘憂觸物而生端晝輟食而發憤宵假

元照按霄當作宵宋刻叢籍多作霄其誤從後魏張揖誤解來

此本泠泠俱作冷冷非

寐而興言羡歸鴻以矯首挹谷風而如蘭歲靡靡而薄暮心悠悠而增楚風霏霏而入室響冷冷（泠泠）而愁予既遨遊於川沚亦改駕乎山林伊我思之沈鬱愴感物而增深歎隨風而上逝涕承纓而下尋冀王事之暇豫庶歸寧之有時候涼風而警策指孟冬而爲期願靈暉之促景恒立表以望之

愍思賦并序

予憂抱孔懷之痛而奄復喪同生姊銜恤哀傷一載之間而喪制便過故作此賦以紓慘惻之感時方至其儵忽歲既去其晼晚樂來日之有繼傷頹年之莫纂覽萬物以澄念怨伯姊之已遠尋遺塵之

王當作玉

思長瞻日月之何短升降平階際顧眆(眄)兮屏營雲承宇兮藹藹風入室兮泠泠僕從爲我悲孤鳥爲我鳴

應嘉賦 并序

友人有作嘉遁賦與余者作賦應之號曰應嘉去俶世公子體逸懷遐意邈澄霄神夷靜波仰羣軌以遥企頓駿翮以婆娑寄冲氣於大象解心累於世羅襲三閭之奇服詠南榮之清歌濯下泉於浚澗沂凱風於卷阿指千秋以厲響俟寂寞之來和懷前修之彷彿覲幽人乎所過抱玄景以獨寐含清風而寤語發蘭音以清唱摻王懷而喻予於是葺宇中陵築室河曲軌絶千途而門瞻百族假妙道以逵觀考真龜而

貞卜苟形骸之可忘豈投簪其必谷方介丘於尺阜
託雲林乎一木佇鳴條以招風聆哀音其如玉窮覽
物以盡齒將餌迹於餘足

陸士衡文集卷第二

慕當作暮

陸士衡文集卷第三

晉平原内史吳郡陸　機　士衡

賦三

幽人賦

世有幽人漁釣乎玄渚彈雲冕以辭世披霄褐而延佇是以物外莫得窺其奥舉世不足揚其波勁秋不能雕其葉芳春不能發其華超塵冥以絶緒豈世網

之能加

列僊賦

夫何列僊玄妙超攝生乎世表因自然以爲基仰造化而聞道性冲虛以易足年緬邈其難老爾乃呼翕九陽抱一含元引新吐故雲飲露湌違品物以長眄妙羣生而爲言爾其嘉會之仇息宴遊栖則昌客弄玉洛宓江妃覿百化於神區覲天皇於紫微過太華以息駕越流沙而來歸

陵霄賦

挾至道之容微狹流俗之紛沮飂余節以遠模風扶搖而相予削陋跡於分丘省遊僊而投軌凱情累以

遂濟豈時俗之云阻判煙雲以騰躍半天步而無旅
詠陵霄之飄飄永終焉而弗悔昊蒼煥而運流日月
翩其代序下霄房之靡靡迺良晨而復舉陟瑶臺以
投轡步玉除而容與

述思賦

情易感於已攬思難戢於未忘嗟伊思之且爾夫何
往而弗臧駭中心於同氣分戚皃於異方寒鳥悲而
饒音衰林愁而寡色嗟余情之屢傷負大悲之無力
苟彼塗之信險恐此日之行昃亮相見之幾何又離
居而别域覩尺景以傷悲撫寸心而悽惻

歎逝賦并序

昔每聞長老追計平生同時親故或彫落已盡或僅有存者余年方四十而懿親戚屬亡多存寡暱交密友亦不半在或所曾共遊一塗同宴一室十年之内索然已盡以是思哀哀可知矣乃爲賦曰

伊天地之運流紛升降而相襲日望空以駿驅節循虛而警立嗟人生之短期孰長年之能執時飄忽其不再老晼晚而將及懟瓊蘂之無徵恨朝霞之難挹望暘谷之企予惜此景之屢戢悲夫川閲水以成川水滔滔而日度世閲人而爲世人冉冉而行暮人何世而弗新世何人之能故野每春其必華草無朝而遺露經終古而常然率品物其如素譬日及之在條

怛雖盡而不悟雖不寤而可悲心惆焉而自傷亮造化之若茲吾安取夫久長痛靈根之夙殞怨具爾之多喪悼堂構之頹瘁慜城闕之丘荒親彌懿其已逝交何戚而不亡咨余命之方殆何視天之茫茫傷懷悽其多念慼貌瘁而鮮歡幽情發而成緒滯思叩而興端慘此世之無樂詠在昔而爲言居充堂而衍宇行連駕而比軒彌年時其詎幾夫何往而不殘或冥邈而既盡或寥廓而僅半信松茂而栢悦嗟芝焚而蕙歎苟性命之不殊豈同波而異瀾瞻前軌之既覆知此路之良難啓四體而深悼懼茲形之將然毒娛情之寡方怨感目之多頹亮多頹之感目神何適而

獲怡尋平生於響像覽前物而懷之步寒林以悽惻翫春翹而有思觸萬類以生悲歎同節而異時年彌往而念廣塗薄暮而意迮親落落而日稀友靡靡而愈索顧舊要於遺存得十一於千百樂隤心其如亡哀緣情而來宅託末契於後生余將老而為客然後弭節安懷妙思天造精浮神淪忽在世表寤大暮之同寐何矜晚以怨早指彼日之方除豈茲情之足攪感秋華於衰木瘁零露於豐草在殷憂而弗違夫何去乎識道將頤天地之大德遺聖人之洪寶解心累於末迹聊優游以娛老

大暮賦

如遂下别本有無字

夫死生是得失之大者故樂莫甚焉哀莫深焉使死而有知乎安知其死不如生如遂知耶又何生之足戀故極言其哀而終之以達庶以開夫近俗云

夫何天地之遼闊而人生之不可久長日引月而並隕時維歲而俱喪知自壯而得老體自老而得亡顧黄墟之杳杳悲泉路之翳翳挫千乘猶一毫當何數乎智慧徒假願於須臾指夕景而爲誓忽呼吸而不振奄神徂而形斃顧萬物而遺恨收百慮而長逝於是六親雲起姻族如林爭塗而淹涙望門而舉音敷幄席以悠想陳備物而虞靈仰寥廓而無見俯寂寞而無聲肴饛饛其不毀酒湛湛而每盈屯送客於山足伏

埏道而哭之扃幽户以大畢詐玄闕而長辭歸無塗兮往不反年彌去兮逝彌遠彌遠兮日隔無塗兮曷因庭樹兮落葉暮草兮根陳

感丘賦

泛輕舟於西川背京室而雷飛遵伊洛之坻渚沿黃河之曲湄覩墟墓於山梁託崇丘以自綏見兆域之藹藹羅魁封之纍纍於是徘徊洛涯弭節河干佇眄留心慨爾遺歎仰終古以遠念窮萬緒乎其端伊人生之寄世猶水草乎山河應甄陶以歲改順通川而日過爾乃申舟人以遂往横大川而有悲傷革命之倏忽怨天步之不幾雖履信而思順曾何足以保兹

普天讓其弗免寧吾人之所辭願靈根之晚墜指歲
暮而爲期

陸士衡文集卷第三

陸士衡文集卷第四

晋平原内史吴郡陸　機　士衡

賦四

浮雲賦

有輕虚之體象無實體之真形原厥本初浮沉混并六律籥應八風時邁玄陰觸石甘澤霶霈勢不崇朝露彼無外若層臺高觀重樓疊閣或如鍾首之鬱律

乍似寒門之寥廓金柯分玉葉散緑翹明嵒英煥鸞翔鳳翥鴻鶩鶴奮鯨鯢泝波鮫鰐衝遁朱絲亂紀羅袿失領飛僊凌虛隨風遊騁有若芙蓉羣披蕣華揔會車璅繞理瑪瑙縟文

白雲賦

攄神景於八幽合洪化乎烟熅充宇宙以播象協元氣而齊動發憤靈石擢性洪流興曜曾泉升跡融丘盈八紘以餘憤維彌天其未泄豈假期於遷晷邁崇朝而倏忽紅蘂發而菌萏金翅援而合葩神收鬼化弼性違序鳥殊類而比栖獸異跡而同麀蛟引翳而竝潛龍攀鴻而雙舉鸞舞角以軒罷鷙企翩而延佇

長城曲蜿采閣相扶聳瑶臺之截嶭構瓊闥之離婁
雄虹矯而垂天翠鳥軒而扶日

鼓吹賦

原鼓吹之攸始蓋稟命於黄軒播威靈於茲樂亮聖
器而成文騁逸氣而憤壯繞煩手乎曲折舒飄颻以
遐洞卷徘徊其如結及其悲唱流音彷徨依違含歡
嚼弄乍數乍稀音躑躅於脣吻若將舒而復迴鼓砰
砰以輕投簫嘈嘈而微吟詠悲翁之流思怨高臺之
難任顧穹谷以含哀仰歸雲而落音節應氣以舒卷
響隨風而浮沉馬頓跡而增鳴士頻顣而霑襟若乃
巡郊澤戲野坰奏君馬詠南城慘巫山之遐險歎芳

樹兮何榮

漏刻賦

偉聖人之制器妙萬物而爲基形罔隆而弗包理何
遠而不之寸管俯而陰陽效其誠尺表仰而日月與
之期玄鳥懸而八風以情應玉衡立而天地不能欺
既窮神以盡化又設漏以考時爾乃挈金壺以南羅
藏幽水而北戢擬洪殺於編鍾順卑高而爲級激懸
泉以遠射跨飛途而遥集伏陰蟲以承波吞恒流其
如挹是故來象神造去猶鬼幻因勢相引乘靈自薦
口納胷吐水無滯咽形微獨蠒之緒逝若垂天之電
偕四時以合最指昏明乎無殿籠八極於千分度晝

夜乎一箭抱百刻以駿浮仰胡人而利見夫其立體也簡而效績也誠其假物也粗而致用也精積水不過一鍾導流不過一筳而用天者因其敏分地者賴其平微聽者假其察貞觀者借其明考計歷之潛慮測日月之幽情信探賾之妙術雖無神其若靈

羽扇賦

昔楚襄王會於章臺之上山西與河右諸侯在焉大夫宋玉唐勒侍皆操白鶴之羽以爲扇諸侯掩麈尾而笑襄王不悦宋玉趨而進曰敢問諸侯何笑昔者武王玄覽造扇於前而五明安衆世繁於後各有託於方圓蓋受則於箑甫舍兹器而不用顧奚取於鳥

嘗補寫舊撲子造
化審負明兩夢觀
二句

羽宋玉曰夫創始者恒撲而飾終者必妍是故烹飪
起於熱石玉輅基於推輪安衆方而氣散五明圓而
風煩未若茲羽之爲麗固體俊而用鮮彼淩霄之偉
鳥播鮮輝之蒨蒨隱九皐以鳳鳴游芳田而龍見醜
靈龜而遠期超長年而久眄累懷璧於美羽挫千載
乎一箭委曲體以受制奏雙翅而爲扇則其布翮也
差洪細秩長短稠不逼稀不簡於是鏤巨獸之齒裁
奇木之榦移圓根於正體因天秩乎舊貫鳥不能別
其是非人莫敢分其真贗翩姍姍以微振風飄飄以
垂婉妙自然以爲言故不積而能散其執手也安其
應物也誠其招風也利其播氣也平混貴賤而一節

闕字疑在妨字下

風無往而不清「憲靈撲於造化審貞則而妙觀」諸侯曰

僕

善宋玉遂言曰伊茲羽之駿敏似南箕之啓扉垂皓曜之奕奕合鮮風之徵徵襄王仰而拊節諸侯伏而引非皆委肩於楚庭執鳥羽而言歸屬唐勒而爲之辭曰

伊鮮禽之令羽夫何翩翩與眇眇反寒暑於一掌之末迴八風乎六翮之杪

鱉賦 并序

皇太子幸于釣臺漁人獻鱉命侍臣作賦

其狀也穹脊連脅玄甲四周遁方圓於規矩徒廣狹以妨循盈尺而脚寸又取具於指掌鼻嘗氣而忌

脂耳無聽而受響是以栖居多逼出處寡便尾不副
首足不運身於是從容澤畔肆志汪洋朝戲蘭渚夕
息中塘越高波以魚逸竄洪流而潛藏咀蕙蘭之芳
荄翳華藕之垂房

桑賦并序

皇太子便坐蓋本将軍直廬也初世祖武皇帝爲中
壘将軍植桑一株世更二代年漸三紀扶疎豐衍抑
有瑰異焉

夫何佳樹之洪麗超託居乎紫庭羅萬根以下洞矯
千條而上征豈民黎之能植乃世武之所營故其形
瑰族類體艷衆木黄中爽理滋榮煩縟緑葉興而盈

尺崇條蔓而層尋希太極以延峙映承明而廣臨華飛鵶之流響想鳴鳥之遺音唯歷數之有紀恒依物以表德豈神明之所相將我皇之先識誇百世而勿翦超長年以永植

陸士衡文集卷第四

陸士衡文集卷第五

晉平原内史吴郡陸　機　士衡

詩上

於承明作與士龍一首
呉王郎中時從梁陳作一首
贈馮文羆遷斥丘令一首
荅賈謐一首并序
贈尚書郎顧彦先一首
贈顧交趾公真一首
贈從兄車騎一首
荅張士然一首
贈馮文羆一首
贈弟士龍一首
祖道畢雍孫劉道邊仲潘正叔一首

皇太子宴玄圃宣猷堂有令賦詩

三正迭紹洪聖啓運自昔哲王先天而順羣辟崇替
降及近古黄暉既渝素靈承祜乃眷斯顧祚之宅上
三后始基世武丕承恊風傍駭天晷仰澄淳曜六合
皇慶攸興自彼河汾奄齊七政時文惟晋世篤其聖

徵別本作徽

欽翼昊天對揚成命九區克咸謳謌以詠皇上纂隆
經教弘道于化既豐在工載考俯釐庶績仰荒大造
儀形祖宗妥綏天保篤生我后克明克秀體輝重光
承規景數茂德淵冲天姿玉裕蕞爾小臣邈彼荒遐
弛厥負檐振纓承華匪願伊始惟命之嘉

皇太子賜讌詩

明明隆晉茂德有赫思媚上帝配天光宅誕育皇儲
儀形在昔徵言時宣福禄來格勞謙降貴肆敬下臣
肇彼先驅翻成嘉賓

春詠

節運同可悲莫若春氣甚和風未及燠遺凉清且凜

遨遊出西城

遨遊出西城按轡循都邑逝物隨節改時風肅且熠遷化有常然盛衰自相襲靡靡年時改苒苒老已及行矣勉良圖使爾脩名立

赴洛二首

希世無高符營道無烈心靖端肅有命假楫越江潭親友贈予邁揮淚廣川陰撫膺解攜手永嘆結遺音無迹有所匿寂寞聲必沉肆目眇弗及緬然若雙潛南望泣玄渚北邁涉長林谷風拂脩薄油雲翳高岑亹亹孤獸騁嚶嚶思鳥吟感物戀堂室離思一何深佇立慨我歎寤寐涕盈衿惜無懷歸志辛苦誰爲心

羈旅遠遊宦託身承華側撫劍遵銅輦振纓盡祇肅
歲月一何易寒暑忽已革載離多悲心感物情悽惻
慷慨遺安念永嘆廢寢食思樂樂難誘日歸歸未尅
憂苦欲何爲纏綿胷與臆仰瞻陵霄鳥羨爾歸飛翼

又赴洛道中二首

揔轡登長路嗚咽辭密親借問子何之世網嬰我身
永嘆遵北渚遺思結南津行行遂已遠野途曠無人
山澤紛紆餘林薄杳阡眠虎嘯深谷底雞鳴高樹巔
哀風中夜流孤獸更我前悲情觸物感沈思鬱纏綿
佇立望故鄉顧影悽自憐

遠遊越山川山川脩且廣振策陟崇丘安轡遵平莽

同書葉屋當作幄 又集朝採南澗藻 以下六句疑與下招隱 詩同惟藻作藻

夕息抱影寐朝徂銜思往頓轡倚嵩巖側聽悲風響
清露墜素輝明月一何朗撫枕不能寐振衣獨長想

招隱

駕言尋飛遁山路鬱盤桓芳蘭振蕙葉玉泉涌微瀾
嘉卉獻時服靈朮進朝飡朝採南澗藻夕息西山足
輕條象雲構密葉成翠屋結風佇蘭林迴芳薄秀木
尋山求逸民穹谷幽且遐清泉盪玉渚文魚躍中波

園葵

種葵北園中葵生鬱萋萋朝榮東北傾夕穎西南晞
零露垂鮮澤朗月耀其輝時逝柔風戢歲暮商飈飛
曾雲無温液嚴霜有凝威幸蒙高墉德玄景蔭素蕤

豐條竝春盛落葉後秋衰慶彼晩彫福忘此孤生悲

招隱

明發心不夷振衣聊躑躅躑躅欲安之幽人在浚谷
朝采南澗藻夕息西山足輕條象雲構密葉成翠幄
結風佇蘭林囬芳薄秀木山溜何泠泠飛泉漱鳴玉
哀音附靈波頹響赴曾曲至樂非有假安事澆淳樸
富貴苟難圖稅駕從所欲

於承明作與士龍

牽世嬰時網駕言遠徂征飲餞豈異族親戚弟與兄
婉孌居人思紆鬱游子情明發遺安寐寤言涕交纓分
途長林側揮袂萬始亭佇眄要遐景傾耳玩餘聲南

歸憩永安北邁頓承明永安有昨軌承明子棄予俯
仰悲林薄慷慨含辛楚懷往歡絶端悼來憂成緒感
別慘舒翮思歸樂遵渚

吴王郎中時從梁陳作

在昔蒙嘉運矯迹入崇賢假翼鳴鳳條濯足升龍淵
玄冕無醜士冶服使我妍輕劍拂鞶厲長纓麗且鮮
誰謂伏事淺契闊踰三年薄言肅後命改服就藩臣
夙駕尋清軌遠遊越梁陳感物多遠念慷慨懷古人

贈馮文羆遷斥丘令

於皇聖世時文惟晉受命自天奄有黎獻閶闔既闢
承華再建明明在上有集惟彦奕奕馮生哲問允迪

天保定子靡德不鑠邁心玄曠矯志崇邈遵彼承華其容灼灼嗟我人斯戢翼江潭有命集止翻飛自南出自幽谷及爾同林雙情交映遺物識心人亦有言交道實難有頍者弁千載一彈今我與子曠世齊歡利斷金石氣惠秋蘭羣黎未綏帝用勤止我求明德肆于百里僉曰爾諧俾民是紀乃眷北徂對揚帝祉疇昔之遊好合纏緜借曰未洽亦既三年居陪華幄出從朱輪方驥齊鑣比迹同塵之子既命四牡項領遵塗遠蹈騰軌高騁慶雲扶質清風承景嗟我懷人其邁唯永否泰苟殊窮達有違及子春華後爾秋暉逝將去我陟彼朔陲非子之念心孰爲悲

荅之下别本有云爾二字

荅賈謐 并序

余昔爲太子洗馬魯公賈長淵以散騎常侍侍東宫積年余出補吴王郎中令元康六年入爲尚書郎魯公贈詩一篇作此詩荅之

伊昔有皇肇濟黎蒸先天創物景命是膺降及群后迭毁迭興邈矣終古崇替有徵在漢之季皇綱幅裂火辰匿暉金虎曜質雄臣馳騖義夫赴節釋位揮戈言謀王室王室之亂靡邦不泯如彼墜景曽不可振乃眷三哲俾乂斯民啓土雖難改物承天爰兹有魏即宫天邑吴實龍飛劉亦岳立干戈載揚俎豆載戢民勞師興國玩凱入天厭覇德皇祚告亹獄訟違魏

比別本作窓服殊殊別本作舛

謳歌適晉陳留歸蕃我皇登禪庸岷稽顙三江改獻
赫矣隆晉奄宅率土對揚天人有秩斯祜惟公太宰
光翼二祖誕育洪冑纂戎于魯東朝既建淑問峩峩
我求明德濟同以和魯公戾止袞服委蛇思媚皇儲
高步承華昔我逮茲時惟下僚及子棲遲同林異條
年殊志比服殊義稠游跨三春情固二秋祗承皇命
出納無違往踐蕃朝來步紫微升降祕閣我服載暉
孰云匪懼仰肅明威分索則易携手實難念昔良游
茲焉永歎公之云感貽此音翰蔚彼高藻如玉如蘭
惟漢有木曾不踰境惟南有金萬邦作詠民之胥好
狷狂厲聖儀形在昔予聞子命

贈尚書郎顧彦先二首

大火貞朱光積陽熙自南望舒離金虎屛翳吐重陰淒風迕時序苦雨遂成霖朝游忘輕羽夕息憶重衾感物百憂生纏綿自相尋與子隔蕭牆蕭牆阻且深形影曠不接所託聲與音音聲日夜闊何用慰吾心

朝游游層城夕息旋直廬迅雷中霄激驚電光夜舒玄雲拖朱閣振風薄綺疏豐注溢脩霤黃潦浸階除停陰結不解通衢化爲渠沈稼湮梁潁流民泝荆徐眷言懷桑梓無乃將爲魚

贈顧交阯公真

顧侯體明德清風肅已邁發迹翼藩后改授撫南裔

伐鼓五嶺表揚旌萬里外遠績不辭小立德不在大
高山安足凌巨海猶縈帶惆悵瞻飛駕引領望歸斾

贈從兄車騎

孤獸思故藪離鳥悲舊林翩翩游宦子辛苦誰爲心
彷彿谷水陽婉孌崑山陰營魄懷茲土精爽若飛沉
寤寐靡安豫願言思所欽感彼歸塗艱使我怨慕深
安得忘歸草言樹背與襟斯言豈虛作思鳥有悲音

荅張士然

絜身躋祕閣祕閣峻且玄終朝理文案薄暮不遑眠
駕言巡明祀致敬在祈年逍遥春王圃躑躅千畝田
迴渠繞曲陌通波扶直阡嘉穀垂重頴芳樹發華顛

余固水鄉士揔轡臨清泉戚戚多遠念行行遂成篇

贈馮文羆

昔與二三子游息承華南拊翼同枝條翻飛各異尋
苟無淩風翮徘徊守故林慷慨誰爲感願言懷所欽
發軫清洛汭驅馬大河陰佇立望朔塗悠悠迴且深
分索古所悲志士多苦心悲情臨川結苦言隨風吟
愧無雜佩贈良訊代兼金夫子茂遠猷款誠寄惠音

贈弟士龍

行矣怨路長惄焉傷別促指迷悲有餘臨觴歡不足
我若西流水子爲東峙岳慷慨逝言感徘徊居情育
安得攜手俱契闊成騑服

祖道畢雍孫劉邊仲潘正叔

皇儲延髦俊多士出幽遐適遂時來運與子遊承華執笏崇賢内振纓層城阿畢劉賛文武潘生莅邦家感别懷遠人願言歎以嗟

荅潘尼

於穆同心如瓊如琳我東曰徂來餞其琛彼美潘生實綜我心探我玉懷疇爾惠音

贈潘尼

水會於海雲翔于天道之所混孰後孰先及子雖殊同升太玄舍被玄冕襲此雲冠遺情市朝永志丘園靜猶幽谷動若揮蘭

贈紀士

瓊瓌俟豐價窈窕不自鬻有美蛾眉子惠音清且淑
修姱恊姝麗華顏婉如玉

爲陸思遠婦作

二合兆嘉偶女子禮有行潔己入德門終遠母與兄
如何躭時寵遊宦忘歸寧雖爲三載婦顧景媿虛名
歲暮饒悲風洞房涼且清拊枕循薄質非君誰見榮
離君多悲心寤寐勞人情敢忘桃李陋側想瑶與瓊

爲顧彥先贈婦二首

辭家遠行游悠悠三千里京洛多風塵素衣化爲緇
修身悼憂苦感念同懷子隆思亂心曲沉歡滯不起

游一本作浙

歡沉難尅興心亂誰爲理願假歸鴻翼飜飛游江汜
東南有思婦長嘆充幽闥借問歎何爲佳人眇天末
游宦久不歸山川脩且闊形影參商乖音息曠不達
離合非有常譬彼絃與筈願保金石軀慰妾長飢渴

爲周夫人贈車騎一首

碎碎織細練爲君作緱繻君行豈有顧憶君是妾夫
昔者得君書聞君在高平今時得君書聞君在京城
京城華麗所璀璨多異端男兒多遠志豈知妾念君
昔者與君別歲律薄將暮日月一何速素秋墜湛露
湛露何冉冉思君隨歲晚對食不能飡臨觴不能飲

陸士衡文集卷第五

同書案王當作玉
張衡賦王鮪岫居
博物志河陰岫穴
出王鮪

陸士衡文集卷第六

晉平原内史吳郡陸　機　士衡

擬古十二首

樂府十七首

擬古十二首

擬行行重行行

悠悠行邁遠戚戚憂思深此思亦何思思君徽與音
音徽日夜離緬邈若飛沉王鮪懷河岫晨風思北林
游子眇天末還期不可尋驚飈褰反信歸雲難寄音
佇立想萬里沉憂萃我心攬衣有餘帶循形不盈衿
去去遺情累安處撫清琴

棟一本作梁

常一本作恒

皖當作睆

擬今日良宴會

閑夜命懽友置酒迎風館齊童梁甫吟秦娥張女彈哀音繞棟宇遺響入雲漢四座咸同志羽觴不可筭高談一何綺蔚若朝霞爛人生無幾何爲樂常苦晏譬彼伺晨鳥揚聲當及旦曷爲常憂苦守此貧與賤

擬迢迢牽牛星

昭昭清漢暉粲粲光天步牽牛西北迴織女東南顧華容一何冶揮手如振素怨彼河無梁悲此年歲暮跂彼無良緣皖焉不得度引領望大川雙涕如霑露

擬涉江採芙蓉

上山採瓊蘂穹谷繞芳蘭采采不盈掬悠悠懷所歡

故鄉一何曠山川阻且難沉思鍾萬里躑躅獨吟嘆

擬青青河畔草

靡靡江蘺草熠燿生河側皎皎彼姝女阿那當軒織粲粲妖容姿灼灼美顔色良人遊不歸偏棲獨隻翼空房來悲風中夜起歎息

擬明月何皎皎

安寢北堂上明月入我牖照之有餘輝攬之不盈手涼風繞曲房寒蟬鳴高柳踟躕感節物我行永已久遊宦會無成離思難常守

擬蘭若生朝陽

嘉樹生朝陽凝霜封其條執心守時信歲寒終不彫

美人何其曠灼灼在雲霄隆想彌年月長嘯入飛飈
引領望天末譬彼向陽翹

擬青青陵上栢

苒苒高陵蘋習習隨風翰人生當幾時譬彼濁水瀾
戚戚多滯念置酒宴所歡方駕振飛轡遠遊入長安
名都一何綺城闕鬱盤桓飛閣纓虹帶曾臺冒雲冠
高門羅北闕甲第椒與蘭俠客控絕景都人驂玉軒
遨遊放情願慷慨爲誰歎

擬東城一何高

西山何其峻曾曲鬱崔嵬零露彌天墜蕙葉憑林衰
寒暑相因襲時逝忽如頽三閭結飛轡大耋嗟落暉

豊別本作灃

曷爲牽世務中心若有違京洛多妖麗玉顏侔瓊蕤
閑夜撫鳴琴惠音清且悲長歌赴促節哀響逐高徽
一唱萬夫歎再唱梁塵飛思爲河曲鳥雙游豊水湄

擬西北有高樓

高樓一何峻迢迢峻而安綺窻出塵冥飛陛躡雲端
佳人撫琴瑟纖手清且閑芳氣隨風結哀響馥若蘭
玉容誰能顧傾城在一彈佇立望日昃躑躅再三歎
不怨佇立久但願歌者歡思駕歸鴻羽比翼雙飛翰

擬庭中有奇樹

歡友蘭時往迢迢匿音徽虞淵引絶景四節逝若飛
芳草久已茂佳人竟不歸躑躅遵林渚惠風入我懷

感物戀所歡採此欲貽誰

擬明月皎夜光

歲暮涼風發昊天肅明明招搖西北指天漢東南傾朗月照閑房蟋蟀吟户庭翻翻歸鴈集嘒嘒寒蟬鳴疇昔同宴友翰飛戾高冥服美改聲聽居愉遺舊情織女無機杼大梁不架楹

樂府十七首

猛虎行

渴不飲盜泉水熱不息悪木陰悪木豈無枝志士多苦心整駕肅時命杖策將遠尋飢食猛虎窟寒棲野雀林日歸功未建時往歲載陰崇雲臨岸駭鳴條隨

風吟靜言幽谷底長嘯高山岑急絃無懦響亮節難爲音人生誠未易曷云開此襟眷我耿介懷俯仰愧古今

君子行

天道夷且簡人道險而難休咎相乘躡翻覆若波瀾去疾苦不遠疑似實生患近火固宜熱履冰豈惡寒掇蜂滅天道拾塵惑孔顏逐臣尚何有棄友焉足歎福鍾恒有兆禍集非無端天損未易辭人益猶可歡朗鑒豈遠假取之在傾冠近情苦自信君子防未然

從軍行

苦哉遠征人飄颻窮四遐南陟五嶺巔北戍長城阿

谿谷深無底崇山鬱嵯峨奮臂攀喬木振迹涉流沙
隆暑固已慘涼風嚴且苛夏條焦鮮藻寒氷結衝波
胡馬如雲屯越旗亦星羅飛鋒無絶影鳴鏑自相和
朝飡不免胄夕息常負戈苦哉遠征人拊心悲如何

豫章行

汎舟清川渚遥望高山陰川陸殊塗軌懿親將遠尋
三荆歡同株四鳥悲異林樂會良自古悼别豈獨今
寄世將幾何日昃無停陰前路既已多後塗隨年侵
促促薄暮景亹亹鮮克禁曷爲復以兹曾是懷苦心
遠節嬰物淺近情能不深行矣保嘉福景絶繼以音

苦寒行

穹別本作窮

北遊幽朔城涼野多嶮難俯入穹谷底仰陟高山盤
凝氷結重磵積雪被長巒陰雲興嵒側悲風鳴樹端
不覩白日景但聞寒鳥喧猛虎憑林嘯玄猨臨岸歎
夕宿喬木下慘愴恒鮮歡渴飲堅氷漿飢待零露飡
離思固已久寤寐莫與言劇哉行役人慊慊恒苦寒

飲馬長城窟行

高

驅馬陟陰山山陰馬不前往問陰山候勁虜在燕然
戎車無停軌旌旆屢徂遷仰憑積雪嵒俯涉堅氷川
冬來秋未反去家邈以緜獫狁亮未夷征人豈徒旋
末德爭先鳴凶器無兩全師克薄賞行軍没微軀捐
將遵甘陳迹收功單于旃振旅勞歸士受爵槀街傳

門有車馬客行

門有車馬客駕言發故鄉念君久不歸濡跡涉江湘投袂赴門塗攬衣不及裳拊膺携客泣掩淚叙温凉借問邦族間惻愴論存亡親友多零落舊齒皆彫喪市朝互遷易城闕或丘荒墳壟日月多松柏鬱芒芒天道信崇替人生安得長慷慨惟平生俛仰獨悲傷

君子有所思行

命駕登北山延佇望城郭廛里一何盛街巷紛漠漠甲第崇高闥洞房結阿閣曲池何湛湛清川帶華薄邃宇列綺窻蘭室接羅幕淑貌色斯升哀音承顔作人生誠行邁容華隨年落善哉膏粱士營生奥且博宴

安消靈根酖毒不可恪無以肉食資取笑葵與藿

齊謳行

營丘負海曲沃野爽且平洪川控河濟崇山入高冥
東被姑尤側南界聊攝城海物錯萬類陸産尚千名
孟諸呑楚夢百二侔秦京惟師恢東表桓后定周傾
天道有迭代人道無久盈鄙哉牛山歎未及至人情
爽鳩苟已徂吾子安得停行行將復去長存非所營

日出東南隅行 或曰羅敷艷歌

扶桑升朝暉照此高臺端高臺多妖麗濬房出清顔
淑貌耀皎日惠心清且閑美目揚玉澤娥眉象翠翰
鮮膚一何潤秀色若可飡窈窕多容儀婉媚巧笑言

暮春春服成粲粲綺與紈金雀垂藻翹瓊佩結瑤璠
方駕揚清塵濯足洛水瀾藹藹風雲會佳人一何繁
南崖充羅幕北渚盈軿軒清川含藻景高岸被華丹
馥馥芳袖揮泠泠纖指彈悲歌吐清響雅舞播幽蘭
丹唇含九秋妍迹陵七盤赴曲迅驚鴻蹈節如集鸞
綺態隨顔變沈姿無定源俯仰紛阿那顧步咸可懽
遺芳結飛飈浮景映清湍冶容不足詠春游良可歎

長安有狹邪行

伊洛有歧路歧路交朱輪輕蓋承華景騰步躡飛塵
鳴玉豈樸儒憑軾皆俊民烈心厲勁秋麗服鮮芳春
余本倦游客豪彦多舊親傾蓋承芳訊欲鳴當及晨

底當作枝

守一不足矜歧路良可遵規行無曠迹矩步豈逮人
投足緒已爾四時不必循將遂殊塗軌要子同歸津

前緩聲歌

游僊聚靈族高會層城阿長風萬里舉慶雲鬱嵯峨
宓妃興洛浦王韓起太華北徵瑶臺女南要湘川娥
肅肅霄駕動翩翩翠蓋羅羽旗栖瓊鸞玉衡吐鳴和
太容揮高絃洪崖發清歌獻酬旣已周輕舉乘紫霞
揔轡扶桑底濯足暘谷波清輝溢天門垂慶惠皇家

長歌行

逝矣經天日悲哉帶地川寸陰無停晷尺波豈徒旋
年往迅勁矢時來亮急弦遠期鮮克及盈數固希全

容華夙夜零體澤坐自捐茲物苟難停吾壽安得延俛仰逝將過倏忽幾何間慷慨亦焉訴天道良自然但恨功名薄竹帛無所宣迨及歲未暮長歌承我閑

吴趨行

楚妃且勿歎齊娥且莫謳四坐並清聽聽我歌吴趨吴趨自有始請從閶門起閶門何峨峨飛閣跨通波重欒承游極回軒啓曲阿藹藹慶雲被泠泠祥風過山澤多藏育土風清且嘉泰伯導仁風仲雍揚其波穆穆延陵子灼灼光諸華王迹頹陽九帝功興四遐大皇自富春矯手頓世羅邦彦應運興粲若春林葩屬城咸有士吴邑最爲多八族未足侈四姓實名家文德

熙淳懿武功侔山河禮讓何濟濟流化自滂沱淑美
難窮紀商搉爲此歌

塘上行

江蘺生幽渚微芳不足宣被蒙風雲會移居華池邊
發藻玉臺下垂影滄浪泉霑潤既已渥結根奧且堅
四節逝不處繁華難久鮮淑氣與時隕餘芳隨風捐
天道有遷易人理無常全男懽智傾愚女愛衰避妍
不惜微軀退但懼蒼蠅前願君廣末光照妾薄暮年

悲哉行

游客芳春林春芳傷客心和風飛清響鮮雲垂薄陰
蕙草饒淑氣時鳥多好音翩翩鳴鳩羽喈喈倉庚吟

幽蘭盈通谷長秀被高岑女蘿亦有託蔓葛亦有尋
傷哉客遊士憂思一何深目感隨氣草耳悲詠時禽
寤寐多遠念緬然若飛沉願託歸風響寄言遺所欽

短歌行

置酒高堂悲歌臨觴人壽幾何逝如朝霜時無重至
華不再揚蘋以春暉蘭以秋芳來日苦短去日苦長
今我不樂蟋蟀在房樂以會興悲以別章豈曰無感
憂與子忘我酒既旨我肴既臧短歌可詠長夜無荒

陸士衡文集卷第六

陸士衡文集卷第七

晋平原内史吳郡陸機　士衡

樂府　百年歌

樂府十首

折楊柳

邈矣垂天景壯哉奮地雷豐隆豈乂響䨓光但西隤日落似有竟時逝恒若催仰悲朗月運坐觀璇蓋迴盛門無再入衰房莫苦開人生固已短出處鮮爲諧慨慨惟昔人興此千載懷升龍悲絶處葛藟變條枚寤寐豈虚歎曾是感與摧弭意無足歡願言有餘哀

鞠歌行　雜言

朝雲升應龍攀乘風遠遊騰雲端鼓鐘歇豈自歡急絃高張思和彈時希値年夙愆循已雖易人知難王陽登貢公歡罕生既没國子歎嗟千載豈虛言邈矣遠念情愾然

當置酒

置酒宴佳賓贍眺臨飛觀絶嶺隔丈餘長嶼横江半日色花上綺風光水中亂三益既葳蕤四始方葱粲

倢伃怨

倢伃去辭寵淹畱終不見寄情在玉階託意唯團扇春苔暗階除秋草蕪高殿昏黄履綦絶愁來空雨面

燕歌行

四時代序逝不追寒風習習落葉飛蟋蟀在堂露盈墀念君客遊苦恒悲君何緬然久不歸賤妾悠悠心無違白日既没明燈輝夜禽赴林匹鳴棲雙鳩關關宿河湄憂來感物涕不晞非君之念思爲誰離别何早會何遲

悲哉行

萋萋春草生王孫猶有情差池鶯始飛夭裊桃始榮灼灼栖悦色飛飛鸎弄聲檐上雲結陰澗下風吹清幽樹雖改觀終始在初生松蔦歡蔓延樛葛欣虆縈耿然游宦子晤言來未幷鼻感改朔氣心傷變節榮侘傺豈徒然澶漫絶音形風來不可託鳥去豈爲聽

梁甫吟

玉衡固已驂羲和若飛凌四運循環轉寒暑自相承冉冉年時暮迢迢天路徵招摇東北指大火西南昇悲風無絶響玄雲互相仍豐水憑川結零露彌天凝年命特相逝慶雲鮮克乘履信多愆期思順焉足憑慷慨臨川響非此孰爲興哀吟梁甫巔慷慨獨撫膺

董桃行

桃當作逃

和風習習薄林柔條布葉垂陰鳴鳩拂羽相尋倉庚喈喈弄音感時悼逝傷心日月相追周旋萬里倏忽幾年人皆冉冉西迁盛時一往不還慷慨乖念悽然昔爲少年無憂常恡秉燭夜遊翩翩常征何求于今

知此有由但爲老去年遒盛固有衰不疑長夜冥冥無期何不驅馳及時聊樂永日自怡賚此遺情何之人生居世爲安豈若及時爲歡世道多故萬端憂慮紛錯交顔老行及之長歎

月重輪行

人生一時月重輪盛年安可持月重輪吉凶倚伏百年莫我與期臨川曷悲悼茲去不從肎月重輪功名不勗之善哉古人揚聲敷聞九服身名流何穆既自才難既嘉運亦易愆俛仰行老存没將何所觀志士慷慨獨長歎獨長歎

日重光行

（讙當作譁）

日重光柰何天迴薄日重光冉冉其遊如飛征日重光今我日蕚蕚之盛日重光倏忽過亦安停日重光盛往衰亦必來日重光譬如四時固恒相催日重光惟命有分可營日重光但惆悵才志日重光身歿之後無遺名

挽歌三首

卜擇考休貞嘉命咸在兹夙駕驚（警）徒御結轡頓重基龍幰被廣柳前驅矯輕旗殯宮何嘈嘈哀響沸中闈中闈且勿讙聽我薤露詩死生各異倫祖載當有時舍爵兩楹位啓殯進靈轜飲餞觴莫舉出宿歸無期帷袵曠道影棟宇與子辭周親咸奔湊友朋自遠來

翼翼飛輕軒駸駸策素騏按轡遵長薄送子長夜臺
呼子子不聞泣子子不知歎息重櫬側念我疇昔時
三秋猶足收萬世安可思殉没身易亡殺子非所能
含言哽噎揮涕涕流離
流離親友思惆悵神不泰素驂佇轜軒玄駟鶩飛蓋
哀鳴興殯宮迴遅悲野外魂輿寂無響但見冠與帶
備物象平生長旌誰爲旆悲風徽行軌傾雲結流靄
振策指靈丘駕言從此逝
重阜何崔嵬玄廬竄其間旁薄立四極穹隆放蒼天
側聽陰溝涌臥觀天井懸廣宵何寥廓大暮安可晨
人往有返歲我行無歸年昔居四民宅今託萬鬼隣

昔爲七尺軀今成灰與塵金玉素所佩鴻毛今不振
豐肌饗螻蟻妍姿永夷泯壽堂延魑魅虛無自相賓
螻蟻爾何怨魑魅我何親拊心痛荼毒永歎莫爲陳

百年歌十首

一十時顏如蕣華曄有暉體如飄風行如飛孌彼孺
子相追隨終朝出遊薄暮歸六情逸豫心無違清酒
漿炙奈樂何清酒漿炙奈樂何
二十時膚體彩澤人理成美目淑貌灼有榮被服冠
帶麗且清光車駿馬遊都城高談雅步何盈盈清酒
漿炙奈樂何清酒漿炙奈樂何
三十時行成名立有令聞力可扛鼎志干雲食如漏

危氣如熏辭家觀國綜典文髙冠素帶煥翩紛清酒
漿炙柰樂何清酒漿炙柰樂何
四十時體力克壯志方剛跨州越郡還帝鄉出入承
明擁大璫清酒漿炙柰樂何清酒漿炙柰樂何
五十時荷旄仗節鎮邦家鼓鍾嘈囋趙女歌羅衣綷
縩金翠華言笑雅舞相經過清酒漿炙柰樂何清酒
漿炙柰樂何
六十時年亦耆艾業亦隆驂駕四牡入紫宫軒冕納
那翠雲中子孫昌盛家道豐清酒漿炙柰樂何清酒
漿炙柰樂何
七十時精爽頗損膂力愆清水明鏡不欲觀臨樂對

酒轉無歡攬形脩髮獨長歎
八十時明已損目聰去耳前言往行不復紀辭官致
禄歸桑梓安車駟馬入舊里樂事告終憂事始
九十時日告耽瘁月告衰形體雖是志意非多言謬
誤心多悲子孫朝拜或問誰指景玩日慮安危感念
平生淚交揮
百歲時盈數已登肌肉單四支百節還相患目若濁
鏡口垂涎呼吸嚬蹙反側難茵褥滋味不復安

秋胡行

道雖一致塗有萬端吉凶紛藹休咎之源人鮮知命
命未易觀生亦何惜功名所歎

順東西門行

日出西門望天庭陽谷既虛崦嵫盈感朝露悲人生
逝者若斯安得停桑樞戒蟋蟀鳴我今不樂歲聿征
迨未年莫及世平置酒高堂宴友生激朗笛彈哀箏
取樂今日盡歡情

上留田行

嗟行人之藹藹駿馬陟原風馳輕舟汎川雷邁寒往
暑來相尋零雪霏霏集宇悲風徘徊入襟歲華冉冉
方除我思纏綿未紓感時悼逝悽如

隴西行

我靜而鏡民動如烟事以形兆應以象懸豈曰無才

世鮮興賢

駕言出北闕行

駕言出北闕躑躅遵山陵長松何鬱鬱丘墓互相承
念昔徂殁子悠悠不可勝安寢重冥廬天壤莫能興
人生何所促忽如朝露凝辛苦百年間戚戚如履氷
仁知亦何補迁化有明徵求仙鮮克仙太虚不可凌
良會罄美服對酒宴同聲

太山吟

太山一何高迢迢造天庭峻極周巳遠曾雲鬱冥冥
梁甫亦有舘蒿里亦有亭幽塗延萬鬼神房集百靈
長吟太山側慷慨激楚聲

櫂歌行

遲遲暮春日天氣柔且嘉元吉隆初巳濯穢遊黄河龍舟浮鷁首羽旗垂藻葩乘風宣飛景逍遥戲中波名謳激清唱榜人縱棹歌投綸沉洪川飛繳入紫霞

東武行吟

投跡短世間高步長生闈濯髮冐雲冠洗身被羽衣飢從韓衆餐寒就佚女棲

飲酒樂

蒲萄四時芳醇瑠璃千鍾舊賔夜飲舞遲銷燭朝醒弦促催人

陸士衡文集卷第七

陸士衡文集卷第八

晉平原内史吳郡陸　機　士衡

雜著

演連珠五十首

臣聞日薄星迴，穹天所以紀物；山盈川冲，后土所以播氣。五行錯而致用，四時違而成歲。是以百官恪居，以赴八音之離；明君執契，以要克諧之會。

臣聞任重於力，才盡則困；用廣其器，應博則凶。是以物勝權而衡殆，形過鏡則照窮。故明主程才以效業

禄五臣本施於寵七字誤文選及它本皆作禄放於寵

同書案五臣本三字乃旁注誤入正文

貞臣底力而辭豐

臣聞髦俊之才世所希乏丘園之秀因時則揚是以大人基命不擢才於后土明主聿興不降佐於昊倉

臣聞世之所遺未爲非寶主之所珍不必適沽（治）是以俊乂之藪希蒙翹車之招金碧之嵒必辱鳳舉之使

臣聞禄五臣本施於寵非隆家之舉官私於親非興邦之選是以三卿世及東國多衰敝之政五侯並軌西京有陵夷之運

臣聞靈輝朝覯稱物納照時風夕灑程形賦音是以至道之行萬類取足於世大化既洽百姓無匱於心

臣聞頓網探淵不能招龍振網（綱）羅雲不必招鳳是以

巢箕之叟不眄丘園之幣洗渭之民不發傳嵒之夢

臣聞鑒之積也無厚而照有重淵之深目之察也有畔而眡周天壤之際何則應事以精不以形造物以神不以器是以萬邦凱樂非悦鍾鼓之娛天下歸仁非感玉帛之惠

臣聞積實雖微必動於物崇虛雖廣不能移心是以都人治容不悦西施之影乘馬班如不輟太山之陰

臣聞應物有方居難則易藏器在身所乏者時是以充堂之芳非幽蘭所難繞梁之音實縈絃所思

臣聞智周通塞不爲時窮才經夷險不爲世屈是以陵飈之羽不求反風曜夜之目不思倒日

臣聞忠臣率志不謀其報貞士發憤期在明賢是以
柳莊黜殯非貪瓜衍之賞禽息碎首豈要先茅之田
臣聞利眼臨雲不能垂照朗璞蒙垢不能吐暉是以
明哲之君時有蔽壅之累俊乂之臣屢抱後時之悲
臣聞郁烈之芳出於委灰繁會之音生於絶絃是以
貞女要名於没世烈士赴節於當年
臣聞良宰謀朝不必借威貞士衛生脩身則足是以
三晉之強屈於齊堂之俎千乘之勢弱於陽門之哭
臣聞赴曲之音洪細入韻蹈節之容俯仰依詠是以
言苟適事精麁可施士苟適道脩短可命
臣聞因雲洒潤則芬澤易流乘風載響則音徽自遠

是以德教俟物而濟榮名緣時而顯

臣聞覽影偶質不能解獨指跡纂遠無救於遲是以循虛器者非應物之具翫空言者非致治之機

臣聞鑽燧吐火以續暘谷之晷揮翮生風而繼飛廉之功是以物有微而毗著事有瑣而助洪

臣聞春風朝昫蕭艾蒙其溫秋霜宵墜芝蕙被其涼是以威以齊物爲肅德以普濟爲弘

臣聞性之所期貴賤同量理之所極卑高一歸是以准月稟水不能加涼晞日引火不必增輝

臣聞巧盡於器習數則貫道繫於神人亡則滅是以輪匠肆目不乏奚仲之妙瞽史清耳而無伶倫之察

臣聞絶節高唱非凡耳所悲肆義芳訊非庸聽所善是以南荆有寡和之歌東野有不釋之辯

臣聞尋煙染芬薰息猶芳徵音録響操終則絶何則垂於世者可繼止乎身者難結是以玄晏之風恒存動神之化已滅

臣聞託闇藏形不爲巧密倚智隱情不足自匿是以重光發藻尋虚捕景大人貞觀探心昭忒

臣聞披雲看霄則天文清澄風觀水則川流平是以四族放而唐劭二臣誅而楚寧

臣聞音以比耳爲美色以悦目爲歡是以衆聽所傾非假北里之操萬夫婉孌非俟西子之顔故聖人隨

世以擢佐明主因時而命官

臣聞出乎身者非假物所隆牽乎時者非克己所昂是以利盡萬物不能叡童昏之心德表生民不能救棲遑之辱

臣聞動循定檢天有可察應無常節身或難照是以望景揆日盈數可期撫臆論心有時而謬

臣聞傾耳求音眡優聽苦澄心徇物形逸神勞是以天殊其數雖同方不能分其感理塞其通則並質不能共其休

臣聞遁世之士非受匏瓜之性幽居之女非無懷春之情是以名勝欲故偶影之操矜窮愈達故凌霄之

節厲

臣聞聽極於音不慕鈞天之樂身足於蔭無假垂天之雲是以蒲密之黎遺時雍之世豐沛之士忘桓撥之君

臣聞飛轡西頓則離朱與矇瞍收察懸景東秀則夜光與珷玞匿耀是以才換世則俱困功偶時而並劭

臣聞示應於近遠有可察託驗於顯微或可包是以寸管下傃天地不能以氣欺尺表逆立日月不能以

形逃

臣聞絃有常音故曲終則改鏡無畜影故觸形則照是以虛己應物必究千變之容挾情適事不觀萬殊

之妙

臣聞柷敔希聲以諧金石之和鼙鼓疎擊以節繁絃之契是以經治必宣其通圖物恒審其會

臣聞目無常音之察耳無照景之神故在乎我者不誅之於已存乎物者不求備於人

臣聞放身而居體逸則安肆口而食屬厭則充是以玉鮪登俎不假吞波之魚蘭膏停室不思銜燭之龍

臣聞衝波安流則龍舟不能以漂震風洞發則夏屋有時而傾何則牽乎動則靜凝係乎靜則動貞是以淫風大行貞女蒙治容之誨淳化殷流盜跖挾曾史之情

臣聞達之所服貴有或遺窮之所接賤而必尋是以江漢之君悲其墜屨少原之婦哭其亡簪

臣聞觸非其類雖疾不應感以其方雖微則順是以商飈漂山不興盈尺之雲谷風乘條必降彌天之潤故闇於治者唱繁而和寡審乎物者力約而功峻

臣聞煙出於火非火之和情生於性非性之適故火壯則煙微性充則情約是以殷墟有感物之悲周京無佇立之跡

臣聞適物之技俯仰異用應事之器通塞異任是以鳥棲雲而繳飛魚藏淵而網沉貴鼓密而含響朗笛踈而吐音

臣聞理之所守勢所常奪道之所閈權所必開是以生重於利故據圖無揮劒之痛義重於身故臨川有投跡之哀

臣聞圖形於影未盡纖麗之容察火於灰不覩洪赫之烈是以問道存乎其人觀物必造其質

臣聞通於變者用約而利博明其要者器淺而應玄是以天地之賾該於六位萬殊之曲窮於五絃

臣聞情見於物雖遠猶踈神藏於形雖近則密是以儀天步晷而脩短可量臨淵揆水而淺深難察

臣聞虐暑熏天不減堅冰之寒涸陰凝地無累陵火之熱是以呑縱之強不能反蹈海之志漂櫓之威不

能降西山之節

臣聞理之所開力所常達數之所塞威有必窮是以烈火流金不能焚景沉寒凝海不能結風

臣聞足於性者天損不能入貞於期者時累不能淫是以迅風凌雨不謬晨禽之察勁陰殺節不凋寒木之心

七徵

玄虛子耽性冲素雍容玄泊棄時俗而弗徇甘魚釣於一壑乃有通微大夫怨皇居之失實傷鴻誓之後聞榮玄黄於榛險憑穴嵓而放言通微大夫曰竒膳玉食窮滋致豐簡犧羽族考牲毛宗俯出沉鮪仰落

歸鴻剖柔胎於孕豹宰潛肝乎豢龍拾朝陽之遺卵
納丹穴之飛鳳神宰奇稔嘉禾之穗含滋發馨素潁
玉銳灼若皓雪之頹玄雲皎若明珠之積緇匱素蟣
踊而瀸濟滋芬溢而相徹味雖濃而弗爽氣既惠而
復奇介景福於眉壽裕溫克乎齊聖子能饗之乎通
微大夫曰豐居華殿奇搆磊落高宇雲覆千楹林錯
仰綏瑰木俯積瑛石敷延袤之廣廡矯陵霄之高閣
秀清暉乎雲表騰藻蔭之奕奕珍觀清榭岳立連行
雲階飛陛仰陟穹蒼聳浮柱而虬立施飛檐以龍翔
回房旋室綴珠襲玉圖畫神仙延祐承福懸闥高達
長廊廻屬於是登漸臺理俊音鏡玄沚望長林逐狡

獸弋輕禽覽壯藝以悅觀聆和樂而怡心子能居之乎通微大夫曰金石諧而齊響塤箎恊而和鳴於是才人進羽籥妄弁被藻襲俯縈領以鴻歸仰矯首而鶴立激長歌於丹脣發鏗鏘乎柔木合清商以絕節揮流徵而赴曲奏南荆之高歎詠易水之清角爾乃覩娥眉之羣麗容既都而又閑矯纖腰以逐節頓皓足於鼓盤舒妍睴以妖韶若陵芘之未安通微大夫曰蓋聞沬北有采唐之思淇上有送子之歎關雎以寤寐爲戚溱洧以謔浪爲歡若夫妖嬪豔女嵬羣擢俊穆藻儀於令表茂當年之柔嫚罄妍規之約婥體無變而增閑秀紅蕤其愉愉若餘韻之可飡若夫靈

同書宋否字誤从几
此影寫之譌

晷潛祖頹退羽觴升清琴厲因清明以宣誠流徵睇
而授愛纖手揮而鳴佩鏗華衿被則芳塵萃子其納
之乎通微大夫曰塗有殊而一致業有殊而名約各
因姿以效積期寄響於天人也孰與顯奇蹤於萬邦
撫六轡而高遊瞰八宇以攄眄濟清風乎諸侯言成
充泰氣作溫凉弭侵略於強暴綜墜紀乎危邦子豈
不願斯之雍容乎通微大夫曰明主應期撫民以德
配仁風於黃唐齊威虛乎宸極彝倫幸序庶績咸乂
盪流風於雍俗給天民乎齊泰是以玄靈感而表應
嘉神繁而畢覿舞唐庭之來儀鳴岐陽之鸑鷟應天
監之休命荷神聽之介福然聖主達持盈之寶術寤

經國之在賢名畢榮於分局期贊化於大鈞吾子豈不欲縻好爵於天宇顯列業乎帝臣歟玄虛子作而言曰甚哉鄙人之感也猶窮繩自逸於井幹憑河盜本於黄川欽至論敷蔽祍謹聞命於王孫

藪別本作敫

陸士衡文集卷第八

同書某名當作臣

陸士衡文集卷第九

晋平原内史呉郡陸　機　士衡

頌箴贊誄表文誄哀辭

吊大帝誄

愍懷太子誄

吳貞獻處士陸君誄

吊丞相江陵侯陸公誄

吳大司馬陸公誄

晉劉處士參妻王氏夫人誄

吳大司馬陸公少女哀辭

別本有序

漢高祖功臣頌

慘當作摻

頌曰茫茫宇宙上慘下黷波振四海塵飛五岳九服徘徊三靈改卜赫矣高祖肇載天禄沉跡中鄉飛名帝録慶雲應輝皇階授木龍興泗濱虎嘯豐谷彤雲

人別本作民

玄當作爰 別本作爰

彌別本作弭

晝聚素靈夜哭金精仍頹朱光以渥萬邦宅心駿人
效足堂堂蕭公王跡是因綢繆叡后無競惟人外濟
六師内撫三秦拔奇夷難邁德振民體國垂制上穆
下親名蓋羣后是謂宗臣平陽樂道在變則通爰淵
玄嘿有此武功長驅河朔電擊壤東協策淮陰亞跡
蕭公文成作師通幽洞冥永言配命因心則靈窮神
觀化望景揣情鬼無隱謀物無遁形武關是闢鴻門
是寧隨難滎陽即謀下邑銷印惎廢推齊勸立運籌
固陵定策東襲三王從風五侯允集霸楚實喪皇漢
凱入怡顏高覽彌翼鳳戢託跡黃老辭世却粒曲逆
宏達好謀能深游精杳漠神跡是尋重玄匪奥九地

送別本作哭

匪沉代謀先兆擠響于音寄謀六奮嘉聲四迴規主以足離項于懷格人乃謝楚翼寔摧韓王窘執胡馬洞開迎文以謀送高以哀灼灼淮陰靈武冠世策出無方思入神契奮臂雲興騰跡虎噬陵險必夷摧堅則胣肇謀漢濱還定渭表京索旣扼引師北討濟河夷魏登山滅趙威亮火烈勢踰風掃拾代如遺偃齊猶草二州肅清四邦咸舉乃眷北燕遂表東海克滅龍且爰取其旅劉項懸命人謀是與念功推德辭通絕楚彭越觀時韜跡匿光人具爾瞻翼爾鷹揚威陵楚域質委漢王靖難河濟即宮舊梁烈烈黥布耽耽其眄名冠強楚鋒猶駭電覩機蟬蛻悟主革面肇彼

遺文選作違

梟風翻爲我扇天命方輯王在東夏矯矯三雄至于
垓下元凶既夷寵禄來假保大全祚非德孰可謀之
不臧舍福取禍張耳之賢有聲梁魏士也罔極自貽
伊媿俯思舊恩仰察五緯脫迹遺難披榛來洎改策
西秦報辱北冀悴葉更燿枯條以肆王信韓孽宅土
開疆我圖爾才越遷晉陽盧綰自微婉孌我皇跨功
踰德祚爾輝章人之貪禍寧爲亂亡吴芮之王祚由
梅鋗功微勢弱世載忠賢肅肅荆王董我王軍我圖
四方殷薦其勳庸親祚勞舊楚是分往踐厥宇大啓
淮濆安國違親悠悠我思依依哲母既明且慈引身
伏劒永言固之淑人君子寔邦之基義形於色憤發

墉文選作庸桉漢書英布傳壁庸城鄧展曰地名也墉誤

師當作帥

於辭主亡與亡末命是期絳侯質木多略寡言曾是
忠勇惟帝攸歎雲鶩靈丘景逸上蘭平代禽豨奄有
燕韓寧亂以武斃呂以權滌穢紫宮徵帝太原實惟
太尉劉宗以安挾功震主自古所難勳曜上代身終
下藩舞陽道迎延帝幽藪宣力王室匪惟厥武揔于
鴻門披闥帝宇聳顏誚項掩淚寤主曲周之進于其
哲兄俾率爾徒從王于征振威龍脫攄武墉城六師
寔因克荼禽黥倚歟汝陰綽綽有裕戎軒肇跡荷策
來附馬煩轡殆不釋擁樹皇儲時乂平城有謀潁陰
銳敏屢爲軍鋒奮戈東城禽項定功乘風藉響高步
長江收吳引淮光啓于東陽陵之勳元帥是承信武

照當作昭

薄伐揚節江陵夷王殄國俾亂作懲恢恢廣野誕節令圖進謁嘉謀退守名都東窺白馬北距飛狐即倉敖庚據險三塗輶軒東踐漢風載徂身死于齊非說之辜我皇寔念言祚爾孤建信委輅被褐獻寶指明周漢銓時論道移帝伊洛定都酆鎬柔遠鎮邇寔敬攸考抑抑陸生知言之貫往制勁越來訪皇漢附會平勃夷凶剪亂所謂伊人邦家之彥百王之極舊章靡存漢德雖朗朝儀則昏稷嗣制禮下肅上尊穆穆帝典煥其盈門風睎三代憲流後昆無知叡敏獨照奇跡察侔蕭相貺同師錫隨何辯達因資於敵舒漢披楚雎生之績皤皤董叟謀我平陰三軍縞素天下歸

心衷生秀朗沉心善照漢旆南振楚威自撓大略淵回元功響効邈哉惟人何識之妙紀信誑項軺軒是乘攝旝赴節用死孰懲身與煙消名與風興周苛慷慨心若懷氷形可以碁志不可陵貞軌偕沒亮跡雙升帝疇爾庸後嗣是膺天命雖順王心有違懷親望楚永言長悲侯公伏軾皇媼來歸是謂平國寵命有輝震風過物清濁効響大人于興利在攸往弘海者川崇山惟壤詔護錯音袞龍比象明明衆哲同濟天綱劒宣其利鑒獻其朗文武四充漢祚克廣悠悠遐風千載是仰

丞相箴

夫導民在簡爲政以仁仁實生愛簡亦易遵罔疏下睦禁寄巧繁深文碎教伊何能存故人不可以不審任不可以不忠捨賢昵讒則喪爾邦且偏見則昧專聽誨疑耳目之用亦各有期夫豈不察而惟牆隔之矜己任智是蔽是欺德無遠而不復惡何適而不追存亡日鑒成敗代陳人咸知鏡其皃而莫能照其身

孔子贊

孔子叡聖配天弘道風扇玄流思探神寶明發懷周興言謨老靈魄有行言觀蒼昊清歌先誡丹書有造

王子喬贊

遺形靈岳顧景忘歸乘雲倏忽飄飄紫微

仕別本作任

至洛與成都王牋

王室多故禍難荐有羊玄之乘寵凶豎專記朝政姦臣賊子是爲比周皇甫商　同惡相求共爲亂階至令天子飄飄甚於贅旒伏惟相公匡濟之舉義命方宣元戎既啓風威電赫機以駑暗文武寡施猥蒙横授委仕外梱輒承嚴敎董率諸軍唯力之是視

謝平原内史表一首

陪臣陸機言今月九日魏郡太守遣兼丞張含齎板詔書印綬假臣爲平原内史拜受祗竦莫知所裁臣本吴人出自敵國世無先臣宣力之效才非丘園耿介之秀皇澤廣被惠濟無遠擢自羣萃累蒙榮進入

烈別本作列

朝九載歷官有六身登三閣官成兩宫服冕乘軒仰齒貴遊振景拔迹顧邈同烈施重山岳義足灰没遭國顛沛無節可紀雖蒙曠蕩臣獨何顔俛首頓膝憂媿若厲而横爲故齊王冏所見枉陷誣臣與衆人共作禪文幽執囹圄當爲誅始臣之微誠不負天地倉卒之際慮有逼迫乃與弟雲及散騎侍郎袁瑜中書侍郎馮熊尚書右丞崔基廷尉正顧榮汝陰太守曹武思所以獲免陰蒙避回崎嶇自列片言隻字不關其間事蹤筆跡皆可推校而一朝幡然更以爲罪蕞爾之生尚不足恡區區本懷實有可悲畏逼天威即罪維謹鉗口結舌不敢上訴所天莫大之釁日經聖

敉當作敞

聽肝血之誠終不一聞所以臨難慷慨而不能不悢悢者維此而已重蒙陛下愷悌之宥回霜收電使不隕越復得扶老攜幼生出獄户懷金拖紫退就散輩感恩惟咎五情震悼跼天蹐地若無所容不悟日月之明遂垂曲照雲雨之澤播及朽瘁忘臣弱才身無足采哀臣零落罪有可察苟削丹書得夷平民則塵洗天波謗絶衆口臣之始望尚未至是猥辱大命顯授符虎使春枯之條更與秋蘭垂芳陸沉之羽復與翔鴻撫翼雖安國免徒起紆青組張敞亡命坐致朱軒方臣所荷未足爲泰豈臣蒙垢含吝所宜忝竊非臣毁宗夷族所能上報喜懼參并悲慙哽結拘守常

同書棠簡皆作崩

憲當便道之官不得束身奔走稽顙城闕瞻係天衢馳心輦轂臣不勝屏營延仰謹拜表以聞

弔魏武帝文一首并序

元康八年機始以臺郎出補著作游乎祕閣而見魏武帝遺令慨然歎息傷懷者久之客曰夫始終者萬物之大歸死生者性命之區域是以臨喪殯而後悲覩陳根而絶哭今乃傷心百年之際興哀無情之地意者無乃知哀之可有而未識情之可無乎機荅之曰日蝕由乎交分山崩起於朽壤亦云數而已矣然百姓怪焉者豈不以資高明之質而不免卑濁之累居常安之勢而終嬰傾離之患故夫以迴天倒日之

同書集士當作土

同書集日當作曰

力而不能振形骸之內濟世夷難之智而受困魏闕之下已而格乎上下者藏於區區之木光于四表者翳乎蕞爾之士雄心摧於弱情壯圖終於哀志長筭屈於短日遠跡頓於促路嗚呼豈特瞽史之異闕景黔黎之怪頹岸乎觀其所以顧命冢嗣貽謀四子經國之略既遠隆家之訓亦弘又云吾在軍中持法是也至於小忿怒大過失不當效也善乎達人之讜言矣持姬女而指季豹以示四子曰以累汝因泣下傷哉曩以天下自任今以愛子託人同乎盡者無餘而得乎亡者無存然而婉孌房闥之內綢繆家人之務則幾乎密與又曰吾婕妤妓人皆著銅雀臺堂上施八尺

設一本作上

汝伎二字倒置

惠別本作慧

牀張繐帳朝晡設脯糒之屬月朝十五日輒向帳作
汝伎等時時登銅雀臺望吾西陵墓田又去餘香可
分與諸夫人諸舍中無所爲學作履組賣也吾歷官
所得綬皆著藏中吾餘衣裘可別爲一藏不能者兄
弟可共分之既而竟分焉亡者可以勿求存者可以
勿違求與違不其兩傷乎悲夫愛有大而必失惡有
甚而必得智惠不能去其惡威力不能全其愛故前
識所不用心而聖人罕言焉若乃繫情累於外物留
曲念於閨房亦賢俊之所宜廢乎於是遂憤懣而獻
吊云爾

接皇漢之末緒值王塗之多違佇重淵以育鱗撫慶

四百二十三字　卷第九　八

勒當作勅

雲而遐飛運神道以載德乗虛風而扇威摧羣雄而
電擊舉勃敵其如遺指八極以遠略必剪焉而後綏
[illegible]三十之闕典啓天地之禁闈舉脩綱之絶紀紉大
音之解徽掃雲物以貞觀要萬塗而來歸丕大德以宏
覆援日月而齊暉濟元功於九有固舉世之所推彼
人事之大造夫何往而不臻將覆簣於浚谷擠爲山
乎九天苟理窮而性盡豈長筭之所研悟臨川之有
悲固梁木其必顛當建安之三八實大命之所艱
雖光昭於曩載將稅駕於此年惟降神之緜邈眇千
載而遠期信斯武之未喪膺靈符之在茲雖龍飛於
文昌非王心之所怡憤西夏以鞠旅泝秦川而舉旗

凶當作山

汍當作汍

汍是迴瀾前汍字亦作執

踰鎬京而不豫臨渭濱而有疑冀翌日之云瘳彌四旬之成災詠歸塗以反旆登崤澠而朅來次洛汭而大漸指六軍曰念哉伊君王之赫奕寔終古之所難威先天而蓋世力盪海而拔凶厄奚險而弗濟敵何強而不殘每因禍以提福亦踐危而必安迄在茲而蒙昧慮噤閉而無端委軀命以待難痛沒世而永言撫四子以深念循膚體而頹歎迨營魄之未離假餘息乎音翰執姬女以嚬瘁指季豹而漼焉氣衝襟以嗚咽涕垂睫而汍瀾違率土以靜寐戢彌天以一棺咨宏度之峻邈壯大業之允昌思居終而恤始命臨沒而肇揚援貞吝以惎悔雖在我而不臧惜內顧之

忘當作亡別本作亡

孌當作戀

纏緜恨末命之微詳紆家人於履組塵清慮於餘香結遺情於婉孌何命促而意長陳法服於帷座陪窈窕於玉房宣備物於虚器發哀音於舊倡矯慼容以赴節掩零淚而薦觴物無微而不存體無惠而不忘庶聖靈之響像想幽神之復光苟形聲之翳没雖音景其必藏徽清絃而獨奏進脯糒而誰嘗悼繐帳之冥漠怨西陵之茫茫登雀臺而群悲眝美目其何望既晞古以遺累信簡禮而薄葬彼裘紱於何有貽塵謗於後王嘆大孌之所存故雖哲而不忘覽遺籍以慷慨獻兹文而悽傷

弔蔡邕文

彼洪川之方割豈一簣之所堙故尼父之惠訓智必愚而後賢諒知道之已妙曷信道之未堅忽甯子之保已効萇叔之違天冀澄河之遠日忘朝露之短年

吴大帝誄

我皇明明固天寔生體和二合以察三精濯暉育慶懷祥載榮率性而和因心則靈厥靈伊何克聖克仁茂對四象克配乾坤齊明日月考詳鬼神誕自幼冲叡哲宿照甄化無形探景絶曜巍巍聖姿文武既俊有覺德徽兆民欣順將熙景命經營九圍登跡岱宗班瑞舊圻上玄匪惠早零聖暉神廬既考史臣獻貞龍輴啓殯霄載紫庭辰旒飛藻凶旗舉銘崇華熠爍

翣蓋繁纓千乘結駟萬騎重營簫鼓振響和鑾流聲
動軨閶闔永背承明顯步萬官幽驅百靈隨化太素
即宮杳冥億兆同慕泣血如零

愍懷太子誄

明明皇子成命既駿保乂皇家載生淑㣧茂德克廣
仁姿朗儁當克無疆光紹有晉如何不吊暴離咎艱
曾是遘愍匪降自天肇傾運祚遂喪華年嗚呼哀哉
沉雲既袪日月增暉靈寵可贈宛䰟難追舊物東反
靈柩西歸傷我惠后寂焉翳滅銜哀駿奔凶服就列
追慕徽塵興言斷絶敢誄遺風庶存芳烈其辭曰
巍巍皇基奕奕紫微有命既集天禄永綏篤生太子

酤當作酷

纂德承茂平紹大烈時惟洪冑奇穎發翹清藻在秀誕自幼蒙逮事武皇展矣太子播此瓊芳允矣聖祖無言不臧婉孌乘輿名裕德昌龍集庚戌日月改度赫赫明明我皇登祚厥登伊何皇統是荷華紋重采翠蓋垂葩鸞旗阿那玉衡吐和聿來在宮體亮而誠肅雍皇極思媚紫庭亦既涉學遵師盛道何年之妙而察之早讜言必復乖義則考惟天有命太子膺之惟皇有慶太子承之當究遐年登茲胡耇緝熙有晉克構帝宇如何晨牝穢我朝聽仰索皇家惟塵明聖惴惴太子終溫且敬銜辭即罪掩淚祇命顯加放流潛肆鴆毒痛矣太子乃離斯酤謂天蓋高訴哀靡告

誄當作誅

鞠躬引分顩景摧剥嗚呼哀哉凡民之喪有戚有姻
太子之歿傍無昵親踽踽嚴宮絶命禁闈幽樞偏寄
孤瑰曷歸嗚呼太子生寃歿悲匹夫有怨尚或殞霜
矧乃太子萬邦攸望普天扼捥率土懷傷精感六沴
咎徵紫房爰兹元輔啓我令圖王赫斯怒天誄靡逋
攙搶叱掃元凶服辜仁詔引咎哀策東徂光復寵祚
攙槍叶
紹建蘶孤於時暉服粲焉畢陳庭旅舊物堂有故臣
孰云太子不見其人嗚呼哀哉既濟洛川靈旆左廻
三軍悽裂都邑如隤慨矣寤歎念哉悠懷

吳貞獻處士陸君誄

我聞有命天禄有秩如斯吉人而有斯疾兄弟之恩

同書棐此篇中語皆見士龍所作吳故丞相陸公誄中蓋類書摘敘之而偏士衡集者誤收之

元

无當作玉　漢當作漢

又棐士龍集作元王至戎漢与士龍集同似不誤非謂羯漢大漢也

離形合氣矧我與君年相亞逮綢繆之遊自矇及朗孩不貳音抱或同襁撫髫並育携手相長行焉比跡誦必共響庶君偕老靈根克固　附翼雲霄雙飛天路人皆年長君獨短祚穀則同朝遊矣先暮

吴丞相江陵侯陸公誄

根條伊何苗黄裔舜長發有祥貽我作佾劉王負險冠（冦）我四（西）鄰公侯赫怒干戈啓陳金鉞鏡日雲旗降（絳）文（天）无（元）王隕難鯨鯢墜鱗戎漢時殪方域清塵

吴大司馬陸公誄

我公承軌高風肅邁明德繼體徽音奕世昭德伊何克俊克仁德周能事體合機神禮交徒候敬睦白屋

踧踖曲躬吐食揮沐爰及鰥寡賑此惸獨孚厥惠和
朓驂分禄乃命我公誕作元輔位表百辟名茂羣后
因是荆人造我寧宇備物典策主冠及斧龍旂飛藻
靈鼓樹羽質文殊塗百異行徹人玩其華鮮識其實
於穆我公因心則哲經綸至道終始自結德與行滿
美與言溢

吴大司馬陸公少女哀辭

冉冉晞陽不遂其茂曄曄芳華彫芳落秀遵堂涉室
髣髴興想人皆有聲爾獨無響

晉劉處士參妻王氏夫人誄

猗猗嘉穎朝陽方翹烈風嚴霜殞此秀條璇璣倏忽

宵吟一本作吟嚅

四序競征清商激宇 蟋蟀宵吟

陸士衡文集卷第九

陸士衡文集卷第十

晋平原内史呉郡陸機士衡

議論碑

大田議

臣聞隆名之主不改法而下治陵夷之世不易術而民怠夫商人逸而利厚農人勞而報薄導農以利則耕夫勤節商以法則游子歸

辨亡論上

昔漢氏失御姦臣竊命禍基京畿毒徧宇内皇綱弛紊王室遂卑於是羣雄蜂駭義兵四合吴武烈皇帝慷慨下國電發荆南權略紛紜忠勇伯世威稜則夷羿震盪兵交則醜虜授馘遂掃清宗祊蒸禋皇祖于時雲興之將帶州飈起之師跨邑哮闞之羣風驅熊羆之衆霧集雖兵以義合同盟戮力然皆苞藏禍心阻兵怙亂或師無謀律喪威稔寇忠規武節未有如此其著者也武烈既没長沙桓王逸才命世弱冠秀發招攬遺老與之述業神兵東驅奮寡犯衆攻無堅城之將戰無交鋒之虜誅叛柔服而江外底定飾法

修師則威德翕赫賓禮名賢而張昭爲之雄交御豪俊而周瑜爲之傑彼二君子皆弘敏而多奇雅達而聰哲故同方者以類附等契者以氣集而江東蓋多士矣張北伐諸華誅鉏干紀旋皇輿於夷庚反帝座乎紫闥挾天子以令諸侯清天步而歸舊物戎車既次群凶側目大業未就中世而殞用集我大皇帝以奇蹤襲於逸軌叡心因於令圖從政咨於故實播憲稽乎遺風而加之以篤固申之以節儉疇咨俊茂好謀善斷束帛旅於丘園旌命交於塗巷故豪彥等尋聲而響臻志士希光而景騖異人輻湊猛士如林於是張昭爲師傅周瑜陸公魯肅呂蒙之疇入爲腹心

範誤當作範後同

出作股肱甘寧凌統程普賀齊朱桓朱然之徒奮其威韓當潘璋黃蓋蔣欽周泰之屬宣其力風雅則諸葛瑾張承步騭以名聲光國政事則顧雍潘濬呂範呂岱以器任幹職奇偉則虞翻陸績張温張惇以諷議舉正奉使則趙咨〔咨〕沈珩以敏達延譽術數則吳範趙達以機〔禨〕祥協德董襲陳武殺身以衛主駱統劉基強諫以補過謀無遺諝舉不失策故遂割據山川跨制荆吳而與天下爭衡矣魏氏常藉戰勝之威率百萬之師浮鄧塞之舟下漢陰之衆羽楫萬計龍躍順流銳師千旅虎步原隰謀臣盈室武將連衡喟然有呑江滸之志一宇宙之氣而周瑜驅我偏師黜之赤壁

師下脫敗字

莧別本作莞

同書集逐當作遂

喪旗亂轍僅而獲免收跡遠遁漢王亦憑帝王之號
帥巴漢之民乘危騁變結壘千里志報關羽之敗圖
收湘西之地而陸公亦挫之西陵覆師績困而後濟
絶命永安續以濡須之寇臨川摧鋭蓬籠之戰孑輪
不反由是二邦之將喪氣挫鋒勢衂財匱而吴莧然
坐乘其弊故魏人請好漢氏乞盟逐躋天號鼎峙而
立西屠庸益之郊北裂淮漢之涘東包百越之地南
括羣蠻之表於是講八代之禮蒐三王之樂告類上
帝拱揖羣后虎臣毅卒循江而守長棘勁鎩望飈而
奮庶尹盡規於上四民展業于下化協殊裔風衍遐
圻乃俾一介行人撫巡外域巨象逸駿擾於外閑明

盡下脫規字

郡當作羣

躡運而發下別本多卒散於陳氏犇於邑八字

珠瑋寶耀於内府珍瑰重跡而至奇玩應響而赴輶軒騁於南荒衝輣息於朔野齊民免干戈之患戎馬無晨服之虞而帝業固矣大皇既没幼主涖朝姦回肆虐景皇聿興虔脩遺憲政無大闕守文之良主也降及歸命之初典刑未滅故老猶存大司馬陸公以文武熙朝左丞相陸凱以蹇諤盡而施績范慎以威重顯丁奉離斐以武毅稱孟宗丁固之徒爲公卿樓玄賀邵之屬掌機事元首雖病股肱猶存爰及末葉郡公既喪然後黔首有瓦解之志皇家有土崩之釁歷命應化而微王師躡運而發城池無藩籬之固山川無溝阜之勢非有工輸雲梯之械智伯灌激之害

恐下當有矣字

其氏經書作陋臣相對不必有矣字

楚子築室之圍燕人濟西之隊軍未浹辰而社稷夷矣雖忠臣孤憤烈士死節將奚救哉夫曹劉之將非一世所選向時之師無曩日之衆戰守之道抑有前符險阻之利俄然未改而成敗貿理古今詭趣何哉彼此之化殊授任之才異也

辨亡論下

昔三方之王也魏人據中夏漢氏有岷益吳制荆揚而奄交廣曹氏雖功濟諸華虐亦深矣其民怨劉公因險以飾智功已薄矣其俗陋夫吳桓王基之以武太祖成之以德聰明睿達懿度弘遠矣其求賢如不及恤民如稚子接士盡盛德之容親仁罄丹府之愛

威下別本有悉字 豐字 納字上俱有以字

效別本作致

扳呂蒙於戎行識潘濬於係虜推誠信士不恤人之我欺量能授器不患權之我偪執鞭鞠躬以重陸公之威委武衛以濟周瑜之師卑宮菲食豐功臣之賞披懷虛已納謨士之筭故魯肅一面而自託士燮蒙險而效命高張公之德而省游田之娛賢諸葛之言而割情欲之歡感陸公之規而除刑法之煩奇劉基之議而作三爵之誓屏氣踽蹐以伺子明之疾分滋損甘以育凌統之孤登壇慷慨歸魯子之功削投惡言信子瑜之節是以忠臣競盡其謨志士咸得肆力洪規遠略固不厭夫區區者也故百官苟合庶務未遑初都建業郡臣請備禮秩天子辭而不許曰天下

巨當作見

川流阸迅一本作川阸流迅

難別本作艱

其謂朕何宮室輿服蓋慊如也爰及中業天人之分既定百度之闕粗修雖醲化懿綱未齒于上代抑其體國經民之具亦足以爲政矣地幾萬里帶甲将百萬其野沃其民練其器利其財豐東負蒼海西阻險塞長江制其區宇峻山帶其封域國家之利未巨有弘於兹者矣借使中才守之以道善人御之有術敦率遺典勤民謹政循定策守常險則可以長世永年未有危亡之患也或曰吳蜀脣齒之國蜀滅吳亡理則然矣夫蜀蓋藩援之與國而非吳人之存亡也何則其郊境之接重山積險陸無長轂之徑川流阸迅水有驚波之難雖有鋭師百萬啓行不過千夫舳艫

千里前驅不過百艦故劉氏之伐陸公喻之長虵其勢然也昔蜀之初亡朝臣異謀或欲積石以險其流或欲機械以御其變天子揔羣誼而咨之大司馬陸公公以四瀆天地之所以節宣其氣固無可遏之理而機械則彼我之所共彼若棄長技以就所屈即荆揚而争舟楫之用是天贊我也將謹守峽口以待禽耳逮步闡之亂憑寶城以延強寇重資幣以誘羣蠻于時大邦之衆雲翔電發懸旌江介築壘遵渚襟帶要害以止吴人之西而巴漢舟師沿江東下陸公偏師三萬北據東坑深溝高壘按甲養威反虜踠跡待戮而不敢北窺生路強寇敗績宵遁喪師太半分命

銳師五千西禦水車東西同捷獻俘萬計哉賢人之謀豈欺我哉自是烽燧罕警封域寡虞陸公沒而潛謀兆吳釁深而六師駭失太康之役衆未盛乎曩日之師廣州之亂禍有愈乎向時之難而邦家顛覆宗廟爲墟嗚呼人之云亡邦國殄瘁不其然歟易曰湯武革命順乎天玄曰亂不極而治不形言帝王之因天時也古人有言曰天時不如地利易曰王侯設險以守其國言爲國之恃險也又曰地利不如人和在德不在險言守險之由人也吳之興也參而由焉孫卿所謂合其參者也及其亡也恃險而已又孫卿所謂捨其參者也夫四州之萌非無衆也大江之南非

乏俊也山川之險易守也勁利之器易用也先政之策易循也功不興而禍遘者何哉所以用之者失也是故先王達經國之長規審存亡之至數謙巳以安百姓敦惠以致人和寬冲以誘俊人之謀慈和以結士民之愛是以其安也則黎元與之同慶及其危也則兆庶與之共患安與衆同慶則其危不可得也危與下共患則其難不足恤也夫然故能保其社稷而固其土宇麦秀無悲殷之思黍離無愍周之感矣

人當作乂

麦當作麥

五等諸侯論

夫體國經野先王所慎創制垂基思隆後葉然而經略不同長世異術五等之制始於黃唐郡縣之治創

自秦漢得失成敗備在典謨是以其詳可得而言夫
先王知帝業至重天下至曠曠不可以偏制重不可
以獨任任重必於借力制曠終乎因人故設官分職
所以輕其任也並建五長所以弘其制也於是乎立
其封疆之典財其親疏之宜使萬國相維以成盤石
之固宗庶雜居以定維城之業又有以見綏世之長
御識人情之大方知其爲人不如厚己利物不如圖
身安上在於悅下爲己在乎利人故易曰悅以使民
民忘其勞孫卿曰不利而利之不如利而後利之利
也是以分天下以厚樂而己得與之同憂饗天下以
豐利而我得與之共害利博則恩篤樂遠則憂深故

以當作矣
予當作子
人當作乂
諒別本作涼

諸侯享食土之實萬國受世及之祚以夫然則南面之君各務其治九服之民知有定主上之予愛於是乎生下之體信於是乎結世治足以彰風道衰足以禦暴故強毅之國不能擅一時之勢雄俊之士無得寄霸王之志然後國安由萬邦之思治主尊賴羣后之圖身譬猶衆目營方則天網自昶四體辭難而心瞀獲人三代所以直道四王所以垂業也夫盛衰隆敝理所固有教之廢興繫乎其人愿法期於必諒明道有時而闇故世及之制敝於強禦厚下之典漏於末折侵弱之釁遘自三季陵夷之禍終于七雄昔者成湯親照夏后之鑒公旦目涉商人之戒文質相濟

具下別本有也字

承積其敝別本作承微積敝

懲當作懲

疵別本作庇口

有響音當作獨饗

損益有物故五等之體不革于時封畛之制有隆焉
爾者豈玩二王之禍而闇經世之筭乎固知百世非
可懸御善制不能無敝而侵弱之辱愈於殄祀土崩
之困痛於陵夷也是以經始權其多福慮終取其少
禍非謂侯伯無可亂之符郡縣非致治之具故國憂
賴其釋位主弱憑其翊戴及承積其敝王室遂卑猶
保名位祚垂後嗣皇統幽而不輟神器否而必存者
豈非事勢使之然歟降及亡秦棄道任術懲周之失
自矜其得尋斧始於所疵制國昧於弱下國憂有響
其利主憂莫與共害雖速亡趣亂不必一道顛沛之
釁實由孤立是蓋思五等之小怨忘萬國之大德知

墜當作隧

柱當作枉

弱網網當作綱

陵夷之可患闍土崩之爲痛也周之不競有自來矣國乏令主十有餘世然片言勤王諸侯必應一朝振矜遠國先叛故强晋收其請墜之圖暴楚頓其觀鼎之志豈劉項之能闚關勝廣之敢號澤哉借使秦人因循周制雖則無道有與共敝而覆滅之禍豈在曩日漢矯秦柱大啓侯王境土踰濫不遵舊典故賈生憂其危晁錯痛其亂是以諸侯阻其國家之富憑其士民之力勢足者反疾土狹者逆遲六臣犯其弱網七子衝其漏網皇祖夷於黥徒西京病於東帝是蓋過正之灾而非建侯之累也然呂氏之難朝士外顧宋昌策漢必稱諸侯逮至中葉忌其失節割削宗子有

名無實天下曠然復襲亡秦之軌矣是以五侯作威不忌萬邦新都襲漢易於拾遺也光武中興纂隆皇統而猶遵覆車之遺轍養喪家之宿侯僅及數世姦宄充斥卒有強臣專朝則天下風靡一夫從橫而城池自夷豈不危哉在周之衰難興王室放命者七臣干位者三子嗣王委其九鼎凶族據其天邑鉦鼙震於閫宇鋒鏑流于絳闕然禍止畿甸害不覃及天下晏然以治待亂是以宣王興於共和襄惠振於晉鄭豈若二漢階闥暫擾而四海已沸孽朝入而九服夕亂哉遠惟王莽篡逆之事近覽董卓擅權之際億兆悼心愚智同痛然周以之存漢以之亡夫何故哉豈

世乏曩時之臣士無匡合之志歟蓋遠績屈於時異雄心挫於卑勢爾故烈士扼腕終委寇讎之手中人變節以助虐國之桀雖復時有鳩合同志以謀王室然上非奥主下皆市人師旅無先定之班君臣無相保之志是以義兵雲合無救劫弒之禍民望未改而已見大漢之滅矣或以諸侯世位不必常全昏主暴君有時比跡故五等所以多亂今之牧守皆以官方庸能雖或失之其得固多故郡縣易以爲治夫德之休明黜陟日用長率連屬咸述其職而淫昏之君無所容過何則其不治哉故先代有以之興矣苟或衰陵百度自勃鬻官之吏以貨准才則貪殘之萌皆如

勃當作悖

別本位下無有字憚下有損字夙夜下有也字

羣后也安在不亂哉故後王有以之廢矣且要而言之五等之君爲己思治郡縣之長爲利圖物何以徵之蓋企及進取仕子之常志修己安民良士之所希及夫進取之情銳而安民之譽遲是故侵百姓以利己者在位有所不憚實事以養名者官長所夙夜君無卒歲之圖臣挾一時之志五等則不然知國爲己土衆皆我民民安己受其利國傷家嬰其病故前人欲以垂後後嗣思其堂構爲上無苟且之心羣下知膠固之義使其並賢居治則功有厚薄兩愚處亂則過有深淺然則探八代之制幾可以一理貫秦漢之典殆可以一言蔽矣

護當作頀

晋平西將軍孝侯周處碑

君諱處字子隱義興陽羨人也氏胄曩興煥乎墳典華宗往茂蔚其簡書啓三十之洪基源流定鼎運八百之遠祚枝葉封桐軒蓋列於漢庭蟬冕播於陽羨二南之價傳不朽而紛敷大護之音聲無微而必顯山高海闊其在斯焉祖賓少折節早亡吳初召諮議參軍舉郡上計轉爲州辟從事別駕步兵校尉光祿大夫廣平太守父魴少好學舉孝廉吳寧國長奮威長史懷安錢塘縣侯丹陽西部屬國都尉立節校尉拜裨將軍三郡都督太中大夫臨川豫章鄱陽太守晋故散騎常侍新平廣漢二郡太守封關内侯賛紱

揚名臺閣標著風化之美奏課爲能

亭亭孤美灼灼横劭徇高位於生前思垂名於身後遂以罕意不違應期出輔洋洋之風俯冠來葉巍巍之盛仰繼前賢君乃早孤不弘禮制年未弱冠膂力絶於天下妙氣挺於人間騎獵無疇時英式慕縱情寡偶俗弊不忻鄉曲誣其害名改節播其聲譽遂來吳事余厥弟驩然受誨向道朝聞方勵志而淫詩書便好學而尋子史文章綺合藻思羅開吳朝州縣交辟太子洗馬東觀左丞中書右丞五官郎中左右國史靖恭夙夜恪居官次遷大尚書僕射東觀令太常卿無難督匡熙庶績朝廷謚寧使持節大都督

庭疑當作亭

忘當作亡

塗中京下諸軍事封章浦庭侯國猶多士君實得賢汪洋庭闕之傍昂藏寮宷之上射獸功猶見顯刺蛟名乃遠揚忠烈道自克修義節情還求布琳琅梓杞珪璧棟梁君著默語三十篇及風土記并撰吳書於是吳平入晉王渾登建業宮釃酒既酣乃謂君曰諸人忘國之餘得無戚乎君對曰漢末分崩三方鼎立魏滅於前吳亡於後亡國之戚豈惟一人渾乃大慙仕晉稍遷揔統初入拜諮議郎除討虜護軍新平太守撫和戎狄叛羌歸附雍士美之轉爲廣漢太守郡多滯訟有經三十年不決者處以評其枉直一朝決遣以母年老罷歸尋除楚內史未之官徵散騎常侍

處曰古人辭大不辭小乃先之楚而郡既經喪亂新舊雜居風俗未一處躬以教義又檢尸無主及白骨在野收而瘞之然以就徵遠近稱歎及居近侍多所規諷遷御史中丞正繩直筆凡所糾劾不避寵戚梁王形違法處深文案之及吳人齊萬年反朝臣惡其強直皆曰處吳之名將子也忠烈果毅庶僚振肅英情天逸遠性霞騫陝北留棠遂有二天之詠荊南度虎猶標十部之書尋轉散騎常侍輕車將軍

迴輪出於新年士女揮淚褰帷望於廣漢雞犬靡喧振茲威略宣其惠和晉京遥仰部從迎歆是時亙賊作逆有衆七萬屯於梁山朝廷推賢以君才兼文

韓信以下似他碑
雜廁不足道

武詔授建威將軍以五千兵奉辭西討忠槩盡節不顧身命乃賦詩曰去去世事已策馬觀西戎藜藿甘粱黍期之克令終言畢而戰自旦及暮斬首萬級弦絶矢盡畨系不救左右勸退處按劍怒曰此是吾効節授命之日何以退爲大臣以身徇國不亦可乎韓信背水之軍未遑得喻工輸縈帶之勢早擬連蹤莫不梯山架壑襁負來歸戎士扞其封壃農人展其耕織秋風才起追戰虜於雷庭春水方生揮揷同於雲雨立功立事名將名臣者乎元康九年囬仄增加奄捐館舍春秋六十有二天子以大臣之葬師傅之禮親臨殯壤建武元年冬十一月甲子追贈平西將軍

封清流亭侯謚曰孝禮也賜錢百萬葬地一頃京城地五十畝爲第又賜王家田五頃詔曰庾毋年老加以逆旅遠人朕每憫念給其醫藥酒米賜以終年以太興二年歲在己卯正月十日葬於義興舊原南瞻荆岳崇峻極之巍峩北睇蛟川濬清流之澄澈要同郡盛氏有四子靖玘札碩並皆志性純孝過礼喪親墳前之樹涤涘先枯庭際之禽聞悲乃下遂作銘曰

周南著美岐山表靈葉繁漢室枝茂晋庭皎皎夫子奇特播名纫有異行世存風烈早馳問望晚懷耿節頗尚豪雄昇名禁闥捨爵策勲允歸明哲輝赫大晋封豕多故式揚廟略克清天步海濵旣折江淮並浙

寘字下刻本多立韻句

漢水作藩條章斯布俗歌揆日人謡何暮忠貞作相
追蹤絳侯將亭嘉茂遷掩芳猷潛光陽甸返旆吳丘
舊闕雖入鄉路寘浮鐫兹幽石萬代千秋

仲冬初七日以抱經學士所校者謄錄小跋見下冊士龍集後日莫目昏
亦能自看此後明日了也　久能父

陸士衡文集卷第十

陸士龍文集

〔晉〕陸雲 撰

據中國國家圖書館藏宋慶元六年（一二〇〇）華亭縣學刻《晉二俊文集》本影印。

提要

《陸士龍文集》十卷，晉陸雲撰。

陸雲（二六二—三〇三），字士龍，曾任清河内史，故世稱『陸清河』。西晉吴縣人，陸抗第五子，陸機弟。少聰慧，十六歲舉賢良。歷任太子舍人、郎中令、尚書郎、侍御史、太子中舍人、中書侍郎等。擅詩文，通玄學，兼工書法，與兄陸機合稱『二陸』。著有《新書》等。

《陸士龍文集》共十卷。卷一賦，箴，卷二至卷四詩，卷五誄，卷六頌、贊、嘲，卷七騒，卷八書，卷九啟，卷十書集。存詩多贊頌、酬唱、贈答之作，清雅省静，以四言見長。其文則辭藻華麗，意藴深雅，情感真摯，頗足動人。詩文多反映當時社會及友朋交游情况。

據《晉書·陸雲傳》載，陸雲所作詩文共三百四十九篇，又撰《新書》十篇，並行於世。《隋書·經籍志》著録十二卷，《新唐書》與《舊唐書》均著録十卷，其後漸散佚。至南宋，華亭知縣徐民瞻勉力搜訪二陸遺文，刻《晉二俊文集》，爲今存最早刊本，然所録僅二百餘篇，較《晉書》所載，散佚頗多。明正德間，吴郡陸元大據以翻刻。其後又有明汪士賢刻十卷本、薛應旂刻四卷本、張溥刻《陸清河集》二卷本等。

本次影印以中國國家圖書館藏宋慶元六年（一二〇〇）華亭縣學刻《晉二俊文集》本爲底本，原書框高二十三·一厘米，廣十六厘米。此本曾經長洲文伯仁、吴縣王寵、嘉興項元汴、泰興季振宜、崑山徐乾學、仁和朱學勤、南陵徐乃昌等名家收藏，末葉有項元汴墨筆識語。

陸士龍文集卷第一

晉清河内史陸　雲　士龍

賦　箴

逸民賦　逸民箴

歲暮賦　愁霖賦

喜霽賦　登臺賦

南征賦　寒蟬賦

逸民賦并序

富與貴人之所欲也而古之逸民或輕天下細萬物而欲專一丘之歡擅一壑之美豈不以身聖於宇宙而恬貴於紛華者哉故天地不易其樂萬物不干其

心然後可以妙有生之極享無疆之休也乃爲賦云
世有逸民兮栖遲乎於一丘委天刑之外心兮淡浩
然其何求陋此世之險隘兮又安足以盤遊杖短筞
而遂往兮乃枕石而漱流載營抱魄懷元執一傲物
思寧妙世自逸靜芬響於永言滅絶景於無質相荒
土而卜居度山河而考室曾丘翳薈穹谷重深叢木
振穎葛藟垂蔭潛魚泳沚嚶鳥來吟仍疏圃於芝薄
兮即蘭堂於芳林靡炎飈以赴節兮揮天籟而異音
假樂器於神造兮詠幽人於鳴琴挹迴源於别沼兮
飡秋菊於高岑蒙玉泉以濯髮兮臨濬谷而投簪寂
然尸居儼焉山立遵渚龍見在林鳳戢逌綿野以宅

心望空巖而凱入明發悟歌有懷在昔賓濮水之清淵兮儀磻溪之一壑毒萬物之諠譁兮聊漁釣於此澤爾乃薄言容與式宴盤桓朝挹芳露夕玩幽蘭眇區外而放志兮眷天路而怡顏望靈嶽之清景兮想佳人於雲端悲滄浪之濁波兮詠芳池之清瀾鄙終南之辱節兮韙伯陽之考槃眄清霄以寄傲兮泝凌風而頹歎玄微載晏何思何欲漂若行雲之浮泊若窮林之木洛有得之必喪兮蓋居寵之名辱彼貪夫之死權兮固遺生以要祿竦戰兢而履冰兮祇肅懷以臨谷亮據鼎之無慄兮在顛沛其必渥是故夫形瑰者從咎體壯者爲犧雖明文而龍藻兮終俛首而

受羈立脩名於禍始兮登全生於戾階資朝華之促節兮抱千載之長懷擠考終於遠期兮顛靈根而自摧殉有喪之假樂方無身其孰哀羨達人之玄覽兮邈藏器於無爲物有自遺道無不可萬祿有同齊物無寡並家於國等朝于野榮在此而貴身兮神居形而忘我欽妙古之達言兮信懷莊而恍賈憎既明於天爵兮何惙於人禍陋國風之皇恤同明哲於大雅

亂曰乘白駒兮皎皎遊穹谷兮藹藹尋峻路兮崢嶸臨芳水兮悠裔樂丘園兮暇豫翳翠葉兮重蓋瞻洪崖兮清輝紛容與兮雲際欲凌霄兮從之恨穹天兮未泰詠歎友兮清唱和爾音兮此世

逸民箴

余昔爲逸民賦大將軍掾何道彥大府之俊才也作反逸民賦盛稱官人之美寵祿之華靡偉名位之大寶斐然其可觀也夫名者實之賓位者物之寄窮高有必顛之恙溢蓋有大惡之尤可不慎哉故爲逸民箴以戒反正焉

浩浩太素制爲兩儀經始君臣朝有俊彌野有逸民各有攸屆而後品物有倫在昔后帝齊物達觀賞不假爵教不示勸號謚莫設而生黎淳晏降迄中古黄象可觀而唐文有煥乃彫乃藻大樸既散樸之既散萬百熙心形爲寵放神爲利淫有翹者車命彼在林

是故懷玉喪實而被褐解襟恬亡智生與世式競匪
智無鑒匪心伊鏡芒芒禹迹鞠爲塗徑惟是毎懷偏
彼反正正反於寵旣尸干禄相恊厥居而豐其屋禄
之旣尸刑爲爾司屋之旣豐喪家于宫故非據之災
戒之在凶人皆知存之爲存而莫知得之爲喪榮猶
振穎墜若頽荒咎自專寵福在循牆是故保其安者
常危而忘其存者不亡無休爾榮身寔親名無謂爾
崇神期好冲戒彼覆餗冒此棟隆慎微如顯乃保身
以終自古在昔逸民有作相彼宇宙方之委鳥夫豈
無不休而好是冲漠是故名利之災至人攸恪謂予
未信無寧監于桑霍天明旣畏神道無親善在求己

慶由積仁無念爾本聿修厥淳執盈如虛乃反天眞
逸民司正敢告官人

歲暮賦 并序

余祗役京邑載離永久永寧二年春忝寵北郡其夏又轉大將軍右司馬於鄴都自去故鄉荏苒六年惟姑與姊仍見背弃銜痛萬里哀思傷毒而日月逝速歲聿云暮感萬物之既改瞻天地而傷懷乃作賦以言情焉

夫何乾行之變通兮昏明迭而載路羨飛轡之遠御兮騰六龍於天步時赴節而漸流兮氣移數而改度揮促節於短日兮振脩策於長夜運攸忽其既周兮

歲冉冉而告暮變棘心之柔風兮滋豐草之湛露玄暉邈以峻服兮黃裳皓而振素於是顓頊御時玄冥統官天廟既底日月貞觀淪重陽於潛户兮嚴微積陰於司寒日回天以滅景兮颷衝淵而無瀾堅冰涸於川底兮白雪隕於雲端普區宇之萃景兮頻萬物之哀顏時稟戾其可悲兮氣蕭索而傷心淒風愴其鳴條兮落葉飄而灑林獸藏丘而絕迹兮鳥攀木而栖音山振枯於曾嶺兮民懷慘於重襟寒與暑其代謝兮年冉冉其將老豐顏曄而朝兮玄髮粲其夕皓感芳華之志學兮悲時暮而難考遠圖逝而辭懷兮密思集而盈抱羨厚德之溥載兮嘉豐化之大造恨

盛來之苦晏兮悲衰至之常蚤指晞露而怵心兮行死生於靡草蒙時來之嘉運兮遊上京而凱入委乘轄於紫宮兮剖金虎而底邑憑台光之發曜兮荷寵靈而來集望故疇之迥遼兮泝南風而頽泣長歎息而永懷兮感逝物而傷悲哀年歲之攸往兮伊行人之思歸結隆思於朝日兮綴永念於紀暉表寸陰而貞吝兮盻盈尺其若遺嗟我行之久永兮何歸途之芒芒憇遵渚於川盻攸逝兮江湘處孝敬於神丘兮結祗慕於帷桑瞻山川而物存兮思六親而人亡問仕姑而背世兮及伯姊而淪喪尋餘蹤於空宇兮想絶景於遺堂悲山林之杳藹兮痛華構之丘荒靖深

情以遐慕兮思纏綿而懷楚涕垂顏以交頹兮哀淩心而洞駭神尋路而窘逝兮形頻蹙乎其所心悠悠其若懸兮音既絶而復舉悲人生之有終兮何天造而罔極仰悲谷之方中兮顧懸車而日昃百年迅於分嘘兮千歲疾於一息詠大椿之萬祀兮同蟪蛄於未識歲難停而易逝兮情艱多而泰寡年有來而弃予兮時無筭而非我祗生心於目順兮雖乎翕其難假攝儻生於逆旅兮欲淹留其焉可彼鑒寐之有時兮亦始卒之固然舒遠懷於千載兮悵同感乎中山鑒通人之恂戒兮懼晏平之達言啓貞心以自買兮覽遺籍而問道亮爽鳩之既徂兮故營丘之有紹在

吾儕之陋心兮豈取樂於東表苟長生而自得兮將
奚待而有夭考大德於天地兮知斯言之蓋矯

愁霖賦

永寧三年夏六月鄴都大霖旬有奇日稼穡沉湮生
民愁瘁時文雅之士煥然並作同僚見命乃作賦曰
在朱明之季月兮反極陽於重陰與介立之膚寸兮
墜崩雲而洪沉谷風扇而攸遂兮苦雨播而成淫天
泱漭以懷慘兮民顒慼而愁霖於是天地發揮陰陽
交烈萬物混而同波兮玄黃浩其無質雷憑虛以振
庭兮電凌牖而輝室霤鼎沸以駿奔兮潦風驅而競
疾豈南山之暴濟兮將冥海之蹔溢隱隱填填若降

自天高岸渙其無崖兮平原蕩而爲淵遵渚回於凌河兮黍稷仵於中田匱多稼於億庾兮虛夙散於祈年外薄郊甸内荒都城陰無晞景霤無輟聲纖波靡於前途兮黴律隔於峻庭紛雲擾而霧塞兮漫天顏而地盈於是愁音比屋歎發屢省陽堂乏暉朗室無景望曾雲之萬仞兮想白日之寸胎感虛無而思深兮對寂漠而言靖毒甚雨之未晞兮悲夏日之方永瞻大辰以頽息兮仰天衢而引領愁情沉疾明發哀吟永言有懷感物傷心結南枝之舊思兮詠莊舃之遺音羨弁彼之歸飛兮寄予思乎江陰眇天末以流目兮涕滂沲而沾襟何人生之倏忽痛存亡之無期

方千歲於天壤兮吾固已陋夫靈龜矧百年之促節兮又莫登乎期頤哀戚容之易感兮悲懽顏之難怡考傷懷於衆苦兮愁豈霖之足悲雲曇曇而疊結之兮雨淫淫而未散晞朱陽於崇朝兮悲此日之屢晏劾豐隆於岳陽兮執赤松於神館命雲師以藏用兮繼乘龍於河漢照濛汜之清暉兮炳扶桑之始旦考幽明於人神兮妙萬物以達觀

喜霽賦

余既作愁霖賦雨亦霽昔魏之文士又作喜霽賦聊廁作者之末而作是賦焉

毒霖雨之掩時兮情懷憤而無懌肅有禱於人謀兮

反極陰于天作靖屏翳之洪隧兮戢太山之觸石凌風絕而謐寧兮歸雲反而揮霍改望舒之離畢兮曜六龍於紫閣楊天步之剡剡兮播靈輝之赫奕於是朱明自皓凱風來南復火正之舊司兮黜后土於重陰夷中源之多潦兮反高岸於嵩岑萎禾竦而振穎兮偃木竪而成林嘉大田之未墜兮幸神祇之有歆爾乃俯順習坎仰熾重離蔡明暢而天地曄兮羣生怳而萬物齊魚凌淵以增躍兮鳥[redacted]林而朝隮戢流波於枉水兮起芳塵於沉泥朱光播於甕牖兮素景衍乎中闈天監作照幽明畢覩普厥有懽單及四國翁萬情而咸喜兮雖無獲而自得災未及周和斯有

祥翼翼黍稷油油稻■望有年於自古兮睎隆周之
萬箱原思悅於蓬戶兮孤竹欣於首陽陰陽交泰萬
物方遒炎神送暑素靈迎秋四時逝而代謝兮大火
忽其西流年冉冉其易頹兮時靡靡而難留嗟沉哀
之愁思兮瞻日月而增憂感年華之行暮兮思秉燭
而遠遊命海若以量津兮吾欲往乎瀛洲臨儀天之
大川兮陵懷山之洪波瞻增城之峻極兮仰蓬萊之
峩峩望王母於弱水兮詠白雲之清歌雖嘉命之未
錫兮將輕舉於流沙振仙車之鳴鸞兮吐玉衡之八
和託芝蓋之後乘兮飡瓊林之朝華脩無窮以容與
兮豈萬載之足多

登臺賦

永寧中參大府之佐於鄴都以時事廵行鄴官三臺登高有感因以言崇替廼作賦云

承后皇之嘉惠兮翼聖宰之威靈肅言而述業兮乃啓行乎北京廵華室以周流兮登崇臺而上征攀淩坻而遂隮兮迄雲閣而少寧爾乃佇眄瑶軒藹目綺寮中原方華緑葉振翹嘉生民之亹亹兮望天晷之苕苕歷玉階而容與兮□蘭堂以逍遥覽紫庭之芳塵兮駭洞房之迴飈頹響逝而迕物兮傾冠舉而淩霄曲房縈而窈眇兮長廊邈而蕭條於是迴路委夷邃宇玄芒深堂百室曾臺千房闢南窻而蒙暑兮啓

朔滿而履霜遊陽堂而冬温兮步陰房而夏涼萬禽委蛇於潛室兮鸑鳳矯翼而來翔紛譎譎於有象兮邈攸忽而無方于時南征司火朱明鬱遂縣車式徐曜靈西墜暑著乘陰而增炎兮景望淵而曖昧玩瓊宇而情敞兮覽八方而思銳陋兩館之常規兮鄙鳴鵠之蔽第卬凌眄於天庭兮俛旁觀乎萬類北溟浩以揚波兮青林煥其興蔚扶桑細於毫末兮崑崙卑乎覆簣於是忽焉俛仰面天地既必宇宙同區萬物為一原千變之常鈞兮齊億載於今日彼區中之側陋兮非吾黨之一室本達觀於無形兮今何求而有質於是聊樂近遊薄言懷佯朝登金虎夕步文昌綺疏

列於東序朱戶立乎西廂經纖韡以披藻兮椒塗馥
而遺芳感舊物之咸存兮悲昔人之云亡憑虛檻而
遠想兮審歷命於斯堂於是精疲遊倦白月藏輝歇
春登之有情兮惡荆臺之忘歸聊弭節而駕言兮悵
將逝而徘徊感崇替之靡常兮寤廢興而永懷隆期
啓而雲升逝運靡其如頹長發惟祥天鑒在晉肅有
命而龍飛兮躡重斯而肇建嘉有魏之欽若兮驗靈
符而告禪清文昌之離宮兮虛紫微而爲獻委普天
之光宅兮質率土之黎彦欽哉皇之承天兮集北顧
於乃眷誕洪祚之遠期兮則斯年於有萬

南征賦并序

太安二年秋八月姧臣羊玄之皇甫商敢行稱亂逼乘輿天子蒙塵于外自秋徂冬大將軍敷命羣后同恤社稷乃身統三軍以謀國難自義聲所及四海之內朔漠之表蒸徒贏粮而請奮胡馬擬塞而思征四方之會衆以百萬軍旅之盛威靈之著自古已來未之有也粤十月軍次于朝歌講武洽戎以觀兵于殷墟於是美義征之舉壯師徒之盛乃作南征賦以揚匡霸之勳云爾

有皇晉之霸后資濬哲之叡聖崇文德於緝熙濟武功而保定應天鑒之昭華荷帝祐之休命步玉衡以觀八方在旋璣而齊七政芒芒神道化洽崇深卬矣

天飛俯洞淵沉振南箕以鼓物冒慶雲而崇蔭[redacted]天
維以籠世廓宇宙而宅心濟博施之厚德鏗希聲之
大音淵澤回而泣汪豪彦萃而爲林九服惟清諸夏
謐靜肅慎回首沙漠引領天和時降地靈夙挺結芳
林之奇幹[redacted]珎禾之神穎勵修德於億兆端澄形於
萬景在中葉之不競遭皇家之毒亂悲國步之未夷
仰夙興而昧旦括無方而大語集率土而貞觀致天
屬於王畿肅有征而省難爾乃建黄鉞之靈威樹戎
輅之高蓋代隱天之雷鼓振凌霄之電旆介天揮戈
而夙興輕武揔干而啓萬振靈韶之嘈嘈飛旟旐之
藹藹虹旃泝風以委蛇霓旌掌家光而容裔公徒十萬

其會雲興悠悠華戎時罔不承爾乃命屏翳以夕降
式飛廉以朝升塗濛雨而復清景帶天而光澄倍武
臣於彫軒列名僚於後乘猛將起而虎嘯商飈肅其
來應士憑威而嚮駭馬獻天而景凌臨川屯於廣陸
武騎被乎中陵類禡比京師徒經始桓桓先征在河
之涘順彼長道懸旌千里羨王師之遵時茂七德而
發止爾乃税駕殷墟我徒既閑順時講武薄狩于原
紛同方而類聚煥副翼而朋分祗明刑以誓衆習軍
政於舊聞儼山立以崇會粲煙駭而興紛若冥海之
引回流岱靈之吐行雲于時玄冬首時陰風戒煞山
澤含哀天地肅乂閑夜冽以澄清中原曠而曖昧我

士肅而感戒三軍紛而雜遝長角哀叫以命旅金鼓隱訇而啓代景淩冥而四播音乘雲而上逝火烈具舉伐鼓淵淵朱光俛而丹野炎暉印而絳天曜靈翕赩以增熾慣氣咈悅而淩煙狂飈起而妄駭行雲藹而千眠旌旆翩其猗靡驚熛因而嬗娟爾乃洪音雷潰　問尌廣凌雲發揮萬里振響聲馮虛而天回烈駭而地蕩映皓月而望舒闇照重昏而大夜朗服縣炎揚而晃儵飛烽戢煜而泱漭乃有熊羆之旅虓闞之將雄聲泉踊逸氣風亮超　三軍以奔厲賈餘勇而成壯兆洪音於寂漠先無形而高唱紛若屯雲煥若積波遁　陰景靜言勿譁絕倡寂其旣收萬夫翕而

咸和嚴鼓隱而重戒景燧曄而星羅列蒙陰而卬假曜憑陽而登遐若扶桑之振華葉皓天之散朝霞超燭龍之絕景豈此象於百華

寒蟬賦 并序

昔人稱雞有五德而作者賦焉至於寒蟬才齊其美獨未之思而莫斯述夫頭上有緌則其文也含氣飲露則其清也黍稷不食則其廉也處不巢居則其儉也應候守節即其信也加冠冕取其容君子則其操可以事君可以立身豈非至德之虫哉且攀木寒鳴貧才所歎余昔僑處切有感焉興賦云爾

伊寒蟬之感運近嘉時以遊征含二儀之和氣稟乾

元之清靈體貞精之淑質吐呼嗌之哀聲希慶雲以
優遊逌太陰以自寧於是靈岳幽峻長林參差爰蟬
集止輕羽洮池清澈徵激德音孔嘉承南風以軒景
附高松之二華黍稷惟馨而匪耳竦身希陽乎靈和
唳乎其音翩乎其翔容麗蜩螗聲美宮商飈如飛焱
之遭驚風眇如輕雲之麗太陽華靈鳳之羽儀渚皇
都乎上京跨天路於萬里豈蒼蠅之尋常爾乃振脩
緌以表首舒經翅以迅朝華之墜露含烟熅以夕滄
望北林以鸞飛集樛木以龍蟠彰淵信於嚴時稟清
誠乎自然翩眇微妙綿蠻其形翔林附木一枝不盈
豈黃鳥之敢希唯鴻毛其猶輕憑綠葉之餘光哀秋華

之方零恩鳳居以翹竦仰跂立而哀鳴若夫歲聿云
暮上天其涼感運悲聲貧士含傷或歌我行永久或
詠之子無裳原思歎於蓬室孤竹吟於首陽不衛子
以殲身不勤身以營巢志高於鷹鳩節妙乎鷦鷯附
枯枝以永處何瓊林之逈翛惟雨雪之霏霏哀北風
之飄颻既乃彫以金采圖我嘉容珎景曜爛暐曄華
豐奇侔黼黻豔比袞龍清和明潔羣動希蹤爾乃綴
以玄冕增成首飾纓蕤翩紛九流容裔映華虫於朱
袞袁馨香乎明德於是公侯常伯乃紆紫黻執龍淵
俯鳴珮玉仰撫貂蟬袿黃廬之多士光帝皇之待人
既騰儀像於雲闥望景曜乎通天邁休聲之五德豈

鳴雞之獨珎聊振思於翰藻闡令問以長存於是貧
居之士喟爾相與而俱嘆曰寒蟬哀鳴其聲也悲四
時云暮臨河徘徊感北門之憂殷歎卒歲之無衣望
泰清之巍峩思希光而無階簡嘉蹤於皇心冠神景
乎紫微詠清風以慷慨發哀歌以慰懷

陸士龍文集卷第一

陸士龍文集卷第二

晉清河内史陸　雲士龍

詩

四言失題

征東大將軍京陵王公會射堂皇太子見命作一首

大將軍宴會被命作一首

太尉王公以九錫命大將軍讓公將還京邑祖餞贈一首

大安二年夏四月大將軍出祖王羊二公於城南堂皇被命作一首

從事中郎張彦明爲中護軍一首

贈顧驃騎後二首

贈汲郡太守

四言失題 前八章 後六章

悠悠懸象昭回太素清濁迭興升降啓度遺和既奕季春告暮朱明來思青陽受煦 其一

日征月盈天道變通太初陶物造化爲功四月惟夏南征觀方凱風有集飄飖南牕思樂萬物觀異知同

其二

有奄萋萋甘雨未播黍稷方華中田多稼庭槐振藻園桃阿 薄言觀物在堂知化 其三

蓬戶惟清玩物一室明發有懷念昔先哲通夢幽人
彷彿遺烈清暉在天孰與永日　其四
乃啓遺籍思予大觀幽居傲物顧景怡顔沉推解舞
衡門重闈思媚古人有懷良盤沉曦含輝芳烈如蘭
其五
厥初生民有物有類自古有稱大寶以位征徒式好
俊奔攸遂啓予有聞誨爾達貴　其六
達貴伊何天爵無榮渾　大昧混其濁清毀方遁象
遺頑履貞道實藏器景以昭形　其七
芒芒陋世奚競奚錯牧彼紛華委之冲漠漂志垂天矯心凴閣
通好莊聃儀形有作安得達人顧予命薄　其八

思樂芳林言采其菊衡薄遵塗中原有菽登彼脩巒
在林庿宿彷彿佳人清顏如玉　其一
予美亡此誰爲適道容與俟之玄髮方皓躑躅山阿
玩此芳草願飡其穎蔗以遺老　其二
亹亹嘉時飄忽弃予有瞻逝深永歎潛渏登願扶桑仰
結飛晷伊人匪存遺芳孰與　其三
精氣爲物或降或升徂落攸往神竒有登死生爲徒
存亡曷勝謂予不信遺籍有徵　其四
閒居外物靜言樂幽繩樞增結甕牖綢繆和神當春
清節爲秋天地則爾户庭已悠　其五
嗟我懷人悠悠其潛念昔先烈有懷所欽駿情玩世

堂允南金瓊輝邈矣誰適爲心明發興言忼慨芳林

其六

征東大将軍京陵王公會射堂皇太子見

命作此詩

芒芒太極玄化絪熅頹形成器凌象垂文大鈞造物

庶類群分先識經始實綜彝倫　其一

惟岳隆周生甫及申天監在晉祚之降神邈矣遐風

茂德有隣永言配命唯晉之鎮　其二

厥鎮伊何實幹心膂文教内輔武功外禦淮方未靖

帝曰攸序公于出征奄有南浦　其三

南海既賓爰戢干戈桃林釋駕天馬婆娑象齒南金

來格皇家絶音協徽宇宙告和　其四

玄綱峻極天罔既紘文武方升允兹兼弘峩峩髙夏
有肅其凉公侯矣止騄驥龍驤善問如林在會鏘鏘

其五

祝融銜節火正緝熈凱風徘徊萬物欣時秩秩初筵
薄言在兹嘉福介祐萬壽無期　其六

大將軍宴會被命作此詩

皇皇帝祐誕隆駿命四祖正家天禄保定叡哲推晉
世有明聖如彼日月萬景攸正　其一

巍巍明聖道隆自天則分明爽觀象洞玄凌風叶極
絶顯照淵肅雍往播福禄來臻　其二

在晉姧臣稱亂紫微神風潛駭有赫茲威靈旗樹旆如雷斯揮致天之屆于河之沂有命再集皇輿凱歸

其三

頹綱既振品物咸秩神道見素遺華反質辰晷重光協風應律函夏無塵海外有謐

其四

芒芒宇宙天地交泰王在華堂式宴嘉會玄暉峻朗翠華崇藹冕弁振纓藻服垂帶

其五

祁祁臣僚有來雍雍薄言載考承顏下風俯覿嘉客仰瞻玉容施巳唯約干禮斯豐天錫難老如岳之崇

其六

太尉王公以九錫命大將軍讓公將還京

邑祖餞贈此詩

列文辟公時惟哲王闡縱絕期乎顯幽光內實慎徽緝熙有感出紀方憲間督不揚高山峻極天造芒芒　其一

天子念功大典光備肅肅王命幸臣蒞事穆矣淵讓遺功遂志思我遠猷徽音孰嗣　其二

后命既靈王人反旆興言出祖飲餞于邁旍旐決決輶軒藹藹和風弭塵清暉映蓋　其三

思樂中陵言觀其川公王戾止有車轔轔伊誰云饗我有嘉賓羽觴舉酬酢爾征人　其四

悠悠征人四壯騑騑發軫北京振策紫微昔乃云來

春林方輝歲亦暮止之子言歸道途興戀伏載稱

其五

聖澤既淫嘉會愔愔庭旅鍾鼓堂有瑟琴飛纓清暉
扶桑移蔭視景祇慕揮袂沾襟變被同栖悲爾異林
我有旨酒以歌以吟　其六

大安二年夏四月大將軍出祖王羊二公
於城南堂皇被命作此詩

時文惟晉天祚有祥聖宰作弼受言既臧有赫斯庸
勳格昊蒼景物台暉棟隆玉堂　其一

惟常思庸大興光迪聖敬遠齊神道玄邈思媚三靈
誕膺天篤嘉命既辱王人言告　其二

翼翼王人言告惟慕公輿駕言乃眷斯顧華旂飛藻
鳴鑾振路騑騑駟牡噓天載步　其三
我有高夏如雲斯薈彫軒戾止薄言嘉會問誰在宴
惟俊惟乂豐俎殽薦獻酬交泰　其四
攸攸昊天南正興言朱明有曄萬葉翠繁昌雲垂天
凱風熙顏王在在此貽宴于懽　其五
懸家西頹虞淵納景嘉樂未晞　駕已整行矣征人
身乖路永飛驂顧懷華蟬引領遺思北京結戀臺省

其六

贈顧驃騎後二首

有皇美祈陽也祈陽秉文之士駿發其聲

故能明照有吴，入顯乎晉國人，美之故作

是詩焉

有皇大晉時文憲章規天有光矩地無疆神篤斯祜

本顯克昌載生之儁實惟祈陽哲問宣猷考茂其相

其一

於鑠祈陽誕鍾天篤清輝龍見玄猷淵嘿沉機響駭

幽神廣覿和以同人歸物時育有大惡盈謙以自牧

思我懿範萬民來服

其二

吴未喪師天秩有庸淵哉若人弱冠休風俯翼黄門

以德來忠端秀蕃后正色儲宫徽音鑠穎邈矣遐蹤

其三

皇維南終舊邦匪歆委弁釋位如龍之潛考槃穹谷
假樂豐林子雖藏器鍾鼓有音惠風往敬慶問來尋

其四

濟濟元公相惟天子明明辟王思隆多士帝曰欽哉
有命集止我咨四方令問在爾以朕大賚乃膺嘉祉
聿來胥步觀國之紀

其五

惟皇建極緝熙清曜我有畯民明德來照大觀在上
主假有廟顯允顧生金聲玉振之子于升利見大人
龍輝絶跡有肅清塵

其六

清塵既彰朝虛好爵敬子侯度慎徽百辟予聞有命
德禮不易嗟我懷人瞻言來錫豐祐東注惟子之續

其七

遵涇涉泗言告同征勁風宵烈湛露朝零雲垂藹下
泉洌清冷哀我行人感物傷情從子京邑言觀厥成
天保祚德式穀以寧

其八

思文美祁陽也祁陽能明其德刑于寡妻
以至于家邦無思不服亦賴賢妃貞女以
成其內教故作是詩焉

思文祁陽祁陽克畯天錫淳嘏宣茲義問德音既烈
海外有奮既奮斯音祗敬厥德照治其家覃及邦國永
肇儀刑俾民惟則　其一
文王在上大姒思齊魯侯克昌亦賴令妻鑒神有顧

蘋蘩在斯祁陽載天作之伉儷　其二

在㕙之胄實惟有姚穎豔玉秀華茂挑天居顯祇明

在靈格幽清塵熠爍淑心綢繆爰及祁陽惟德之周

其三

其德伊何和貞處告師民履復素言謀慮度鍾鼓思樂

靖端夙効考休攸嬪來嫁于顧　其四

羔羊執贄玉帛有煇百兩集止之子于歸宗姻風從

娣姪雲回祁陽顧之煥其盈闈　其五

既日歸止式揚好音言觀河洲有集于林思樂葛藟

薄采其葦瘯皮攸遂乃孚惠心　其六

惠心既孚有恪中饋斳此衆斯永錫嗣類載延窈窕

用和寤寐神之聽之衛祚來爾　其七

昔周之隆有姒如有內刑聖敬外崇多士今我淑人
實亮君子亹亹翼翼亦繼斯祉宜爾子孫福禄盈止

其八

從事中郎張彥明爲中護軍并序

奚世都爲汲郡太守客將之官大將軍崇賢之德既
遠而厚下之恩又隆非此離析有感聖皇既蒙引見
又宴于後園感鹿鳴之宴樂詠魚藻之凱歌而作是詩

思文有聖叡哲配天功濟生黎道合上玄休命發揮
有集惟賢哲彼寤宿澄此在淵　其一

濟濟多士實播令聞王曰欽哉余嘉乃勲徽音孔碩

惠爾風雲穆此芳烈肇揚清芬 其二

肅肅庶僚袨服寵暉肇彼桃蟲假翼飜飛出撫邦家入翔紫微有命既集願言永違 其三

思樂華堂雲搆崇基公王有酒薄言饗之景曜徽芒芳風詠時宴爾賓僚具樂于茲 其四

亹亹我王豐恩允臧我客戾止飲酒公堂自彼下僚聿來有光悲矣永言指塗逝將形違殿闥景附華房 其五

開國承家勿用小人今我聖宰寔蓄斯仁凌淵龍躍披林鳳振正直既好嘉禮■陳振我遠德歸于時民 其六

贈汲郡太守

於穆皇晉豪彥實蕃天罔振維有聖貞觀鳴鳥在林良駿弭閑萃俊乂時亮庶官　其一

抑抑奚生天篤其淳芳穎蘭揮瓊光玉振沉機照物妙思考神思我善問觀德古人　其二

善問伊何惠音孔韶肇允衡門翩飛宰朝肅雍芳林芬響凌霄穆矣和風扇爾清休　其三

亦既有試出宰邦家之子于行民固謳歌風澄俗險化靜世波芒芒既庶且樂于和　其四

我有好爵既成爾服入贊崇華遂登帷幄時文聖宰天祚方穀朔風徽止鴻漸雲嶽　其五

悠悠斯民三代直道我求明德惟奚攸考緝熙暉章
天禄來保惠心無兢豐化有造　其六
樂只君子茂德攸綏嗟我懷人式是言歸聿言來集
如翼斯揮日予不惠貽爾清暉　其七
職思既殊亦各有司念我同僚悲爾異事之子之遠
悠悠我思雖無贈之歌以言志　其八

陸士龍文集卷第二

陸士龍文集卷第三

晉清河內史陸　雲士龍

詩

兄平原贈

贈鄭曼季往返八首

贈顧尚書一首

贈顧彥先一首

荅顧秀才一首

荅大將軍祭酒顧令文一首

荅吳王上將軍顧處微一首

贈鄱陽府君張仲膺一首

孫顯世贈并答　失題二首

兄平原贈并序

余弱年夙孤與第士龍銜卹喪庭續會逼王命墨經即戎時並縈髮悼心告别漸歷八載家邦顛覆凡厥同生彫落殆半收迹之日感物興哀而龍又先在四時追當祖載二昆不容逍遥銜痛東徂遺情西暮故作是詩以寄其哀苦焉

於穆予宗禀精東嶽誕育祖考造我南國克靖實繇洪績惟帝念功載繁其錫惟何玄冕衮衣金石假樂旄鉞授威匪威是信稱平遠德奕世台衡扶帝紫極

其一

篤生三昆克明克俊遵途結轍承風襲問帝曰欽哉
纂戎烈祚雙組式帶綬章載路即命荆楚對揚休顧
肇敏厥績武功聿舉烟熅芳素絪縕江滸昊天不弔
胡寧弃予　其二
嗟予人斯胡德之微闕彼遺軌則此頑違王事靡盬
旍旆屢振委籍舊戈統厥征人祁祁征人載肅載閑
騤騤戎馬有　有翰昔予翼考惟斯伊撫今予小子
緌尋末緒　其三
有命自天崇替靡常王師乘運席江卷湘雖　守
守從武臣守局下列譬彼飛塵洪波電擊與衆同泯
顛跋西夏收迹舊京俯慙堂構仰懷先靈孰去忍媿

寄之我情　其四
伊我俊弟咨爾士龍懷襲瑰瑋播殖清風非德莫懃
非道莫弘垂翼東畿耀穎名邦綿綿洪統非爾孰崇
依依同生恩篤情結義存並濟胡樂之悅願爾偕老
携手黄髮　其五
昔我西征扼腕川湄掩涕即路揮袂長辭六龍促節
逝不我待自往迄兹曠年八祀悠悠我思非爾焉在
昔並垂髮今也將老銜哀茹慼契闊充飽嗟我人斯
胡邮之早　其六
天步多艱性命難誓常懼隕斃孤魂殊裔存不阜物
没不增壤生若朝風死由絶景視彼浮遊方之僑客

眷此黄廬譬之懿宅匪身是㤅亮會伊惜其惜伊何
言紓其思其思伊何悲彼曠載　其七
出車戒塗言告言■歸蓐食驚駕夙興宵馳濛雨之
陰炤月之輝陸陵峻坂川越洪漪爰屆爰止步彼高
堂失爾羽邁良顧中荒我心永懷匪悅匪康　其八
昔我斯逝兄弟孔仁今我來思或彫或寂昔我斯逝
族有餘榮今我來思堂有哀聲我行其道鞠爲茂草
我履其房物存人亡拊膺涕泣血淚彷徨　其九
企佇朔路言■爾歸心存言宴目想容輝迫彼窀穸
載驅東路繼其桑梓肆力丘墓婉兮孌兮興懷罔極
眷言顧之使我心惻　其十

荅

伊我世族太極降精昔在上代軒虞篤生厥生伊何流祚萬齡南嶽有神乃降厥靈誕鍾祖考胥茲神明運步玉衡仰和太清賓御四門旁穆紫庭紫庭既穆威聲爰振厥振伊何播化殊鄰清風攸被率土歸仁彤弧所彎萬里無塵功昭王府帝庸厥勳黃鉞授征錫命頻繁闞如虓虎肅茲三軍光若辰跱亮彼公門仍世上司芳流慶純雲和所產爰育二昆誕豐岐嶷夙邁令問令問伊何休音允臧先公克構乃崇斯堂耀穎上京發迹扶桑戎車山征時惟鷹揚鷹揚既昭勳庸克邁天子命我鎮 弼于外 在作扞 城以表南裔隆災

匪獨景命顛沛惟我賢昆天姿秀生含奇播殊明德
惟馨太陽散氣乃稟厥和山川垂度爰則厥遐厥遐
伊何惟光惟大惟大伊何如岱如渭恢此廣淵廓彼
洪懿弘道惇德淵哉爲器統我先基弱冠慷慨將弘
祖業實崇奕世咨予碩矇蕞爾弱才沉耀玄渚挹庇
雲淇陶化靡移固陋于茲瞻仰洪範實忝先基巍巍
先基重規累構赫赫重光遐風激路爲晋我先公爰造
斯猷令我六蔽匪崇克扶悠悠大道載邈載遐洋洋
淵源如海如河昔我先公斯綱斯紀令我末嗣乃傾
乃圮世業之頹自予小子仰媿靈丘銜憂没齒憂懷
惟何顧景惟塵峩峩高蹤眇眇貧賤明德繼體莫非

哲人今我頑鄙規範靡遵仍世載德荒之予身莫峻
匪岳有俊斯登莫高匪雲有高斯凌矧我成基匪克
階升玄黃長坂載寐載興豈敢憚行哀此負乘芒芒
高山自子顏之濟濟德義匪予懷之終銜永負于其
娩而昔予言曠氾舟東川銜憂告辭揮淚海濱羲陽
趣駕炎華電征自我不見邈哉八齡悠思迴望寤言
通靈昔我徂矣辰在東隅今我于茲日薄桑榆銜艱
遘愍困瘁劬憂哀矣我世匪蒙靈休開元迄茲震輿
迭微弱風隱駭海水群飛王旅南征闡耀靈威予昆
乃播爰集朔土載離永久其毒太苦上帝休命駕言
其歸多我遘愍振蕩朔垂羈縶殊俗祈願用違嚴駕

東征肅邁林野夕秣乘馬朝整僕旅矯矯乘馬載驅載馳漫漫長路或降或陟晨風夙零朝不皇飢傾景儵墜夕不存罷雖有豐草匪釋奔駟雖有重陰匪徨假寐煢煢僕夫悠悠遄征經彼喬木有鳥嚶鳴微物識儕矧伊有情樂兹棠棣實歡友生既至既覲滯思曠年曠年殊[redacted]覲未浹辰悵其永懷憂心孔艱天地永久命也難長生民忽霍曷云其常我之既存靡績靡紀乾坤難並寂焉其已生若電激沒若川征存愧松栢逝慙生靈匪忝性命實悼徒生苟克折薪豈憚冥冥瞻企皇極徼福上天冀我友生要期永年昔我先公邦國攸興今我家道綿綿莫承昔我昆弟如鸞鳶

如龍令我友生凋俊隊雄家哲永徂世業長終華堂傾搆廣宅積墉高門降衡脩庭樹蓬感物悲懷愴矣其傷惇仁汜愛錫予好音晞光懷寶煥若南金披華玩藻華若翰林詠彼清聲被之瑟琴味此殊響慰之予心弘懿忘鄙命之反覆敢投桃李以報寶玉冀憑光蓋編諸末録

贈鄭曼季往返八首

谷風懷思也君子在野愛而不見故作是詩言其懷思之也

習習谷風扇此暮春玄澤墜潤靈爽烟煴高山熾景喬木興繁蘭波清踴芳滸增涼感物興想念我懷人

其一

習習谷風載穆其音流瑩鼓物清塵拂林霖雨嘉播有渰淒陰歸鴻逝矣玄鳥來吟嗟我懷人其居樂潛明發有想如結予心

其二

習習谷風以溫以涼玄黃交泰品物含章潛介淵躍候鳥雲翔嗟我懷人在津之梁明發有思凌彼褰裳

其三

習習谷風其集惟高嗟我懷人於焉逍遥鸞栖高岡耳想雲韶拊翼墜夕和鳴興朝我之思之言懷其休

其四

習習谷風其音孔嘉所謂伊人在谷之阿虎質山嘯

龍輝淵蟠維南有箕匪休其和有球斯畢戩爾滂沲
懿厥河漢惟彼大華明發有懷我勞如何　其五

鄭荅

鴛鴦美賢也有賢者二人雙飛東岳揚輝上京其兄已顯登得朝而第中漸婆娑衡門然其勞謙接士吐握待賢雖姬公之下白屋洙泗之養三千無以過也乃肯垂顧惠我好音思樂結永好之懽云爾

鴛鴦于飛在江之湀和音反暢拊翼雙起朝遊蘭池
夕宿蘭沚清風翕習扇彼蘭茝淩雲高厲載翔載止

其一

鴛鴦于飛載飛載吟有欝浚藪實惟桂林芳條高茂

華繁垂陰爰翾爰翔爰憩其南有馥清芬協我好音

其二

鴛鴦于飛乘雲高翔有嚶其友戢翼未翔澄淡素波
容與趍倡雖日戢止和音遠揚我有好爵與子偕嘗

其三

鴛鴦于飛徘徊翩翻載頡載頏命侶鳴羣有鬱蘭皋
列彼清源鴛鴦言遊之聊樂我云思與佳人齊灌順川

其四

鴛鴦于飛或飛或遊習習谷風扇彼清沵春草揚翹
黿鼉沉浮感物興想我心長憂誰謂河廣曽不容舟
企予望之搔首踟躕　其五

鴛鴦于飛載和其鳴懷爾好音寡我中情人亦有言
心得遺形投我木瓜報爾瑶瓊匪繄曰報永好千齡

其六

陸贈

鳴鶴美君子也太平之世君子猶有退而窮居者樂
天知命無憂無欲碩人之考槃傷有德之遺世故作
是詩也
鳴鶴在陰戢其左翼肅雍和鳴在川之側假樂君子
祚爾明德思樂重虚歸于其極嗟我懷人惟馨黍稷

其一

鳴鶴在陰其鳴喈喈垂翼蘭沼濯清芳池假樂君子

其茂猗猗底之瑰寶有粲瓊瓌乃振褧裳襲爾好衣嗟我懷人啓襟以晞　其二

鳴鸖在陰其儀藹藹謂天蓋高和音于邁假樂君子篤膺俊乂穆風潛烈興雲戢謩德茂當年時衍嘉會安得鬒藻改爾縞帶嗟我懷人心焉忼慨　其三

鳴鸖在陰載好其聲漸陸儀羽遵渚回溼假樂君子祚之篤生德耀有穆如瑶如瓊安得風帆深濯鬋滅景遺雲雨爾在北冥嗟我懷人惟用傷情　其四

鄭答

蘭林懽至好也有君子世濟其美英名光茂遭時暫否禍德衡門顧我慇懃屢辱德音思與結好以永不刊

瞻彼蘭林有翹有秀有斐君子邦之碩茂厥德伊何固天攸授如川之源如山之富回流清淵啓襟開裕縉紳睎風民用胥附

其一

猗猗碩人如玉如金浚其明哲尅廣德心習習凱風吹我棘林飛鶚萃至允懷好音悠悠征徒輶德鮮任嗟我猗人和樂實悅

其二

在昔延州鵠鳴江涯今我陸子曠世繼奇身乖千載德音並馳漸鴻遵渚宛其羽儀安得高風騰翮天池

其三

飛龍蜿蜒山谷升氣猛虎嘯吟清風高厲情同來感數乖身逝夷鮑齊懽專名故世愷悌君子民之攸憩

咨予遘時千載同愛　其四
垂龔之會匪詩不宣嗟我懷人斯恩斯勤德音來訊
有蔚其文菽菽攙兎匪迹不存誠在心德愛結忘言

陸贈

南衡美君子也言君子遯世不悶以德存身作者思
其以德來仕又願言就之宿感白駒之義而作是詩焉

南衡惟岳峻極昊蒼瞻彼江湘惟水泱泱清和有合
俊乂以藏天保定爾茂以瓊光景秀濛汜穎逸扶桑
我之懷矣休音俊揚　其一
穆穆休音有來爾雍沉波涌奥淵芳馥風儀虚養恬
照日遺蹤考槃遵渚思樂潛龍我之懷矣冥爾華宮

其二

和璧在山荆林玉潤之子于潛清輝遠振克稱輶德作寶有晉和聲在林羽儀未變我之懷矣有客來信

其三

風雲有作應通山淵清琴啓彈宮商秉絃類族知感有命自天夷叔希世猶謂比肩矧我與子始會斯年

其四

我之懷矣在彼北林北林何有於煥斯文瓊瑰非寶尺牘成瑹豐華非妙得意惟神河魴登俎遺荅清川

其五

鄭荅

南山酬至德也有退仕衡門脩道以養和弃物以存神民思其治士懷其德或思置之列位或思從之信宿詩人嘉與此賢當年相遇又屢獲德音情懽心至故作是詩焉

陟彼南山言采其蕭樂只君子邦家之翹克茂厥猶輶德是收聊道以儉廣愛以周嗟我懷人永好千秋

其一

瞻彼江潭言釣其鱮有美碩人自公退處羔裘逍遥輶德是舉白駒遯時世事孰與思我猗人寘之晋序有客信信獨寐寤語

其二

天高地卑玄黄烟熅人道交泰自昔先民耽文合好

輔德與仁管叔罕僑曠世難鄰脩組施結玄弁生塵咨我與子遘會當身琴瑟在御永愛纏綿　其三

瞻彼江澳言詠其潭所謂伊人在水之陰養和以泰樂道之潛錦衣尚絅至樂是耽興言永思繫懷所欽愛而不見獨寐寤吟　其四

詩以言志先民是經乃惠嘉訊德音惟馨欽詠繁藻求結中情華文傷實世士所營達人神化反之混冥交弃其數言取其誠思與哲人獨寶其貞　其五

陸贈

瞻彼高尚有猗其桐允也君子實賓南江貞覩啓俗沉矩履方泳此明泒清瀾川通陟彼衡林味其回芳

其一

馥馥回芳，綢繆中原。祁祁庶類，薄采其芬。栖遲泌丘，容與衡門。聲播東汜，響溢南雲。　其二

穆穆閶闔，南端啓籥。庶明以庸，帝聽式闕。有鳳于潛，在林栖翮。非予之祚，孰與好爵。　其三

幽居玩物，顧景自頤。發憤潛惟，仿佛有思。予夷忘此，終然胥來。企予與言，惟用作詩。　其四

鄭荅

瞻彼中陵，蘭茝猗猗。允矣君子，樂且有儀。況仁育物，玄聰鏡機。德充闈庭，名逸南機。祁祁俊友，言酌言依。

其一

鼓鍾于宮百里震聲亹亹令問歸我偉貞厥震伊何
駿奔以驚厥問伊何民胥以寧有鸝在陰非子誰鳴
我有好爵非子孰盈　其二
潛龍遁初有鳳戢翬王猶未泰彝倫錯違皐門重[redacted]
[redacted]爾熔扉庶績適斁非爾焉綏翼翼京宇俟爾攸睎
民之胥望如渴如飢　其三
德音來惠覆玩三周沉潤淵洞逸藻雲浮結心所親
曷變曷渝路隔津梁一葦限殊終朝之思三秋是踰
愛而不見興言踟躕　其四

贈顧尚書

五嶽降神四瀆炳靈兩儀鈞陶參和大成兆光人倫

誕育至英於顯尚書實惟我兄行成世則才爲時生
體道既弘大德允明歟弘伊何靡曠不遵厥明伊何
靡妙不妍無索炤灼有永幽玄細微不錯毫芒以陳
積簣爲山納流成淵扶翹布華養物作春所肅以禮
所潤以仁宣質援行曜文入采堅不可鑽清如凝水
方迹迎朖蹈躋闕里晞聖而惟亦顏之子彼弃芝英
玩此蘭蕙異世同芳其馥不已我蘭既馥我風載清
能芬南岳運芳比征子有其德人求其馨逝此陋巷
薰彼紫庭厥音不已鼓鍾有聲聞天之聰譬之鵠鳴
天聰既貽我實惟彰秉風之鳳眷言朝陽披雲藻繡
來此舊鄉謙光自抑厥輝愈揚麗容雕翁孔好已張

既照平林且我華英華英巳曜餘光難延會淺別速
哀以紹欣追曠同塗暫和笑言殊音合奏曲異響運
絕我懽條繞我思因根分來在愛感往思我非形景
有處有遊載離載會且懽且憂感彼遠曠叅此延娛
樂奏聲哀言發涕流唯願我子德與福俱亦天之祐
亦我之■

贈顧彥先

玄黃挺秀誕授至真行該其高德備其新光瑩之偉
隋下同珎騰都之　龍鳳合塵　其一
皇皇明哲應期繼聲華映殊域寶鎮天庭入輔出耀
乾乾靡寧夏發涼臺我雨我暑冬違邦族風霜是處

嗟彼獨宿誰與晤語飄颻艱辛非禹孰舉言念君子
悵惟心楚

其二

悠悠山川駪駪征遐陟升嶕嶢降涉洪波吉無不利
乘嶮而嘉人懷思慮我保其和

其三

邂逅相遇良願乃從不逢知己誰濟予躬莫攀莫附
媿我高風時過年邁晻冉桑榆晞光賴潤亦在斯須
假我夷塗頓不忘驅汜予津川桴不失浮無受餘輝
遂暗東嵎

其四

幽幽東嵎戀彼西歸瞻儀情感聆音心悲之子于邁
夙夜京畿王事多難仲焉徘徊

其五

荅顧秀才

芒芒上玄，有物有則。厥初造命，立我蓺則。爰茲族類，有覺先識。斯文未喪，誕育明德。　其一

允矣顧生，載靈之和。沉根芳沼，濯秀蘭波。淵懿哉穎，景茂凌華。惟是德心，是用閑邪。　其二

德心伊何，行歸于周。睎高仰峻，企遠懷悠。匪願在明，靡倦斯幽。凡我同朋，瞻言清休。　其三

愼終于遠，俾民歸厚。言若有行，及子攜手。何以恤我，其仁孔有。心之云愛，隆敬其久。　其四

既邁斯仁，亦迪茲文。藻不雕樸，華不變淳。有斐君子，如珪如璠。仰欽德類，俯懷惠詮。式揚好問，邦家于宣。

其五

荅大將軍祭酒顧令文

惟林有鸞惟淵有螭顯允明德實邦之基先后陟恪
子配于茲遵彼玉堂受言遘之　其一
中原有軌世鮮克蹈先民有懷子探其妙心猶水鑒
函景内照名若振炎攄光外燿　其二
相彼水鑒民胥攸臨矧曰明德人誰弗欽篤我朵頤
即爾澄心義隆自古好邈在今　其三
大人有祚興雲自天之子于升亦躍于淵景曳清霄
響發鳴弦義問弘集淑風載鮮　其四
企予朔都非子孰念豈無弱翰才不克贍惠音聿來
瓊華玉蕤無德不報念爾惟忝　其五

荅吴王上將顧處微

邈矣大昧造化明明物以曲全人以直生類聚百族群分萬形貞淵挺隨方川吐瓊　其一

藹藹洪族天祿攸蕃神緒厥本道裕其源條有豐葉波無輟瀾烈風時播芳響世繁　其二

目繁曰熙載德于茲克文克敏乃惠乃慈遵彼洪流薄言詠之好是神契聊與異之期　其三

仁勇同宅文武相紛王謂御事誰撫上軍於時龖飛虎嘯江濆式遏不虞俾也無塵　其四

三代既遠直道垂音非齒焉尚非德孰欽鑽仰自古鮮曰在今匪唯形交髮薦其心　其五

心以毅薦兮以道成衹服恵顧疇此深情亦有芳訊
薄載其誠豈無春暉茲焉可榮　其六
大道易聞崇軌難襲孰云匪衍咎尤集敢謝不佞
栖山自戢臨篇焉愧德輶辭輯　其七
翩彼日月逝猶駭電朝華未猒夕風已扇詩亦有悲
無幾相見懷德歎心于焉東眷　其八
平津晚貢貢公後徵陟彼玉階黃髮來升靈卉三秀
芳草秋興唯頤清神福禄是膺　其九

贈鄱陽府君張仲膺

神林何有奇華妙實皇朝如何窮文極質斌斌君子
升堂入室太上有曜子誕其輝知幾曰難子達其微

入輔幃幄出御千里　滔滔江漢南國之紀

其一

詔帝東堂剖符南征天子命我車服以榮何以潤之德被蒼生何以濟之威振群城却愚以化崇賢以仁鳳翔其翮龍濯其鱗憶彼荒藪莫敢不賓　雖云　舊邦其命惟新

其二

下和南金終始一色顯允君子窮達一德弘仁爲道物究其極古賢受爵循墻虎恭今哲居貴履盈如沖接新以化變舊以豐隆此嚶鳴惇彼谷風

其三

忠至寵加孝至榮集内崇南芬外清名邑煒煒棠棣象增其華猗猗桑梓厥耀孔多被繡晝行昔人攸羡

階雲飛藻孰與同粲　其四
人道伊何難合易離會如升峻别如順淇嗟我懷人
曷云其來貢言執手涕既隕之　其五

孫顯世贈

五龍戢號雲鳥纂紀淳化既離義風肅始軒冕靡容
文教乃理奕奕英族盛德豐祀　其一
於赫皇吴應天統元蓋文烈公光讚懿勳九命重輝恭
德彌勤華黻襲藻金石載振　其二
淵哉陸生本顯洪胄亦崇懿風邈此弘裕無兢惟德
豐光伊茂文以義好施以仁富　其三
山積惟峻道隆名遐潛景在淵龍躍承華既升爾儀

誰不允嘉有漼重深載清其波　其四
濟濟皇朝峨峨髦士庤爵以賢惟儁萃止翩翩二宮
令問不已乃遷華閣皇典斯紀　其五
思文大謨恢我王猷清風肆穆雅憲允休邁彼江川
邈此北流微言蘭馥玉藻雲浮　其六
遭時之險虎牢滔天憑德羨重縶此儁賢休否既亨
名以德淵清微伊鑠鑽之彌堅　其七
明明大象玄鑒照微顯允君子求福不回善挹引慶
險以德祈澄濁以靜罔久不暉　其八
釋彼遊寄樂此窈真形以神和思以道新清雲方乘
芳餌可捐達觀在一萬物自賓　其九

[redacted]重門誰和子音瞻彼晨風思託茂林　其十

答

邈矣上祖垂休萬葉廣問弘被崇軌峻躡高山克荒
大川利涉繁藹惟祐風連雲接　其一
大人有作二后利見九功敷奏七德殷薦鼎實重芳
芳烈再翕奕世弘道天祿來宴　其二
道弘振古祚未替今如彼在川亦有浮沉大韶既系
響非我音豈曰荒止塗弗克尋　其三
昌風改物豐水易瀾百川總紀四海合源在彼焉取
聿來莫覿曾是徧心敢忘丘園　其四
負暉偏照玄澤謬盈發彼承華頓此增城託景靈雲

倦遊紫庭匪曰能之寔忝長嬰　其五

煥矣金虎襲我皇猷孰云匪忝仰媿蒼流往蹇來反

弭迹一丘變彼東朝言即爾謀　其六

振振孫子洪族之紀志擬龍潛德配麟趾引服郎節

克明峻軌導彼中皐於穆不已　其七

於穆不已大都是階之子于命民應如隤厚德時邁

協風允諧惠此海湄俾也可懷　其八

乃眷丘林樂哉河曲解紱披褐投印懷玉遺情春臺

託蔭寒木言念伊人温其在谷　其九

道俟人行辭以義輯和容過表余未云執惠音弘播

清風駿集懷德形憮臨篇景立　其十

失題二首

美哉良友稟德坤靈明照遠鑒幽微研精趣跡皇英
質如瑤瓊贈我翰墨示我丹誠道同契合體異心并
自頃西徂合于五樓遲想歡嬿覿我良疇亦既至止
顧言莫由室邇入禹中情則憂抱恨東遊神往形留
何以合志寄之此詩何以寫思託之斯辭我心愛矣
歌以贈之無祕爾音不我是貽有美一人芳問芬葩
嗟我欽羨憂想光華亦既至思上下欣嘉德馥秋蘭
容茂春羅淑似令娣惟子陋何雖有良友朽木難加
愛樂朋規贈以斯歌皆能載之其美孔多嗟痛薄祜
並罹哀苦堂構既崩過庭莫覿我悴西隣子沉東土

契闊艱辛誰與晤語身滯情往神逝影處發夢宵寐
以慰延佇

陸士龍文集卷第三

陸士龍文集卷第四

晉清河内史陸　雲　士龍

詩

荅兄平原二首

悠悠塗可極，別促怨會長。銜思戀行邁，興言在臨觴。
南津有絶濟，北渚無河梁。神往同逝感，形留悲參商。

衡軏若殊迹，牢牛非服箱。
行矣怨路長，惄焉傷別促。指途悲有餘，臨觴歡不足。
我若西流水，子如東峙嶽。慷慨逝言感，徘徊居情育。
安行攜手俱，契闊成腓服。

爲顧彥先贈婦四首

我在三川陽，子居五湖陰。山海一何曠，譬彼飛與沈。
目想清慧姿，耳存淑媚音。獨寐多遠念，寤言撫空衿。
彼美同懷子，非爾誰爲心。
悠悠君行邁，煢煢妾獨止。山河安可踰，永路隔萬里。
京室多妖冶，粲粲都人子。雅步擢纖腰，巧笑發皓齒。
佳麗良可羨，衰賤焉足紀。遠蒙眷顧言，銜恩非望始。

翩翩飛蓬止郁郁寒水縈遊止固殊性浮沉豈一情
隆愛結在昔信誓貫三靈秉心金石固豈從時俗傾
美目逝不顧纖腰徒盈盈何用結中欵仰指北辰星
浮海難爲水游林難爲觀容色貴及時朝華忌日晏
皎皎彼姝子灼灼懷春粲西城善雅舞總章饒清彈
鳴簧發丹脣朱絃繞素腕輕裾猶電揮雙袂如霧散
華容溢藻幄哀音入雲漢知音世所希非君誰能讚
棄置北辰星問此玄龍煥時暮復何言華落理必賤

荅張士然一首

行邁越長川飄飄冒風塵通波激江渚悲風薄丘榛
脩路無窮迹井邑自相循百城各異俗千室非良隣

歡舊難假合風土豈虛親感念桑梓域髣髴眼中人
靡靡日夜遠眷眷懷苦辛

芙蕖

緑房含青實金條懸白璆俯仰隨風傾煒煒照清流

嘯

逍遥近南畔長嘯作悲歎

陸士龍文集卷第四

陸士龍文集卷第五

晉清河内史陸　雲　士龍

吳故丞相陸公誄

惟赤烏八年二月粤乙卯吳故使持節郢州牧左都護丞相江陵郡侯陸公薨嗚呼哀哉皇朝迭紹成命昊天聖王作矣世有哲臣觀監在吳乃降斯神思皇我后應運對揚穎秀崇華景逸扶桑龍輝襲極鳳鳴玉堂舉旗清阻奮鉞夷荒悠悠結沉維峻極公綱將撫

遠績括地九圍皇淳奭泰昊旻疾威生民如何哲人
其頹登靈在天遺音播徽敢揚元勳表之素旂乃作
誄曰
濬哲我祖時文晙德玄粹納眞清休載式本承慶輝
駿惠罔極申錫多祜本支千億芳條遠蔭靈根茂植
根條伊何苗黃裔舜長發有祥貽我祚晉神明之緒
實蕃瑰雋和音嗣世不替碩彥明鑒在下降命上玄
我公礿載天蝦之純重光納照旋璣授銓仰儀喬嶽
俯濯洪川清輝秀穎雲翹映晨肇彼岐嶷允迪天眞
先心則智率意斯仁秉夷清昧體靈協神神休載鑠
九德兼和撝揮茂朴豐淳鎮華景峻凌高玄源踴波

邈辰竦隆彌海廓遐光備既淳逸軌爰超閬闔苞荒
景靈渥耀山林嶽秀天光乃照窮化機神探賾衆妙
駭塵氛埃澄響清肖恢淵博量騰會峻邵振綱宇表
登軌絶蹈厥初藏器栖蟠海嶽披藻崑崙濯秀暘谷
沉輝熙茂[redacted]清塵熠爍含章在淵發揮龍躍時復
陽九承乾之衰有皇于升玉軒徘徊爰茲赫奕需期
雲飛天步皇輿載見太微華堂誕基委虵自階鼎輝
既隮嘉命乃集和美未[redacted]宰物下邑康年委登惠風
時協在斷無頗于教斯輯金虎覿精戎車孔肆神寶
播越天人釋位有命在茲帝思元帥委弁摠干振翼
虎噬威靈既授六軍有序乃誓我衆乃整我旅神干

山立雄旗電舉懸旌汜陽即戎江滸我后曰敬上帝
臨予靖端夙夜匪寧匪處經始綿綿滂沲惟海乃幹
中軍入作内輔公侯陟降在帝左右闗羽滔天作雲
西土帝曰將軍整爾熊虎赫赫明明皇輿出祖龍舟
照淵旟旐映野鋪敦江瀆仍執醜虜荆南既集方嶮
未夷天子命我撫之西垂公侯戾止威神緝熙虔劉
作虐思輯予來妖族北靡搴爾雄旗獲彼羣蠻祁祁
遺黎柔遠能和薄言綏之方堣肅清烈文雋武含爵
明堂册勳天府天子曰俗我畜乃功錫爾青土建侯
于東開國名墟光宅海邦分圭作寶軒輅以庸既受
帝祐公用如大四鐵孔阜元戎沓藹淑旂飛藻綏章

丞蓋振我輝靈四方于邁劉王負嶮寇我西隣公侯赫怒干戈啓陳金鉞鏡日雲旗絳天凌岡襄嶽沉維括淵元王隕難鯨鯢墜鱗戎漢時殪方域清塵曹休東踰我疆斯越帝簡厥佐將命其傑乃俾我公啓行警伐江漢之滸　忝授鉞揖帝整旅隱爾霆發桁桁神誅震驚魏方我公矯矯虎視元戎截彼醜旅效此武功武功既彰天威薄曜靈武震華邊垂清暴振旅凱入王假有廟假廟伊何本庸寵祚土田陪敦四牡載路出餞于郊此惟予顧禮嘉嵩高樂和湛露改容肅至傾蓋寵步輦帶翩紛珍裘阿黙區宇惟寧繁遏帝祉於穆疇咨敷奏多士將庸元勳相惟天子僉曰

公侯宜有爰止繡裳縟藻袞帶重紫遂虛上司命公
登宰帝曰丞相朕嘉君德以茲軒冕往踐乃職宣爾
歡心維黃協極邦國若否四方爾式公拜稽首欽翼
明聖乃御機衡仰徽七政祇恪本顯無易惟命巍巍
天邑惟清四門公侯作弼煥炳皇文重輝熾景協風
烟熅百神秩祀兆獻思淳克諧庶尹遂成帝勳時雍
既濟王途克廣儀形我度軌物垂象後遐施歸崇麾
惠仰茂德棲音廣問沉響洪範遠邁玄猷洞深靈澤
崇藪天嶮垂隂翰飛樂嶮淵蟠泳沉澤豐泉丘潤博
雲林遭世大過夷倫靡肅亹亹公侯思維雅俗發憤
戎衣永言禮樂被分郭化荷戈思學體仁長物御風

熙國散鑒擢徵玄輝鏡璞戒危膏粱收後白屋玉品
時訓民神攸鑠我有奐文如曜如辰何以崇之匪闌
伊人我有烈武如霆如震何以將之保大豐年思弘
景業熙世登民克壯頭老秉鉞河津祉祚勿引早世
幽神仰慕遺輝寤辟憂殷嗚呼哀哉永惟我公克明
德心紛藹芳和被之惠林公侯没矣孰嗣徽音名存
體逝德茂形潛民之秉思好是嘔吟嗚呼哀哉惟帝
念功寵命光大考謚典謨崇榮協泰安宮載考我公
于邁轜軒啓塗先驅驚旆哀風結輿遺思馮蓋舍舍
此休明即彼重藹攀慕靡及永戀光愛嗚呼哀哉

晉故散騎常侍陸府君誄

惟太康五年夏四月丙申晉故散騎常侍吳郡陸君卒嗚呼哀哉天降純嘏誕育儁人才　九與德鍾三懿應運繼期顯微闡昧特恢大猷纏化熙世昊天不弔奄忽零墜嗚呼哀哉朝隕棠榦邦喪國輝帝欽遺烈士詠清機思經皇心痛浹民懷撫淚充邑惜慟盈畿敢述洪迹千茲素旂其辭曰

於穆皇源時惟誕弘權輿有嬀爰帝暨王徽音接響丕祚克昌乾鑒南眷誕降我祖顯考尚書納言帝宇王命惟允銓衡攸序篤生常侍固天所隆祚以靈粹陶以惠風道協體稟德與性鍾敬心遠暢淵思遐通瞻言潛晦見克哲克聰範精遐奧肆志篇章仰咨遺訓

思齊曩蹤擕光丕晦徽言是綱錯綜羣藝精徹豪芒
顯允閎姿既明且緯躬叙氾愛經德紀義契闊邦族
是綜是緯博約以禮陳錫載施雍雍閨闈克諧由仁
率禮崇化邑養寧親九族和睦德被宗姻猗猗髦俊
祁祁縉紳鑽仰明範挹道希塵凱悌弘裕惠化是振
潛機密暢靡幽不甄濯以清波權以明銓旍善板築
刊穢紫辰邦無媮幸靈不年眞沐浴玄源風移俗純
儀德鄉甸比化泗濱耀晷切輝既升未融爰莅揚邑
作尹名邦密邇帝畿大東小東宣敷五教敬化以崇
徽無墜命興無廢功帝欽良政民懷穆風粵稽舊章
率由典刑考績三載紬幽陟明超踐皇闈紆組垂纓

奕世納言帝衡以平本崇曩烈堂構克榮征鼙屢振
干戈未戢乃秉雄戟徵戎東邑四牡徂征威德以立
爰守會稽青綬既襲帝曰欽哉疇咨羣后改授顯服
屯騎是撫雍容皇甸綜文經武時值大過士奕其德
虔惟常侍高明柔直履冰察霜淪心遠測春存三季
形志于色頻顑厄運載離咎慝靖享思順曹氏匪革
投弁釋綬皓思東嶽遁世無悶清源是濯馥風彌馨
明徵載鑠皇途既闢天罔誕張運在九五違嶮即康
猗歟高懿避風遠藏帝降大命丘園是揚裸將天邑
舒藻舊京僉曰休哉昭德塞違乃升常伯補闕拾遺
振纓紫極攄光太微奕奕玄冕熠熠貂璫仰燿皇維

俯映明堂輿振鳴鸞體佩琮璜居德彌沖雖休匪康
旣弭君宿未跱鼎㞳將陟太階弘載育民皇靈靡顧
大命奄臻厲凶彌留儵忽頹湮嗚呼哀哉黃河難澄
梁木易荒聖賢絕景希世齊光豈曰徒生實維天綱
於鑠常侍本德昭仁俯鏗瑤響仰綴玉振其在克壯
自蹇乘屯鳳翳靈條龍竄祕泉收逋匿燿洪略陶縕
雖弭嘉運託景風雲瑰光既燿靈寶未闡茀慮皇圖
銜恨徂遷嗚呼哀哉江河慕海丘陵樂山於惟君德
齊聖廣淵羣彥景附漸化濯眞蓋以崇嚴函以裕淵
西徂華源負澤慕塵幽萌潛暢滯思頹振六言六行
匪君不肅五有三無匪君不極衡准失平匪君不直

方榮遐邈匪君不式君其永没民其焉則結思遺愛惟哀允惻嗚呼哀哉仲尼喪曾孺慕失聲國僑殞鄭邦無竽笙實惟常侍徽懿克明恩懷士心信結民情聞者巷泣赴者風征八音輟響獻酢弗營羽檝翳川輕駕盈庭揮袂雲藹殞淚雨零嗚呼哀哉伊惟平生襲寵荷輝愷樂承明桑梓猶哀耄懷震丘言告言歸明德遠燭慮凶以吉雖則榮泰存亡是卹爰築新邑經始匪日眷懷不虞寧櫬斯室王事靡盬皇鑒是旋嗚和吉往曾未浹辰震旆凶歸輝景長泯痛感皇祇哀晋四民嗚呼哀哉穆穆天子昭明有融乃命三人禮憲是崇賜以歸賻榮以贈終冠蓋東徂映族輝邦

丘薄南陸辰次天漢龜筮協貞靈域載判明器既庀
神道已羨縣象未登明星有爛軒車徽動軏紼同贊
永棄高厦黄壚是館窀彼昏昧荒此輝粲幽房長鍵
倏夜靡旦翼翼輕蓋翩翩丹旐龍章舒藻旟旐有輝
轜輪轇結玄駟徘徊人誰弗思靡思匪哀援扎心楚
投翰餘悲嗚呼哀哉

晉故豫章内史夏府君誄

惟永寧元年五月二十五日晉故豫章内史夏府君
卒嗚呼哀哉乾鑒育俊崇兹大猷景靈垂祐黄精協
符濯蹤浩素闡志玄流熙光聖代邁勳九區哀彼造
物殂命不昀既褒斯羨玄兹遐年祁祁搢紳泣涕流

連故作斯誄著之不泯其辭曰
於穆府君遠祖彌光功濟黎獻澤洽八荒披啚承禪
襲化軒唐洪風旣振遐曜休煌越殷自周紹膺遺祉
亮節三恪矦服于杞悠悠訖玆徽烈不已奕世本弘
厥美是紀惟神隆慶篤生府君玄祐秀朗擢景烟熅
誕載豐美俊穎夙繁性與體和孝友穆融虔玆君親
姻族睦崇情廣褒誘品物虛躬安仁履素接舊以冲
澄鑒溥映哲思惟文淪心衆妙洞志靈源探幽判疑
沉欲欻分甄滯捃緫義猶壹貫崇規邈世體道而盤
瞻言先機蔚藻騰翰勵約由厚交順于顏文武未墜
君惟克脩百行殊揆君埕斯周棲儀初九戢翼洪條

瓊輝四灼景冏絅繆在昔我國元首載哲假寐俟旦
思庸俊逸旃撿高麾體亦秩秩儀刑柳惠庶績惟穆
旣穆其績英風彌邵天子有命曾是在朝頻繁幃幄
祗承皇曜神以測幽明以遠照目難識夷觀嶮改蹈
譬彼清鑒莫塵其操五紀迭御載隆載傾南嶽頽鎮
蔭輝素靈瑾瑜遷寶投跡上京兆萌未緝皇聖攸嗟
聿臨猗氏接彼郇瑕道之以禮育之以和齊俗拯弊
民靡不嘉振我翰音洋鑠諸華明明皇儲叡哲時招
奮厥河滸矯足雲霄俄軒玄闕徽英揚飈光灼東朝髦
士攸希媚茲一人亦旣翰飛委蛇華閣陟降太微納
言贊重淵裕徘徊習習和風惟穆惟宣亦曰武昌厥

俗允新我后有命爰授俊臣君子云顧義在安親秉
文共武言撫舊京仰肅慈顏俯熙典刑移彼滯汙泮
宮時營衆否斯濟飛鴞革聲春鶗晞景振鷺在庭髙
墉未奮遭茲閔凶頻顣泣血三載以終哀響未歇臺
命朝隆厥命伊何俾守南裔匪曰是屯甚託身虛槩
巾車既脂駕言將逝彝倫惟清路逼其虖君之于
遠乃愜斯緒思彼衆逸言尋厥楚暮瞻豐林晨看淵
水濯奇以翹披途導軌彼湘之東地嶮俗庬明德審
罰替幽崇儀嚴不式刑仁扶物施威和咸振澤被遐
畿皇道御世與民靡偏攺彼惠政濟此未均思一黔
首濯溉義淵揖望皇命脩翮徊翔循彼江濆乃眷豫

章觀風樹政德音允張洪化既攄禮樂克昌開非秋厲
惠淑眷陽廣命俊乂惟弓與旃立園靡滯鸞驥馮軒豈
方伊類捉髮躬勤震我聲教邁遐邇惟殷君化大揚自北
而南君澤本沃河漢載咸慶輝雲蔭渥潤川漸將配皇
宿登景具瞻昊天不吊乃降茲厲高祿朱轂亟衆宁
燧寢疾彌留大命隕墜邦家不紀沉哀結世嗚呼哀哉
式翫遺美君實克明懷光暢幽晞髮結清體德秉直審
行居貞屈曳蹈機與世靡矜天命棐諶唯仁則延任道
委分亮曰斯然孰云府君不聞其言永懷載念憂心
孔艱曰兄曰弟篤愛纏綿晞光繼軌叅翮鴻振今君何
之背世遐湮同生拊膺號哀瘁身眇眇孤微過庭曷

遵天何忍斯于何之臻自君初邁旣夷且榮今君反
矣素旗垂銘雖光百辟託晷玄靈民慟于顯神孤于冥物
從人感轅馬失征飄風悼響音潛魚仰驚豐霄蹴蔭衆
羽徊鳴嗚呼哀哉瞻彼日月歲聿云夕寒暑窮化四辰交
錯日考三從寀巒長薄蔼矣轜軒脫駕窀穸背榮
孤世寧神大漢丘陵疎廕閟闥寥寥窹摽惟哀心摧
涕潸嗚呼哀哉咨予與君恩親之微嘗蒙恤于昔授纓瀾
猗思周弱志永庇惠輝如何府君昭景長違願言詠眷
載傷載悲昔我經年逝彼川路進闕初弁退違陵墓仰
瞻靈丘俯增永慕惻剝肝懷哀其曷唇嗚呼哀哉

陸士龍文集卷第五

陸士龍文集卷第六

晉清河內史陸　雲　士龍

頌　讚　嘲

登遐頌　盛德頌

祖考頌　張二侯頌

榮啓期讚　嘲褚常侍

牛責季友

登遐頌

夫死生存亡二理之已然著也而世有神仙登遐之言千歲不死之壽其詳固難得而精矣列仙之道作者旣集而登遐未有焉莊周有言我試妄言之子試

妄聽之彼之有無蓋難以理求我之妄聽顧可以言
寄之遂爲頌云爾

郊間人　王子喬　玄洛
孔仲尼　九疑僊人　大勝山上女
李少君　梅福　張招
左元放　劉根　黃伯嚴
費長房　何女子　焦生
鮮卑務塵　韓衆　夷門子
林陽子　任作子　鬼谷子

淵哉郊間懷寶採薪媚兹伯陽常道是寅俯翼遂周
携手入秦遺物執一妙世頤神思我玄流浩若無津

王喬淵嘿遂志潛輝遺形靈嶽顧景亡歸變彼有傳
與爾飜飛承雲儵忽飄颻紫微
玄洛妙識飢餌神穎在陰儵逝即陽無景逍遥北嶽
凌霄引領揮霧昊天含神自靖
孔丘大聖配天弘道風扇玄流思探神寶明發懷周
興言謨老靈魄有行言觀蒼昊清歌先試丹書有造
茫茫九疑登暉太素有漢登闓神具爾顧發彼靈丘
聿來載步貽我則歌求揚遐祚
大勝之娥厭猶翼翼降宫有和納符帝側揮杖指辰
絕音頹息若若玄右在彼峻極
少君善祠怡爾豐顏俯覿劉漢仰接妻栢武宴安期

巨棗爲飡神光攸往后來其嘆
在漢之衰顏火炎精梅公指景有皇遺形逝彼文辭
胥此洞庭神輝絶景豈外北冥
張招澄精妙思玄芒則是神物錯綜徽章乃幽乃顯
若存若亡因形則變悠忽無方
生在清純放情玄昧在物淵沉泝虚攸遂清酒一壺
百朋具醉有命集止乘龍來萃載見君子言覿其蔚
劉根登嵩遺世盤桓形委服容口猒瓊蘭挹彼呼翕
爲爾朝飡景絶巖穴光茂雲端
伯嚴志道翩飛自南北食中嶽練形嵩岑奔星凌顔
朱光垂陰雲精九　挃耀盈襟

長房有懷承師問道蒙險洪海晞心玄浩將登蓬萊
祚爾難老嘉命既錫如何勿考
逝矣何女芳靈既彫安寢曾丘逝魂清霄喪魄載營
大墓崇朝玉趾再步於焉逍遥
焦生卜居在河之東皓襟解帶嘉卉結容頤神太素
淑思玄沖在彼黄堂明道固窮
北狄務塵在彼沙漠含神自頤靜居有恪自彼王庭
聿來伊洛天子命之載見紫閣
衛矣終化靈毛揚葩慎爾貞心神祉來荷靡靡夷門
體道含真飡茹靈卉凌雲頤神
林陽餌車明視聽耳壯子既飡步晞千里任化凱入

輕雲揮止移形善變載坐載起
悠悠鬼谷來言潛止要終有集資生無始綢繆方平
在彼二子芬響蘭揮有來盈耳

盛德頌

余行經泗水高帝昔爲亭長於此瞻望山川意有恨然
遂奏章以通情焉并爲之頌云爾
晉太子舍人糞土臣雲稽首再拜上書皇帝陛下臣
雲頓首死罪伏惟陛下紹軒轅之叡哲越三代之高
蹤膺有聖之玄景詠生民之上略秦政肆虐漸釁生
民在昔上帝乃眷多方肅雍寶命鑒民顧天思文叡
聖以宅神器六合焱駕八荒[redacted]錯金皇居於阿房掎

逸鹿於九野謀猷回遹天人匪祚乃眷斯國授漢于
夜京是以先詔五緯章太素神毋哀號底命丹野九
垓闢授命之符鈞天清建皇之鑒陛下螭蟠泗水龍
躍下亭慶雲徘徊紫塵熠爍皇威肇於斷蛇神武基
於豐沛掩四紘以蓋天廓玄謨以闢宇華宫山藏王
堂海納雲蓋景陰金門林蔚拔足崇長揖之賓吐飡
納獻規之客玄猷上通德輝下濟仰翰雲禽俯躍魚
魴是以四海之内莫不企景嶽以接羣望廣川而鱗
集乘山涉水覩險若夷奔波闕廷思効死節乃鳴鸞
在衡奔驥服轄良平鳳栖信布虎據豪雄淩暴於外
奇謨補闕乎内威謀兼陳智勇畢効乃淩河海河海

無梁乃仆高山嶽華不重三秦席卷項籍灰分逋虜霧散遺冦雲徹泛時雨以清天洒狂塵以肅地巒於川輿竦峻蓋於蒼昊功濟宇宙德被羣生天人允嘉民神恊愛歷數在身有命將集而陛下猶復允執髙讓成功靡有普天歸德羣后固請然後謁天皇於圓丘巡萬乗於帝室率土離暴秦之亂臣妄蒙有道之惠戎羌蠻夷之虞雕趾肅愼之國莫非帝臣巍巍蕩蕩蓋天臨地自啓闢以來有皇之美未有若聖功之著盛者也臣雲頓首頓首死罪死罪臣以鄙倍文武無施忝寵本朝承乏之下位而臣遘懸自西徂東行邁攸止路經泗水伏見史臣班固撰録聖功竊承陛下

扶桑始照天暉未融之日嘗臨御此川於是卽命舟人弭檝水沚瞻仰山川舊物不替永惟聖輝罔識所憑遠眺邇企感物興哀終懷靡及俯心遐慕臣命違千載之運身生四百之外恨不得役力聖明之鑒寓目風塵之會揮戈前隊待罪下軍抽鋒咸陽之關提鉞項籍之領痛心自悼不知所裁行役之臣羣制朝憲雖懷彷徨王事靡監肅將言邁實銜罔極臣聞遊䰟變化神道無方雖聖靈登遐降陟在天連光五精流輝太一或冀祈輿降觀薄猗五服時邁玉輅言巡茲邑是以下臣仰瞻紫宮俯要恍惚愚情振蕩靡審所如不勝延頸紫微結心閶闔之情謹往水濱拜章陳

愚臣雲誠惶誠恐頓首頓首死罪死罪臣稽首以聞
臣雲言臣聞歌詠所以宣成功之烈詩頌所以美盛
德之容是以聞其聲則重華之道彌新存其操則文
王之容可覩永惟陛下聖德豐化比隆前代元勳茂
功超蹤在昔故詩歌之所依詠金石之所揄揚者也
臣謹上盛德頌一篇雖不足以仰度天高伏測地厚
貴獻狂夫區區之情臣雲云云晉太子舍人臣陸雲上
於皇漢祖纂冑有唐平章在昔文思百王丹輝栖烈
火精幽光爰茲聖緒頹維弛綱靈曜熠爍隮景扶桑
則天未墜重規旻蒼其規伊何横乾作峻歌德不回
矩地能順憑河拓景褰岳殷韻龍章景偉虎質碩變

有秦不競罔極黔首震驚予師思虔神主上帝曰咨天鑒有赫乃眷伊漢此惟予宅明明聖皇既受帝祉雲騰下邑風駭泗水仰鏡天文五緯同晷俯察雲符神母爰止思文聖王克廣克遐威凌群桀德潤諸華爰祀天人天人攸嘉爰輯蒸徒所和既和既和既順乃矢德音豐沛之旅其會如林朱旗虹超彤旆電尋推師蕭曹撫劒高噞元戎薄伐時罔不龔凌波川潰肆野陸沉咸陽克殄既係秦后峩峩阿房乃清帝宇穆穆聖皇天保攸定有項畔換不式王命既懲黜我西土於鑠王師遵時匪怒爰赫乘豐席卷三夏嘽嘽戎軒矯矯乘馬爕伐強楚至于垓下天誅薄臛暴籍

授首區夏既混宇宙蒙乂肅肅帝居巍巍神器有皇于登是臨天位黼文于裳組華于黻明明天子有穆其容至止鏘鏘相惟辟公宣聲路寢發號紫宮頒此愷悌以畜萬邦思樂皇慶協于時雍琴瑟在御大予舞功越嘗委贄肅慎來王明明聖皇闓國乘制分圭胙勞河山命誓禮律克彰典文垂藝有漢恢恢疏罔不替聖功克明九方孔安良宰內幹武臣外閑瀚澤冀域沾彼戎蠻連光太素萬載不刊

祖考頌

雲之世族承黃虞之苗緒裔靈根之遺芳用能枝播千條穎振萬葉繁衍固於三代饗祀存乎百世豈非

皇慶之積祐神明之發祥著哉在周之衰有嬀之後將育于姜而貞龜發鳴鳳之兆周史表觀國之繇故能光宇營丘奄有東海支庶蕃廡而胤祚昌大矣遭世多難子孫蕩析逐于南土烈祖丞相邵侯顯考大司馬武侯明德叡哲　雄特秀固上天所以繼跡前期惠成穨者也是以有吳雲興而邵侯龍見遂風騰海堣電斷荆楚運籌制勝底定經略文德光宣武功四克乃作台衡以御于王政天罔與先代比隆義問與前脩接響固所謂汪汪浩浩不世出者哉武侯以光遠之度襲重規之軌宣朗之明照曾暉之景故寅亮樞極則萬物淳曜緝熙有邦而宇內恪居及至中

葉亂曰虎臣緩援既集而大難時弭德濟封域之内
威揚函夏之表遂仍世作宰焜曜祖業車實襲軌袞
不改帶元勲曷於光國洪烈著於隆家考德計功比
之前代未有茂於此者也是以小子敢慕徽猷欽述
芳烈雖不足以當朱弦之一唱發清廟之三嘆蓋爾
臣子之遺恩罔極之所處也乃作頌曰
悠悠聖緒上帝是臨世篤其猷平顯徽音神風往播
福禄來尋靈根既茂萬葉垂林繁盛海堣潁寧漢陰
既曰寧止芳祐允淑乃步斯淳降神有陸赫矣二公
應期載育明明邵侯允哲允謀叡心昭德淑問宣猷
如日之升如川之至炎精既頹黄暉曷煥光宅海邦

大造江漢王于出征二公斯難長驅致命九有有判
咸黜凶醜區域寧晏天祿未終大命有集卜食東夏
元龜既龔聿來即宮作蕃舊邑公徒斯振帝旅凱入
於變時雍神道經始肅肅九命永言徽止公拜稽首
對敭天子猗歟盛歟邵侯有作我考纂戎爰究爰度
遠除尋軌崇基式廓昭明有家祖廟奕奕中葉虎臣
稱亂西秦靈旆電揮伐鼓雷震會朝哀舉征不浹辰
遐風遠掃萬里無塵有族斯祜念功在茲袞衣之宜
遂作上司台光增朗方險載夷穆矣暉章有昊之旗
我祖我考受言藏之曄曄藻裳再命同服騑騑四牡
二世方轂分珪比瑞天秩底祿公堂峻趾華構重屋

昔在二伊于殷有聲在漢之興亦曰章平惟祖惟考
復貞大亨邈彼披陽追蹤阿衡駿惠雨施景潤雲行
洋洋玄化功濟其民風馳海表光被嶽瀆二后重規
世有哲人肅雍碩鑠萬載是振

張二侯頌

張氏之先蓋少昊氏之苗裔也其在春秋晉德方休
而張老延譽爰曁有漢文成佐命剏基司空揚聲於
末葉流長祚遠世[redacted]之侯輔吳將軍文侯遭季末雲
擾遂避難于東有吳之興寔爲謀主桓即世援建太
祖知命審於將萌先識鏡於未兆遂作上將輔成王
業立朝無不易之方正色有犯顏之亮固所謂謇謇

王臣古之遺直者也奮威將軍定侯明德光遠軌量弘濟文敏足以華國威略足以振衆重規繼體而大業暉崇故休祚頻繁寵靈仍世天秩之體彌彰而毀盈之心茲沖用能保寵固世考終碩問蓋竹帛之所光宣詠歌之揄揚也乃作頌曰

烈文遠祖肇自上皇金天淳曜遂濟窮桑眞人有作飛龍在天留侯載見階雲自淵卽謀神造啓運妙玄有漢再命度邑于東其在中葉誕育司空邈矣唐陵有恭斯庸寧衍盈止世篤天祿神之聽思俾我戩穀繁過芳祐底之洪族洪族旣昌再惠音徽於穆二侯仍世雙飛堂堂輔吳抑抑奮威如龍之躍如鳳之揮

薄言戾止在彼紫微金卯紛若四海畔換文侯乃顧
妙世達觀逝彼途方度茲江漢鳴飛遵海聿來有亂
遭家不造殲我明聖桓后肇揚侯承末命皇大烝哉
天保未定匪侯卹度宗緒孰正帝整我旅外薄四荒
命作惟師時惟鷹揚遂登上將亮彼大皇底邑胙土
命珪有璋蹇蹇我侯明發宿夜襲彼遺直興言有譽
聿懷來忠王室之故徛歟定侯祗服清曜弈弈瓊氣
玉潤淑貌淵謂往藏朗恩來照曾是徽章弈世被荷
庸勳開國明道隆家苾苾其芬淑問揚和有蔚其文
如林之華皇矣帝祚受言既崇女有行作合儲宮絛
延紫極穎行皇寧疊疊定侯在盈恩冲祗寵戒溢朿

懷慎終重光並曜播我芳風

榮啓期讚

榮啓期者周時人也值衰世之季末當王道穨凌遂隱居窮處遺物求已泝懷玄妙之門求意希微之域天子不德而臣諸侯不得而友行年九十被裘鼓琴而歌孔子遇之問曰先生何樂荅曰吾樂甚多天生萬物唯人爲貴吾得爲人矣是一樂也以男爲貴吾又得爲男是二樂也或皆不免於繈緥而吾行年九十是三樂也夫貧者士之常也死固命之終也居常待終當何憂乎孔子聽其音爲之三日悲常被裘帶索行吟於路曰吾著裘者何求帶索者何索遂放志

一丘滅景榛藪居真思樂之林利涉忘憂之沼以卒其天年榮華溢世不足以盈其心萬物兼陳不足以易其樂絕景雲霄之表志濯北溟之津豈非天真至素體正含和者哉友人有圖其象者命爲之讚其辭曰

芒芒至道天啓德心自昔逸民遁志山林邈矣先生如龍之潛夷明收察滅跡在陰傲世求已遺物自欽景遯瓊輝響和絕音戀彼丘園研道之微思樂寒泉薄採春薇鳴弦清泛撫節高徽有聖庚止永言傷悲天造草昧負道實嘉於鑠先生既體斯和熊羆作祥黄髮皤皤耽此三樂遺彼世華翼翼彼路行吟以遊

的的敝晃陋我輕裘未脫亂世受言一丘娟兹常道聊以忘憂

嘲褚常侍

六年正月前臨川府丞褚老常侍君子謂吳哲是乎能官人官人國之所廢興也古之興王唯賢是與召望漁釣而周王枉駕甯戚叩角而齊王忘寐委斯徒而縻好爵釋短褐而服龍章姬姜之族非無人也親昵之愛非無懷也取彼庸賤之徒登之佐臣之列故九賢翼世而有命既集五子佐時臣霸以濟夫唯能官人之所由也褚氏大夫之常佐遠邦之賤司才則卲矣官實陋矣而拔出群萃超昇階闥雖文王登師

桓公取佐亦何以加之詩曰濟濟多士文王以寧言官人得才也褚常侍聞之喜曰君子之言豈虛也哉吾得此足矣君子謂褚常侍於是乎不謙謙也者致敬以存其位者也謙之不存德無柄矣世之治也君子自以爲不足故撙節以求役于禮敬讓以求安于仁世之亂也在位者自以爲有餘故爵豊而求更厚位隆而欲復廣世之治教恒由此作今褚侯蟬蜕利木鵠鳴王堂不庶幾夙夜允集衆譽而意充於一善心盈於自足足則無求盈則無戒不求則善遠之無戒則惡來之亦何以爲君子哉詩云戰戰兢兢如臨深淵愼之至也褚常侍聞是言也懼謂之冒言也而

拜之君子曰褚侯其幾矣聞善而[redacted]喜過又應之懼嘉服義之賢而拜讜言之辱規同禹迹義均罪己君子哉吴無君子斯焉取斯

牛責季友

天造草昧萬物化淳類族殊品莫尚乎人今子履方象以矩地載負規以儀天該芳靈之凝素挺協氣於皓玄故神窮來[redacted]思洞無間躡翰則憤凌洪波吐事辭則辨解連環子何不絕淵而躍照日之光使穎秀暘谷景溢扶桑俯經見龍之輝仰集天人之堂雖子之服既未而素令子之滯年時云暮而冕不易物車不改度子何不使玄貂左弭華蟬右顧令牛朝服青

軒夕駕軺輅望紫微而夙行踐蘭塗而安步而崎嶇
隴坂息駕郊牧玉容含楚孤牛在疾何子崇道與德
而遺貴與富之甚哉日月逝矣歲聿其暮嗟呼季友
盛時可惜追良期於風柔競悲飆於葉落陳讜言於
洪範圖形於霄閣使景絕而音泯芬身荐而榮赫奕
子如不能建功以及時予請迹於桃林之薄

陸士龍文集卷第六

陸士龍文集卷第七

晉清河內史陸　雲　士龍

騷

九愍

昔屈原放逐而離騷之辭興自今及古文雅之士莫不以其情而玩其辭而表意焉遂厠作者之末而述九愍

裔皇聖之豐祐膺萬葉之多福貞龍暉以底載啓元辰而誕育考度中以錫命端嘉令而自肅蘭情馥以芬香瓊懷皎其如玉希千載以遥想昶遠思而自怡範方地而式矩儀穹天而承規結丹款於璇璣協朱誠於四時浴中心之信脩佩日月以爲旗悲年歲之

晚暮殉脩名而競心仰勳華之耿暉詠三辟之遐音握遺芳而自玩挹浩露於蘭林陰雲紛以興霾飈風起而回波黨明滛以惡美疾傾宮之楊娥樹椒蘭於瑶圃掩夜光於瓊華遘貞心以誰忒毁玉質而蒙瑕甘莠言而弃予忽遐放其若遺瞻前軌而我先顧後乗而駕遲遵荒塗而伏軾撫鳴鸞而稱悲感瞻烏之有集嗟離瘼之焉歸靜沉思以自瘁願凌雲而天飛

脩身

逢天怒而離紛遘時咎於惟塵端周誠以恪居祗後命而自寅悲讒口之罔極高離情於參辰豈三錫之又睎乃裔予於遐賓運羽櫂以涉江浮鄂渚而駕言

背夏首以窘逝兮泝行川而永歎結風回而薄水兮
源波榮而重瀾情懷眷以疊結舟淹流而中盤袓愁
心以自邁肅榜人而曾驅詔河馮以清川命湘娥而
安流濟南詔以佇望野蕭條而振疇獸悲號以命旅
鳥狂顧而鳴仇悲我行之悠悠怨同懷之莫來發辰
陽而徃彼緣湘沅而來假亦芳樹於縣車秣梁苗於
樊馬山嵩高以藏景雲晻靄而荒野鳥揖翼於蕘巔
水回波於宇下揖明星以脉路景即陰而無旅隨長
川以問津響脩聲而和予聽歸音以自聞踐無迹以
窮處雖遘慼之既多亦顛沛其何悔仰衆芳之遺情
晞絕風之延佇

涉江

亂曰有鳥鱗飛集江湘兮彼美一人莫予將兮念茲涉江懷故鄉兮生日何短慼慼日長兮顧我愁景惟永傷兮積沉毒於苦心寃憑虛以飄蕩形息景於重陰虎鳴飇以拂谷蟠回雲而結林操土音以懷郢涕瀕代而盈襟辭終古之舊墟託茲邦而遙集望龍門而屢顧攀惟桑而祇泣悲惠之難狀振枯形而獨立撫彫容之日頹招炯思而弗及聞先黎之達教固積善於遺慶睎明休而受言想介福之保定靡心貞以祇服泝大順而委命君在初之嘉惠每成言而永日怨谷風之攸與彌九齡而未徹顧自獻於承間悲黨人

之造膝舒幽情其昌訴卷永懷而淹恤嗟哲士之足歎傷邦國之殄瘁痛靈脩之匪懷穎九成於一匱忘大寶之勿假輕挈瓶之守器仰剪翮於凌霄俯歸飛於繒罻毁方城於秦川投江漢於泥渭悲彼黍之在郢悼宗楚之莫餘撫傷心以告哀將斯情之孰慰

悲郢

登高山以遐望悲悠處之淹流豈大川之難濟悲利涉之莫由申脩誠以底節反内鑒而自求考余心其焉可徃稽度於神謀訪斯言以卜居想貞龜以告猷將矯翼而塗險思振清而世濁羌釋筴而評予諒不疑其何卜朝彈冠以晞髮夕振裳而濯足有懷沙以

赴淵無抱素而蒙辱愁纏綿以宅心長歎息而飲淚步江潭以彷徉頻行吟而含瘁遇漁父之灸止與讜言而來慰雖懷芳而握瑜懼惟塵之我穢顧虛景而端形矧同波於其醉追伊人之逍遥聊仰葉於林側懷達心以遠寤怡哀顔而表色仰班荆之遺情想嘉訊而良食若有言而未吐忽弃予而凌波揮龍榜以鼓汰遺迸芬響而清歌俟滄浪之濯纓悲余壽之幾何愧褊心之歎渝恨爾謡之莫和捐江魚之言志營玄寢於汨羅苟懷忠而死節豈有生之足嘉

行吟

悲怨思之多感情惆悵而遠慕世玄黄而既渝心居

貞而抱素兾斯氣之一清要佳人於天路考年載以遲之悲歲聿之已暮攬豐草於朝日思先晞於湛露規法圓而天象矩則方於地形祗信順以自勸邀式穀於神聽悲登遐之無抗訊貞夢而遻靈悔相道而懷顧悲實蕃之已盈頽椒丘而息駕振初服而翱翔結瓊蘂之芳襟襲凌華之藻裳懷瑶林之珍秀握蘭野之芳香命巫咸以啓期訪百神而考祥靖永言以聽命欽靈辞而肅邁振華冕之玉藻樹參軒之高蓋率假翼以鳴和霓揮景而縈旆芳塵穆以烟熅形雲起而深藹遊八極以大觀解飛轡以長想將結軌而世狹願援楫而川廣雖我服之方壯思振策其安往

舒遠懷以弭節褰世羅於天網

紆思

亂曰猗猗芳草殖山阿兮朝日來照發豐茸兮秋風蕭瑟凝霜加兮傾葉懷春猶俟河兮徧周流而無過悲窮思之永久聽幽荒而罔詔眷寥廓而無友流沉液於繩樞逝回飈於甕牖呼寂寞而靡應撍虛無其何有神悠悠而永念夐緬緲而盈室哀惻心而響起時弃予而景逸招逝運其難徵儀遺範而無律雖芳林之將焚豈蘭響之可謐睎頹風於曠野思同芬而靡質命險太其靡常道离隆而匪易紓幽情而思古援在昔而立辟俟重華以同遊悲瑶圃之難適冊登

陸其焉濟輪涉淵而無迹悲荒塗之既阱臨遵渚而投策欲隨波以周流恨匪石之難頹將從風而卷舒悲宜矢之辭懷貞朗志而玉折厲勁心而蘭摧喟我懷以寤歎闚前鑒而自融忠與邪其莫可豈余命之所窮俯投迹而世洿仰晞志而道隆耻蒙垢於同塵思振揮於别風明爽心以畢志考吾道以自終

考志

天機偏其提蓋玉衡運而回襄景彌脩而日短時愈促而夜長和音變而改律乗風革而爲商感秋林之夙暮悲芳草之中霜存倏忽而風過逝揮霍而雲散方輕燄而煽運比收電而景晏將愉樂以夙興迨良

日於昧旦痛予生之不辰逢此世之多難時藹藹而未颺世渾渾其難澄風頹山以禹谷波平淵而爲陵道曠世而朴散化固滯而物凝恨輶德以莫舉悲民鮮之孰勝景照明以妙見音振響而擿聞金淬堅以示斷芭靡質而效芬聲貞規以殉節反蒙謫於明群咨小心以惴惴悲江草之芸芸

感逝

亂曰乳雲晻藹天明息兮繒羅重設鳳矯翼兮梧桐逝矣樹榛棘兮思我芳林喟歎息兮哀時命之險薄懷斯類以結憂乎拊膺而永歎形顧景而長愁生遺年而有盡居靜言其何須將輕舉以遠覽眇天路而

高遊結垂雲之翠虬駕琬琰之玉輿揮采旄以煙指靡華旌而電舒命日月以清天吾將遊乎九閡命屛翳以夕降式飛廉以朝興塗蒙雨而後清景貞暉而先登陪湘妃於彫輅列漢女以後乘瓊娥起而清嘯神風穆其來應騑憑雲而響駭驂噓天而景凌望紫徵以振策躡太階而遂升飛芝蓋之翼翼回雲車之轔轔朝揔轡於扶桑夕飲馬於天津伐河鼓以解徵迄昆崙而凱振軌凌虛而遺迹塵蒙飈而絕輪豈遠遊之無樂懷故都而傷情靡龍首以還顧轉瑤衡而回縈泝凱風以流眄悲舊邦之穢傾眷南雲以興悲蒙東雨而涕零凌百川而絕蹈仰濯髮於峥嶸豈沉

瘁之足弭将蟬蛻於長生

征

痛世路之隘狹詠遂古而長悲鏡端形於三接照直影於太微祇中懷以眷慕豈鑒寐而忘歸悼天朝之遂晦構貝錦於繁文侈南箕以鼓物譎清陽而播芬迹同塵而壞絕景和光而天分俯隕息於縈波仰頹歎而崩雲折若華以翳日時靡靡而難停飡秋菊以却老年冉冉其既盈欲假翼以天飛怨曾飈之我經思戢鱗以遁汨悲沉網之在淵有河清而志得挫千載之長年擠哀響於頹風寓悲音於絕弦嗟有生之必死固逸我以自休彼達人之遺物甘褰裳而赴流

矧余情之沉毒資有生以速憂悼居世其何感固形存其爲尤想百年之促期悲樂少而難多脩與短其足宏曷久沈於汨羅投瀾漪而負石涉清湘以懷沙臨恒流而自墜蒙濬壑之隆波接申胥於南江

鼓冕雲以攜手仰接景而登遐

陸士龍文集卷第七

陸士龍文集卷第八

晋清河内史陸　雲　士龍

書

與平原書

一日案行并視曹公器物床薦席具寒夏被七枚介幘如吴幘平天冠遠遊冠具在嚴器方七八寸高四寸餘中無鬲如吴小人嚴具狀刷膩處尚可識疎枇剔齒纖綖皆在拭目黄絮二在垢黑目淚所沾污手衣卧籠挽蒲棋局書箱亦在奏案大小五枚書車又作歧案以卧視書扇如吴扇要扇亦在書箱想兄識彦高書箱甚似之笔亦如吴筆硯亦爾書刀五枚琉璃筆

一枚所希聞景初三年七月劉婕妤折之見此期復使人悵然有感處器物皆素今送鄴宮大尺間數前已白其繐帳及望墓田處是清河時臺上諸奇變無方常欲問曹公使賊得上臺而公但以變譎因旋避之若焚臺當云何此公似亦不能止文昌殿北有閤道去殿丈內中在東殿東便屬陳留王內不可得見也

一曰三上臺曹公藏石墨數十萬斤云燒此消復可用然烟中人不知兄頗見之不今送二螺省曹公遺事天下多意長才乃當爾作弊屋向百年于今正平夷塘乃不可得壞便以斧斫之耳爾定以知吏稱其

職民安其業也

雲再拜前省皇甫士安高士傳復作逸民賦今復送之如欲報稱久不作文多不悅澤兄為小潤色之可成佳物願必留思四言五言非所長頗能作賦為欲作十篇許小者以為一分生於愁思遂復文譪欲得雲論間在郡紛紛有所鈎定言語洏行斷絕欲更定之而了不可以思慮今自好醜不可視想冬下體中佳能定之耳兄文章已自行天下多少無所在且用思困人亦不事復及以此自勞役間居恐復不能不願當自消息謹啓

雲再拜祠堂頌已得省兄文不復稍論常佳然了不

見出語意謂非兄文之体者前後讀兄文一再過便上口語省此文雖未大精然了無所識然此文甚自難事同又相似益不古皆新綺用此巳自爲洋洋耳荅少明詩亦未爲妙省之如不悲苦無惻然傷心言今重復精之一日見正叔與兄讀古五言詩此生歎息欲得之謹啓

雲再拜二祖頌甚爲高偉雲作雖時有一佳語見兄作又欲成貧儉家無緣當致兄此謙辭又雲亦復不以尚自退耳然意故復謂之微多民不輟歎一句謂可省武烈未得有異說桓王之事而云建其孤恐太祖不得爲桓王之孫雲前作此頌及信以白兄作

引甚單常欲更之未得兄所作引甚好雲方欲更作引述思賦黨自竭厲然雲意皆已盡不知本復何言方當積思思有利鈍如兄所賦恐不可須顧兄且以伯聲兄弟前日觀習先欲作講武賦因欲遠言大體欲獻之大將軍才不便作大文得少許家語不知此可出不故鈔以白兄若兄意謂此可成者欲試成之大文難作庶可以爲關雎之見微謹啓

雲再拜往日論文先辭而後情尚絜而不取悅澤常憶兄道張公文子論文實自欲得今日便欲宗其言兄文章之高遠絶異不可復稱言然猶皆欲微多但清新相接不以此爲病耳若復令小省恐其妙欲不

見可復稱極不審兄由以爲爾不茂曹碑皆自是蔡氏碑之上者比視蔡氏數十碑殊多不及言亦自清美愚以無疑不存三祖贊不可聞武帝贊如欲管管流澤有以常相稱美如不史顧更視之小跛幾而悅奕爲盡理雲今意視文乃好清省欲無以尚意之至此乃出自然張公在者必罷必復以此見調不知九愍不多不當小減九悲九愁連日鈔除所去甚多才本不精正自極此顧兄小爲之定一字兩字出之便欲得遅望不言謹啓

雲再拜仲宣文如兄言實得張公力如子桓書亦自不乃重之兄詩多勝其思親耳登樓賦無乃煩感丘

其弔夷齊辭不爲偉兄二弔自美之但其呵二子小
工正當以此言爲高文耳文中有於是爾乃於轉句
誠佳然得不用之益快有故不如無又於文句中自
可不用之便少亦常云四言轉句以四句爲佳往曾
以兄七羨回煩手而沉哀結上兩句爲孤今更視定
自有不應用時期當爾復以爲不快故前多有所去
喜霽俯煩習均弔誠重離此下重得如此語爲佳思
不得其韻願兄爲益之謹啓
雲再拜嘗聞湯仲歎九歌昔讀楚詞意不大愛之頃
日視之實自清絕滔滔故自是識者古今來爲如此
種文乃爲宗矣視九章時有善語大類是穢文不難

舉意視九歌便自歸謝絶思兄常欲其作詩文獨未作此曹語若消息小往願兄可試作之兄復不作者恐此文獨單行千載間常謂此曹語不好視九歌正自可歎息王褒作九懷亦極佳恐猶自繼其玄盛稱九辯意甚不愛

雲再拜頃得張公封禪事平平耳不及李氏其文無比恐非其所作欲見此公劉氏世頌有信願付雲頓又爲輔吳奮威作頌欲愈前頌然意並不以快遣信當送九愍三賦脫然謂可舉意假彼頌便有怯處想無又間便可耳大類不便作四言五言謹啓

雲再拜誨二賦佳久不復作文又不復視文章都自

無次第文章既自可羡且解愁忘憂但作之不工煩勞而棄力故久絕意耳在此悲思視書不能解前作二篇後爲復欲有所作以慰小思慮便大頓極不知何以乃爾前登城門意有懷作登臺賦極未能成而崔君苗作之聊復成前意不能令佳而羸瘁累日猶云愈前二賦不審兄平之云何願小有損益一字兩字不敢望多音楚願兄便定之兄音與獻彥之屬皆願仲宣須賦獻與服繁張公語雲云兄文故自楚須作文爲思昔所識文乃視兄作誄又令結使說音耳兄所撰顧且可付之此有書者更校善書送信還望之謹啓

雲再拜䟽成髙作未得去省登遐傳因作登遐頌須臾便成視之復謂可行今並送之尚未定利及此信今更有何所損益後人了無事合會之才得二篇耳索度是淫鬼無緣在此中故不可作頌愁邑忽欲復作文欲定前於用功夫大小文隨了爲以解愁作文臨時輙自云佳小久報不能覩爲此故息意爾今視所作不謂乃極更不自信恐年時間復捐弃之徒自困苦爾兄小加潤色便欲可出極不苦作文但無新奇而體力甚困瘁耳謹索幼安在此令之草令佳一弘不呼作工謹啓

雲再拜誨頌兄乃以爲佳甚以自慰文章當貴經綺如謂後頌語如漂漂故謂如小勝耳九愍如兄所誨

亦殊過望雲意自謂當不如三賦情難非體中所長
欲徧周洏雲意亦謂爲佳耳然不云其愈於與漁父
吾今多少有所定及所欲去留粗爾今送本往不審
能勝故不意亦殊未以爲了南去轉遠洛中匆匆少
暇願兄勑所遣留爲當爾可須來不佳思慮益劇未
能補所欲去徹與察皆不與日韻思惟不能得願賜
此一字雲作文如兄所論已過所望況乃當敢今兄
有張蔡之懷得此乃懷怖也謹啓

雲再拜誨歲暮如兄如所誨雲意亦如前啓情言深
至述恩自難希每憶常侍自論文爲當復自力耳雲
意呼發頭但當小不如復耳兄乃不好者試當更思

之所誨雲文所比愁霖喜霽之徒實有可爾者登樓名高恐未可越爾楊四公黃胡頌恐此不得見比聞兄此誨若有喜懼交集祖德頌無大諫語耳然靡靡清工用辭緯澤亦未易恐兄未孰視之耳兄文方嘗日多但文實無貴於爲多多而如兄文者人不饜其多也屢視諸故詩文皆有恨文體成爾然新聲故自難復過九悲多好語可耽詠但小不韻耳皆已行天下天下人歸高如此亦可不復更耳兄作大賦必好意精時故願兄作數大文近日視子安賦亦對之歎息絕工矣兄誨又爾故自是高手謹啓

雲再拜蔡氏所長唯銘頌耳銘之善者亦復數篇其

餘平平耳兄詩賦自與絕域不當稍與比校張公昔
亦云兄新聲多之不同也典當故爲未及彥藏亦云
爾又古今兄文所未得與校者亦惟兄所道數都賦
耳其餘雖有小勝負大都自皆爲雌耳張公父子亦
語雲兄文過子安子安諸兄賦復不皆過其便可可
不與供論雲謂兄作二京必得無疑久勸兄爲耳
又思三都世人已作是語觸類長之能事可見幽通
賓戲之徒自難作賓戲客語可爲耳荅之甚未易東
方氏所不得全其高名頗有荅極謹啓
雲再拜誨九愍如所勑此自未定然雲意自謂故當
是近所作上近者意又謂其與漁父相見以下盡篇

爲佳謂兄必許此條而淵弦意呼作脫可行耳至兄
唯以此爲抉不知雲論文何以當與兄意作如此異
此是情文但本少情而頗能作氾說耳又見作九者多
不祖宗原意而自作一家説唯兄説與漁父相見又
不大委曲盡其意雲以原流放唯見此一人當爲致
其義深自謂佳頗兄可試更視與漁父相見時語亦
無他異附情而言恐此故勝淵弦兄意所謂不善願
疏勑其處緒亦欲成之令出意莫更惑如惡所在以
兄文雲猶時有所能得言雲前後所作謹啓
雲再拜誨前二賦佳視之行已復不如初昔文自無
可成藏之甚審而爲復漏顯世然爲益者豈所謂之

不善而不爲懷此不成意想兄已得懷之耳有作文唯尚多而家多猪羊之徒作蟬賦二千餘言隱士賦三千餘言既無藻偉體都自不似事文章實自不當多古今之能爲新聲絶曲者無又過兄兄往日文雖多瓌鑠至於文體實不如今日間在洛有所視已當赦而比更隆以今意觀文見此眞吏以爲不盡善文罷云故日向人歎兄文人終來同殆以此爲病張公文無他異正自情省無煩長作文正爾自復佳兄文章已顯一世亦不足復多自困苦適欲白兄可因今清靜盡定昔日文但當鈎除差易爲功力誨已定敬長誄意當闇與兄合雲久絶音於文章由前日見享

之後而作文解愁聊復作數篇爲復欲有所爲以忘
憂貧家佳物便欲盡但有錢穀復着出之而罋中殊
不可以思慮腹立蒲背便熱亦試可悲間視大荒傳
欲作大荒賦既自難工又是大賦恐交自困絕意往
經比干墓悵然欲弔之無又即意又事業
雲再拜張公藏誄自過五言詩耳但雲自不便五言
詩由己而言耳玄泰誄自不及士祚誄兄丞相箴小
多不如女史清約耳恐兄無緣思於此意猶去何而
兄乃有高倫更復無意雲故曰不作文而常少張公
文今所作兄輒復云過之得作此公輩便可斐然有所
謝故自爲不及諸碑藏輩甚極不足與校歌亦平平

遊仙詩故自能劉氏頌極佳但無出言耳二頌不減
復過所望如此已欲解此公之半歲暮賦甚欲成之
而不可自用得此百數十字今送不知於諸賦者不
罷少不想少佳成當送到洛陳琳大荒甚極自雲作
必過之想終能自果耳謹啓

雲再拜兵眞凶事生來初不見習頃觀之正自使人意
惡牟賸轉時極佳間人皆不解何以作此轉雖云欲相泄
恐此正自取好耳說之不能工願兄試一說之張義
元荅貟淵之回沵昆侖吐河不體正自似急水中山石
間是人謂回縛者但言之辭不工耳不知此中語於
諸賦中何如頃曰極勿勿病一十當出略通日在焉

上此不可諧又恐信不及兄令以因休祖致又力作
無錫書極無賴甚不備具如是更白問於中
雲再拜爾乃使熊熊之士虓闞之將雄聲泉踊逸氣
風亮超三軍以奔厲賈餘勇以成壯兆洪音於寂寞先
無聲而高唱元兵時紛若屯雲爍若積波授教斯謐
靜言勿譁嚴鼓隱其雲戒萬夫翕而咸和治安步以
止立應金奏而靡戈進揔千以乘言退揮旅而星羅禮
既畢歸旅將振奔縈貟轉因瀨蓋旋若疾流之繞駿
沉驚飇之靡任塵羊腸轉時命屏翳以久降式飛廉
而朝興涂蒙雨而後清景帶天而先澄陪畯臣於彫
輪列名僚於後乘猛將起而虎嘯商風肅其來應七

憑勢而嚮駭馬噓天而景淩

雲再拜省諸賦皆有高言絶典不可復言頃有事復不大快凡得再三視耳其末精倉卒未能爲之次第省述思賦沵深情至言實爲清妙恐故復未得爲兄賦之最兄文自爲雄非累日精拔卒不可得言文賦甚有辭綺語頗多文適多體便欲不清不審兄呼爾不詠德頌甚復盡美省之惻然扇賦腹中愈首尾發頭一而不快言烏云龍見如有不體感逝賦愈前恐故當小不然一至不復滅漏賦可謂清工兄頓作爾多文而新奇乃爾眞令人怖不當復道作文謹啓

雲再拜詞堂賛甚已盡美不與昔同旣此不容多說

又皆一事非兄亦不可得見吊少明殊復勝前吊蔡君清妙不可言漢功臣頌甚美恐吊蔡君故當爲最使雲作文好惡爲當又可成耳至於定兄文唯兄亦怒其無遺情而不自盡耳丞相賛云披結散紛辭中原不清利兄已自作銘此但頌實事耳亦謂可如兄意眞説事而已若當復屬文於引便當書前銘耳謹啓雲再拜誨欲定吴書雲昔嘗已商之兄此吴不朽事恐不與十分好書同是出千載事兄作必自與昔人相去辯亡則已是過秦對事求當可得耳陳壽吴書有魏賜九錫文及分天下文吴書不載又有嚴陸諸君傳今當寫送兄體中佳者可並思諸應作傳及作

彼見人譜叙者當與令伯倫吳百官次第公卿名伯略盡識少交當具頃作頌及吳事有愴然且公傳未成諸人所作多不盡理兄作之公私並叙且又非常業從雲兄來作之今略已成甚復可惜事少功夫亦易耳猶可得五十卷謹啓

義高家事正當付令文耳弟彥長昔作吳事云三十卷可令欽求謹啓

雲再拜吳書是大業既可垂不朽且非兄述此一國事遂亦失兄諸列人皆是名士不知姚公足爲作傳不可著儒林中耳不大識唐子正事愚謂常侍便可連於尚書傳下書定自難雲少作書至今不能令

成日見其不易前數卷爲時有佳語近來意亦殊巳莫莫猶當一定之恐不全此七卷無意復望增欲作文章六七紙卷十分可令皆如今所作輩爲復差徒爾文章誠不用多苟卷必佳便謂此爲足今見巳向四卷比五十可得成但恐皆中成亦爾恐兄皆疾必述作人故計兄凡着此之自損皆中無緣不病作書猶差易讚敘亦復無幾年歲根之猶當小復謹啓雲再拜一日會公大欽欣命坐者皆賦諸詩了不作備此日又病極得思惟立草復不爲乃倉卒退還猶復多少有所定猶不副意與頌雖同體然佳不如頌不解此意可以王弘遠去當祖道似當復作詩構作

此一篇至積思復欲不如前倉卒時不知爲可存録
不諸詩未出别寫送弘遠詩極佳中靜作亦佳張魏
郡作急就詩公甚笑燕王亦似不復祖道弘遠已作
爲存耳兄園葵詩清工然猶復非兄詩妙者雲詩亦
唯爲彼一語如佳先已先得便自委頓欲更作之昔
如已身先此篇誤了不復倆彿識有此語此語於常
言爲佳謹啓

雲再拜久不復作文了無復次第真玄昔屢聞周侯至
論前此霖雨此下人亦作愁霖賦好醜見勑又因人
見督自愁慘又了無復意此家勤勤難違之亦復毒
此雨憂邑聊作之因以言哀思又作喜霽今送雲作

爲易得耳窮不好故都絶意此間人呼作者皆休故
不得有所送不審此何成已出之故爲存不弃耳謹
啓
雲再拜一日視伯喈祖德頌亦以述作宜褒揚祖考
爲先聊復作此頌今送之願兄爲損益之欲令省而正
自輙多欲無可加省碑文通大悦愉有似賦愚謂小
復質之爲佳前作此頌書之行欲遣信以白兄昨聞
有賦消息愁憒無賴既冀又然又已成書聊以付信
耳尋得李寵勸封禪草信自有才頗多煩長耳令送
間人又有張公所作已令寫別送臨紙罔罔不知復
所言謹啓

近得洛消息滕永過去二十日書云先訪爲驃騎司馬又云似未成已訪難解耳敬屬司馬參軍此間復失之恨不得與周旋戴允治見訪大司馬謹啓

雲再拜君苗文天才中亦少爾然自復能作文雲唯見其登臺賦及詩頌作愁霖賦極佳頗倣雲雲所如多恐故當在二人後然未究見其文見兄文輒云欲燒筆硯以爲此故不喜出之曹志苗之婦公其婦及見皆能作文頃借其釋詢二十七卷當欲百餘紙寫之不知兄盡有不李氏云雪與列韻曹便復不用人亦復云曹不可用者音自難得正謹啓

近日復案行曹公器物取其剔齒纖一箇今送以見

兄于道有古方泉其銘如此不審兄頗曾見此書種稷不近因魯引以問秘書中謹啓

雲再拜令送君苗登臺賦爲佳手筆云復更定復勝此不知能愈之不其人推能兄文不可言作文百餘卷不肯出之視仲宣賦集初述征登樓前耶甚佳其餘平平不得言情處此賢文正自欲不茂不審兄呼爾不眞玄亦云兄文當作宣輩宣得此巍巍耳愁霖喜霽殊自委頓恐此都自易勝謹啓

雲再拜誨頌兄意乃以爲佳甚以自慰今易上韻不知差前不不佳者願兄小爲損益令定下云靈𧙗電揮因兄見許意遂不恪不知可作蔡氏祖德頌比不

景猷有蔡氏文四十餘卷小者六七紙大者數十紙
文章亦足爲多然其可貴者故復是常所文耳雲頓
不佳思慮背腹如鼓夜不便眠了不可又以有意兄
不佳文章已足垂不朽不足又多謹啓

雲再拜嵇紹周弼並處事不值免詔甚切甚念之悚
息胡光祿亡宿士可痛含邠還云滔中書散騎並缺
是其才不知何以乃右之謹啓

雲再拜頓哀思更力成歲暮賦適且畢猶未大定自
呼前後所未有是雲文之絶無又憶兄常云文後成
者恒謂之佳眞小爾恐數自後轉不如今且欲寄之
旣未大定又恐此信至兄已發當因著洛謹啓

雲再拜兄前表甚有深情遠旨可耽味高文也兄文
雖復自相爲作多少然無不爲高體中不快不足復
以自勞役耳前集兄文爲二十卷適訖一十當黄之
書不工紙又惡恨不精謹啓

陸士龍文集卷第八

陸士龍文集卷第九

晋清河内史陸雲士龍

啓

國起西園第表啓

西國第既成有司啓

王即位未見賓客羣臣又未講啓

輿駕比出啓

言事者啓使部曲將司馬給使覆校諸官財用出入啓

國人兵多不法啓

國起西園第表啓　宜遵節儉制

郎中令臣雲言伏見西園大營第室雖未審節度豐
儉之制然用功甚嚴竊懼事不得濟愚臣管見輒敢
瞽言臣竊見世祖武皇帝臨朝淵嘿訓世以儉即位
二十有六載宮室臺榭[redacted]無所新崇屢發明詔厚戒
豐奢國家纂承務在遵奉而世俗凌遲家競盈溢漸
漬波蕩遂已成風雖嚴詔屢宣而後俗滋廣每覩詔
書衆庶歎息清河王昔起墓宅未及極偉時手詔追
述先帝節儉之教懇切之旨刑于四海清河王毀壞
城宅以奉詔命海内聽望咸用憮然臣慮以先帝遺
教日以凌替聖上慮勤猶未之振今與國家崇大化
追闡前蹤者實在陛下先敦素朴而後可以訓正四

方示民知禁竊謂第室之設可使儉而不陋凡在崇麗一宜節之以制然後上厭帝心下允民望且自閒制國之用事從節省而方於此時大造第宅又非聖意從簡之旨臣以凡才殿下不以其駑闇特蒙拔擢將以臣能有狂夫之言可以裨補聖德臣自奉職已來亦思竭忠効節以報所受之施是以不慮犯逆敢陳所懷如愚臣言有可采乞垂三省

令吾以頑弱過蒙殊寵夙夜祗懼忝思先恩承風誡以自錯厲得爾委曲省以憮然意既在儉約又欲奉遵法憲豈忘於心國自宜有宅城内求不可得官徙右軍來蹀覆此屋恐或不可久得側近宮掖故於國

作宅不作觀望使如凡家法足止而已耳平量畫圖
當往相示動靜以聞
臣雲言聞一日敢獻瞽言以干聞[redacted]
聽天恩未加咎責猥發明令臣伏誦聖旨奉用歎息
臣聞有國者不患宮室之不崇患在令名之不立是
以賢人之在富貴莫不早身節欲損已挹情能保其
國家令問百世歷觀古今以約失之者實寡以奢失
之者蓋衆非天下之至德孰能居豐行儉在富能貧
清儉節素自殿下家道此所以懷集四方而使兆民
服者也世祖武皇帝富有四海貴爲天子居無離宮
之館身御家人之服先帝豈欲以此道止於治身而

已者哉固將必欲遺訓百世貽燕之孫此固殿下所宜祗奉也昔淮南太妃當安厝臣兄比下墨機時爲郎中令從行太妃令追稱先帝養生送終事從節儉今宜奉用遺制不事豐厚令旨懇切言歸于約清河昔起墓宅發手詔又還毀朝野之論于今未已竊以西園第宅用功方嚴雖知聖德節儉有素猶復思關愚言以補萬一亦臣繾綣微忠昊天罔極之誠也至被明令聖旨炳然嘉承至道奉以稱慶不勝下情謹疏以聞

西園第既成有司啓 觀疏諫不可

郎中令臣雲臣言前啓西園第宅宜遵先帝節儉之

制不宜使至豐麗被命優隆言歸謙素臣奉以欣憙
而聞屋宇之制既自崇　竊聞當復起觀六間既非
前令之旨且臣亦竊用不安臣聞詩云昊天有成命
二后受之成王不敢康今四祖創基既垂成命哲王
繼體世崇恭儉殿下承之固宜奉不寧而自昔造第
過度民歎其勞卒士譏其過尤謗言未弭而又加以
崇後此誠不可不惜先帝背世曾未十年而儉德之
亡國爲甚首此又所以悽慨酸心而不敢不盡狂夫
之諫者也按晉魏以來諸侯奢靡第室滋廣未有如
國今日之甚者也古人之戒猶云無爲福始况今猶
崇豐後作爲禍先此又臣所以寤寐憂歎忘寢與食

者也殿下誕應運期首建大國固將憲章今典貽範萬世始基之制不可不慎今設爲豐奢以示將來子孫象之又何以能國且先帝勤家如彼其素殿下承之若此其泰進傷奉國之典退虧隆家之業用之當身損盛德之譽垂之後嗣非興邦之制一舉而失四得此古人之所以長太息者也且第宅之過朝野所譏而監司結舌莫敢明言者實以殿下國之暱親朝所欽重故隱司過之鋒結執憲之繩耳後世直臣將信威明法考制度禮愚以此觀有必毀之理苟此物不可終全誠不如不爲使其無毀也今空設過制之物而終爲直士之資臣又未見其可也唯殿下思愚

臣之言時命有司必省此舉手懼遑伏用流汗
令中間表作含先畫圖呈啓間數又五木林樽無他
鏤飾示無乃越法奢靡古今無匹也間外啓作小樓
北望河東公主園宅自不爲觀故便聽之耳今行者
歎息致朝野之譏耶省奏具意勑毀之
王即位未見賓客群臣又未講啓宜饗宴通客及
引師友文學觀書問道
郎中令臣雲言聞古之君子既盛德在身又外求諸
物是以廣納俊士博[redacted]觀載籍朝夕師傅夙夜勤禮
賓友嘉客講義於前往古來今日聞于耳故知積德
廣而流芳罔極伏惟殿下天資聰叡應期挺秀聖敬

敷聞輝光日新即位已來仍遭不造大禮雖闋哀故
滋有賓客無接覲之宴師友闕講誦之禮愚臣所以
寤寐永歎而私懷慷慨者也愚以宜發通客之令使
朝士有接見之緣又可時與師友之學披覽文籍坐
而論道非學無以聞義非士無以行禮禮義既舉郡
望允塞此臣下所以拭目思德音之發者也臣區區
所懷敢以聞

令多喪故乃初未與群官會同比當請師友文學內
外官屬也

臣雲言臣前啓可與師友文學觀書論道今又天時
清適正是講誦之日臣聞崇山之高不厭其峻滄海

之量無限於廣是以周公一日萬事猶復旁觀百篇孔子假期訖年至於韋編三絕由是言之雖聖之弘亦不能不求之於學也伏惟殿下明德光邵天資秀朗方當光演文武允迪皇猷如復垂精古今之奥仰覽千載之籍則神道斂知無物不照且師友文學朝選於衆以德來教雖豐禄崇禮已隆其人而先王之道未簡聖聽在位累載官廢其職每聽其言亦懷慷慨㠯以可於良日就講經學先闡大道永播芳風愚㠯區區敢獻瞽言

令多病疾難以辭公事爲自力風疾違動故未能用小差當如所陳乞每識忠至之誠輒以存心

輿駕比出啓　宜當入朝

郎中令臣雲言殿下自即第日來既仍多哀故聖體亦恒不安和自不朝見二官已經年載前既比造趙軹近又自表出城至五日問訊輒以疾聞臣切所未安愚以此五日輿駕宜入朝臣聞事君之道苟在盡規知無不爲是以愚臣敢獻瞽言令多一不快不數朝覲幸恩詔見恕耳五日當入朝也

言事者啓使部曲將司馬給事覆校諸營

財用出入啓　宜信君子而遠小人

郎中令臣雲言伏見令書以部曲將李咸馮南司馬吴定給事徐泰等覆校諸官市買錢帛簿季日決咸

南等治書以下無所復司而察錢帛重寶姧吏多情
出入之用誠宜使虛實當法以防檢巧僞然吕愚以
聖德龍興光有四大國選衆官材庶上肄業目以虛
薄忝竊朝右雖質弱任重無益補察至於奉巳思勤
昊天罔極中尉該大農誕皆清德淑慎恪居官次至
衆官悉州閭一[redacted]蹀闇之咎雖可日聞至於處義用
情庶無大戾今咸南軍旅小人定泰士卒廝賤非有
清慎素著忠公定稱令猥使此等任以覆校大且所
關猶謂未詳咸等督察然後得信既非開國勿用之
義又傷殿下推誠納下曠蕩之量雖使咸能盡節益
國使功利百倍至於光輔國美猶未若開懷信士之

無失況咸等所益不過姑息之利而名使小人用事大道淩替此臣所以慷慨也亂之所興在於小人得親治之所廢在於君子自替廢興治亂由此而已臣備位大臣職在獻可苟有管見敢不盡規以愚宜發明令必罷此等覆察衆士一付治書則無外之度照光遠大信臨下人思盡節矣謹隨啓以聞

國人兵多不法啓　宜峻其防以整之

郎中令臣雲言國人兵放橫多行非法至使㬥忝及市道聲聞京邑親信兵乃罵詈洛陽市丞遠近罵㬥聲論日廣而主者前後所報每蒙寬宥故群小敢肆其㬥虐前輿駕當東時臣具以奏聞上立節度亦備嚴

上下司察念在奉宣而親信卒泰矯稱突闌強市民物至使行道哀窮路人歎惋臣下祗命幸使罪人時獲僉以泰宜加重戮以戒肅方來軍都督李嬰行實奸穢然身備王人雖不致法猶加捶楚主者奏泰依嬰決罰事寢不出而特令原泰泰之凶狡罰至大辟至於今日不蒙薄罰臣切以自今群醜虎視競爲暴虐矣小人得志則下令上替前卿顯言事大農文首倨傲反成劫安功名之士議在不辱而顯等恃恩敢行侮慢臣時列啓并呈顯言事事寢不省是以自來拱嘿未敢多言而切見國法日偃而恩宥無已誠懼威禁遂頹醜聲滋聞愚謂自今宜齊之以法使下知

禁有司所執猶宜時聽不然以往則監司之吏鋒矩靡加而準繩替矣且忝切非據與聞國政服事以來荏苒三年朝憲多違威御無列好問不登而流聲播越皆由執政之臣官非其人常思收迹自替以避賢路退惟受遇微報未効是以忍垢素餐敢用文諫唯殿下哀明愚臣繾綣愚忠不以前後干迕多見罪責臨紙懷慨言不自盡

陸士龍文集卷第九

陸士龍文集卷第十

晉清河内史陸　雲　士龍

書集

與朱光禄書

少長之禮教化所崇中葉陵遲舊章廢替追惟前訓思遵在昔敢慕高義謹奏下敬

與張光祿書　三首

長幼之序人倫大司季世多難失敬在昔敢希令典求思自邁謹奏下敬以藉虔欸

顧令文彥先每宣隆眷彌泰之惠懷德惟懃守以反側既睎仁風委心自昵加與沛君分同骨肉憑賴之懷疑心如結

加蒙顧遇重以傾倒唯亮歸誠石行文敦素篤邃道實茂淑器敏既美思學文快南州良德令者東行望風自託其意繾綣願厚接納則副其乃心

與嚴宛陵書

少長之序禮之大司晚節陵替舊章殘弃瞻言今典旣慕欽承仰憑高風寶副邦民謹奏下敬以藉虔欵思復未遠庶免悔吝

嚴宛陵答

奉詠美言流風緯遠復禮興仁命世之作獲尚齒之況無尊賢之報抱此永懷愧歎何有君子弘道厚文無施是用釋筆歸于神要

與戴季甫書七首

雲頓首頓首惟夏始暑頤府館萬福疾病處遠人信希少情問闕替中間曠年瞻慕敬想興言反側隆敦

比辱慰誨銜抱豐眷以增愚述不勝勤企謹及君之
書不以備
陸雲頓首頓首曠遠以來忽踰年載宗想輝蔭引領
惟慕東歸之後疾患增瘵且道路悠遠不值信便久
念自脩而經年不果雖在伏枕至於結心注望實係
光塵累蒙誨命眷眷惟新執對之日如或面展長塗
自替聽誨未由瞻企勤戀守以委重表不具今更繼情
季鸞公世相係徂落俊德茂業邦家之彥一朝並逝
求爾淪沒哀痛切裂不能自勝柰何柰何江南初平
人物失敘當賴俊彥彌縫其闕加在二賢楚國之良
沂寶積實未章大朝重惟痛恨言增哀咽誠念仁風

篤烈如在疇昔意愛所隆嗟悼之心誠不可言備蒙
其分情兼切傷加承仁誨益以惻愴
武陵於荆州云多人士聞周孟子伍令明潘世長諸
人並爲美德心常依依今日遭遇良驥展士之秋也
不審達者凡有幾人無因聽承誨語咨禀未聞每懷
勤企表不盡言
長游前下停此十餘日想德欣喜無以爲喻分别悵
恨于今戀之當暑遠涉益追心懸清粹沈茂思敏通
徽居德履道秉心貞實貴一時良彦君之别久見之
懽察風姿美令心神烈暢已成美器欽愛之情欵然
至實近聞若思未有通塗每用於邑

周安東昔奄薨徂追慕切剝不能自勝勳業有究旱
爾背世遺惠鄙州民物同哀備記名義情兼切裂在
此會同每言高重武陵至心欵列誠念篤終必垂悽
愴王季楊孝友行素旣簡清塵在此接近備其所覩
居心秉尚用志不苟公私操實足爲美器今爲土斷
品還此郡前群小虛妄遂下其編牒爲之憤歎人物
遠主彝倫多失顧垂末光益有以潤區區至心謹復
言意戴彦遠永昌猶爲遠小想其必有惠政耳
郭敬言蒸陽良才遠員爲之邑歎以其姿望足以致
高想不久爾耳石行文在無錫大有清積一州之高
功長吏此家行素道實州閭所稱疇昔接事旣熟其

才願重榮益以成其實允在羽儀思附鳳翼以塵[illegible]集無不拭目

與楊彥明書 七首

雲白欲明去書不悉彥先來得書以爲慰時去苒荏歲行復半悲此推移終然何及漸已欲熱想自如常悠悠守限良談未日眇然東望思以叙至及反憒悶不多行矣愛德往來相聞

陸雲白省示累紙重存往會益以增歎年時可喜何速之甚昔年少時見五十公去此甚遠今日冉冉已近之已耳順之年行復爲憂歎也柯生而多悅樂春未猒秋風行戒已悲落葉矣人道多故懽樂恒乏敖

遊此世當復幾時各爾永隔良會每闕懷想親愛
寤寐無忘書自無所悉

彥先來相欣喜便復分别恨恨不可言階塗尚否通
路今塞令人罔然名論允進遠而有光者度此顯期
不淹民望耳廛堂之士比迹山藪栖者悲豈唯一人
少明湘公亦不成遷名公之舉且可以爲資然今恨
恨當行行復有宜耳

彥先相説疾患衛欲增廢深爲悒然行向襄蕃疾來
應百年之望雖未必此爲疑然親親所以相卹之一
感耳想懃服藥行復向佳耳吾既常羸間來體中亦
悒少賴曰爾匆匆財堪自力未遠待罪會期難尅情

之戀戀何勞之多好自愛屢相聞
行言竟行令人恨之已當至末耶能少留不世明篤
行至性如前後所論語其偶爾旋已能悟耳而聞其
遂於愬其使愕然寧以所不可虧一國之清格乎
輙便絕意彥先所一二
載會稽如是便發分別恨然一得名士雖當有此君
耳失分重勞令人歎息善得日夕真家人若思望之
清才後類一時之彥善並得接九月中可得達東禮
衡陽長沙甚快東人近未復有見敘者公進屈久恒
爲邑罔黨方有清塗薄國讓在內中大有好稱此家
一時美德也在事又佳甚快其快

永耀已葬冥冥遠矣存想其人痛切肝懷柰何柰何
聞伯華善佳深慰存亡人生有終誰得免此且使繼
嗣克勝堂構有紹亦存亡[redacted]願也明類喪索同好日
盡如此生輩那可復多耶臨書酸心

與陸典書書七首

雲再拜自曠但爾已復經時限制長路惟親未期唫
近晨風傾臣結言來誨綢繆篤眷彌隆誦玩千周以
當侍會靜言莫瞻翹翹仰慕大人汜愛在我尤弘每
銜思戀何時去心限此省省願言用替遙瞻靈丘感
時情傷往來信理自更繼情如有信唯不玉音
雲再拜侍郎比侍數會同耶常憶戀此君不懃有殞

此君公私並憎年長而志新齒邁而曾勤家宗美者
也常感其蔫分封之始年相見重違其至心
雲再拜日月運邁何一流速銜哀經變思愈深亡靈
處彼黃塘幽壙在遠之憶心常愴裂哀念痛靡及悠悠
柰何想時時復一省視思至心破無所厲情叔父一
兄故尚未達想不久至耳深憂從際公私哀罔壙離
山墓永適異國四時靈寂桑梓靡循且念親各爾分
析情感復結悲歎而已知大人每垂䘏逮也臨書表悲
猥絕筆餘哀不知所次雲再拜
每念彥先情兼剝裂年盛志美今姿可惜舉言及不
知心傷也

雲再拜國土之邦實鍾俊哲太伯清風邈世立德龍
蜿東嶽三讓天下垂化萬迹百代所晞髙蹤越於先
民盛德稱乎在昔績及延陵繼嚮馳聲沉淪漂流優
遊上國聽音察微智越衆俊通幽暢遐明同聖荷言
偃照烈於孔堂負武邁功於諸侯自秀偉相承明德
繼踵亦爲不少吴國初祚雄俊尤盛今日雖衰未皆
下華夏也來誨所及遐邇同懷重及二聖下逮衆子
或生羌狄或在邊域勳業之隆寔如嘉誨愚以東國
之士進無所立退無所守明裂眥苦皆未如意雲之
鄙姿志歸丘龍草門閨窬之人[redacted]晞天望之冀至於
紹季禮之遐蹤結髙肝於中夏光東州之幽味流榮

勳於朝野所謂闕管以瞻天緣木而求魚也重申不
列雲再拜
雲再拜每惟大人挺自然之妙質稟淵姿之弘毅克
壯其烈蕉詠之道晞文尚武潛居以娛其志靜處以
育其神遊步八素之林逍遙德化之囿豈如來者牽
曳璅璅世道通明俊乂在官焉使晞世之賓乂隱岑
崟之山逸景之迹永蟄幽冥之坂方將車乘田綸束
帛戔戔排金風於太微跨天路以妙觀恢皇綱之大
烈垂榮祚乎祖宗此乃大人之所宜循非凡夫之可
企望也無因覲展書以言心心之所積萬不叙一雲
再拜

雲再拜臣鄉前行陵有小事唯以具聞事已大了猶以爲願行欲取歸念别方至豫以慇然每相見未嘗不以大人爲言想令仁士光令遠公然兄弟屢數常有思想想令遠分好已爲綢固彦恩復蒙誘掖耳無因親對言不盡悉屢垂誨以慰遠思雲再拜

雲再拜臣鄉在臺高譽洋溢洛邑之内無不欽敬東南之貴寶其不但會稽之篠簜也每會常共歌詠信無一面不歎吟也想方周旋携乃手散今日之思耳雲再拜

雲再拜輙宣來意仲應此家大自欽重大人黨已見其意耳

雲再拜不知從事今在州得假歸耳想念來得行有
緣侍面耳每得令遠書感賴豐化言歸于欵來誨恤
及亦爲無已情深欣如云在身年歲及人名問難集
非賴師友何以自濟願敦惠助爲之光輔臣仁在此
華亭之望以大人爲宗主宜令小大得分亦崇洪業
也雲再拜

車茂安書

永白聞因王弘季有書悴足下無荅外甥石季甫忽
見使爲鄮令除書近下因令使道之職得此罔然老
人及姊自聞此問三四日中了不能復食姊晝夜號
泣不可忍視外甥之中老人真自愛恤季甫恒在目

下卒有此役舉家慘慼不可深言昨全伯始有一將來是句章人具說此縣既有短狐之疾又有沙蜮害人聞此消息倍益憂慮如其不行恐有節目良爲愁憤足下可具示土地之宜并望來報車永白

答車茂安書

雲白前書未報一旦得來況知賢甥石季甫當屈鄮令尊堂憂灼賢姊涕泣上下愁勞舉家慘慼何可爾耶輒爲足下具說鄮縣土地之快非徒浮言華豔而已皆有實徵也縣去郡治不出三日直東而出水陸並通西有大湖廣縱千頃北有名山南有林澤東臨巨海往往無涯汜船長驅一舉千里北接青徐東洞交

廣海物惟錯不可稱名遏長川以爲陂燔茂草以爲田火耕水種不煩人力决泄任意高下在心舉鍬成雲下鍬成雨既浸既潤隨時代序也官無逋滯之穀民無飢乏之慮衣食常充倉庫恒實榮辱既明禮節甚備爲君甚簡爲民亦易季冬之月牧既畢嚴霜隕而蒹葭萎林鳥祭而罻羅設因民所欲順時遊獵結罝繞堤罘罔彌山放鷹走犬弓弩亂發鳥不得飛狩不得逸真光赫之觀盤戲之至樂也若乃斷遏海浦隔截曲隈隨湖進退采蜯捕魚鱣鮪赤尾鯃齒比目不可紀名鱠鰡鰒炙䱥魚鯸烝石首臛鯊魚鰲真東海之俊味肴膳之至妙也及其蜯蛤之屬目所希見耳所不

聞品類數百難可盡言也昔秦始皇至尊至貴前臨終南退燕阿房離宮別館隨意所居況淪涇渭飲馬昆明四方奇麗天下珍玩無所不有猶以不如吳會也鄉東觀滄海遂御六軍南巡狩登稽嶽刻文石身在鄮縣三十餘日夫以帝王之尊不憚爾行季甫年少受命牧民武城之歌足以興化桑弧蓬矢丈夫之志經營四方古人所歎何足憂乎且彼吏民恭謹篤慎敬愛官長鞭朴不施聲教風靡漢吳以來臨此縣者無不遷變尊大夫賢姊上下當爲喜慶歌舞相送勿爲慮也足下急啓喻寬慰真說此意吾不虛言也停及不一一陸雲白

車茂安又荅書

永白即日得報披省未竟懽憙踊躍輙於毋前伏讀三周舉家大小豁然忘愁也足下此書足爲典誥雖山海經異物誌二京南都殆不復過也恐有其言能無其事耳雖爾猶足息號泣權抃笑也府君入後月當西出足下可豫至界上吾欲先一日與卿相見也荅不復多車永白

弔陳永長書五首

雲頓首頓首哀懷切怛賢弟永曜早喪俊德酷痛甚痛柰何陸士龍頓首頓首

雲頓首頓首天災横沵禍害無常何圖永曜奄忽遇

此凶問卒至痛心摧剝柰何柰何想念篤性哀悼切
裂當可堪言無因展告望企鯁咽財遣表言悲猥不
次雲頓首
永曜茂德遠量一時秀生奇蹤瑋寶灼爾凌群光國
隆家人士之望冀其永年遂播盛業攜手退遊假樂
此世柰何一朝獨先彫落奄闕凶諱禍出不意拊心
痛楚肝懷如割柰何柰何豈況至性何可爲心臨書
鯁塞援筆傷情
與永曜相得便結願好契闊分愛恩同至親憑烈三
益終始所願中間離別但爾累年結想之懷夢寐髣
髴何啚忽爾便成永隔哀心慟楚不能自勝痛當柰

何柰何義在奔馳幸役萬里至心不叙東望貴舍雨淚沾襟今遣吏并進薄祭不得臨哀追贈切裂辛損至念書重不知所言

永曜素自強健了不知有此患險戲之災遂不可救豈惟貴門獨喪重寶此賢之殞邦家以瘁情分異他痛心殊深已矣遠矣可復柰何追想遺規不去心目悠悠無期哀至悲裂不知何言可以言知酷楚而已

弔陳伯華書 二首

大君遠資高數世之瑰瑋當光裕大業茂垂勳名柰何日朝早爾喪墜自聞凶諱痛心割裂追惟哀摧肝心破剝痛當柰何柰何相念夙年奄嬰哀艱拔慕不

及當可爲心章役遠路無因奔馳東望靈宇五情哽咽割切哀慕書重感猥不次

昔與大君分義款篤彌隆之愛恩如兄弟憑此烈好要以始卒何圖大君獨先早世遠聞諱問若喪四體拊心慟楚肝心如割柰何柰何豈況至性當何可言今遣吏恭集薄祭不得臨展以叙悲苦計往人到貴舍之日揮涕而已援筆歔欷

移書太常府薦張瞻

蓋聞在昔聖王承天御世殷薦明德恩和人神莫不崇典謨以教思興禮學以陶遠是以帝堯昭煥而道協人天西伯質文而周隆二代大晉建皇崇配天地

區夏既混，禮樂將肅，君侯應歷運之會，質天人之期，愽延俊茂，熙隆載典。伏見衛將軍舍人同郡張贍，茂德清粹，器思深通，初慕聖門，棲心重仞，啓塗及階，遂升樞奧，抽靈匱於祕宮，披金縢於玄夏，思樂百氏，愽採其珍，辭邁翰林，言敷其藻，探微集逸，思心洞神，論道屬書，篇章光覿，含奇宰府，婆娑公門，棲靜隱寶，淪虛藏器，襲裳龍袞錦　衣被玉，曾泉改路，懸車將邁，考槃下位，嵗聿屢遷，縉紳之士，具懷愾恨。方今太清闢宇，四門啓籥，玄綱括地，天網廣羅，慶雲興以招龍，和風起而儀鳳，誠巖穴耀穎之秋，河津託乘之日也，而贍況淪下位，群望悼心，若得端委太學，錯綜先典，

垂纓玉階論道紫宮誠帝室之瑰寶清朝之偉器廣樂九奏必登昊天之庭韶夏六變必饗上帝之祀矣

陸士龍文集卷第十

宋板晉陸雲文集五册　墨林項元汴珍秘
明萬曆二年秋八月重裝于天籟閣中

張司業詩集

〔唐〕張籍 撰

據中國國家圖書館藏清影宋鈔本影印。

提要

《張司業詩集》八卷，唐張籍撰。

張籍（約七六七—約八三〇），字文昌，曾任國子司業，故世稱『張司業』。唐蘇州人，寓居和州烏江，故一作和州人。貞元十五年（七九九）進士。歷任太常寺太祝、國子助教、秘書郎、國子博士、水部員外郎、主客郎中等。工詩，著有《張司業詩集》。

《張司業詩集》共八卷。前有南唐張洎《張司業詩集序》、南宋湯中序。卷一至卷二樂府，卷三古風，卷四至卷五五言，卷六七言，卷七絶句，卷八聯句。另有拾遺一卷，收詩五首。附録一卷，收友朋贈張籍詩作三十四首，多當時名家之作。拾遺及附録之後，均有南宋魏峻跋語。

張籍夙擅古風，長於近體律詩，一變詩壇舊習。五律平易自然，不事雕琢，而委婉深摯，流風衍及晚唐。張洎序其詩，謂『章句之妙，冠於流品』。張氏以樂府鳴於一時，造語淺白，而不失含蓄奇崛，善摹世態，憂心民瘼，與王建並稱『張王樂府』。《四庫全書總目》謂其『骨體實出王建上』。

張籍詩歌，《新唐書》著録七卷，後失傳。至南唐，張洎『相次緝綴，僅得四百餘篇』，輯爲《木鐸集》十二卷，亦久佚。南宋時傳世有歷陽本、盱江本，湯中以家藏元豐八年（一〇八五）寫本爲底本，合以歷陽本、盱江本，校定爲《張司業詩集》八卷，復録其酬贈諸篇附後，魏峻刻於平江，且自跋其後，稱拾遺五首録自《木鐸集》，並述《木鐸集》之由來及與湯中刻本之異同，此本爲後世諸刻之祖本。

本次影印以中國國家圖書館藏清影宋鈔本爲底本，原書高二十七・九厘米，廣十七・五厘米。底本行間有朱筆圈點、校改，末葉有黄丕烈識語兩則，述《張司業詩集》流傳情狀。黄跋之後又有韓應陛跋語一則。

張司業詩集序

翰林學士中書舍人張洎編次

司業諱籍字文昌蘇州吳人也（一作和州烏江人）貞元十五年丞相渤海公下及第歷官太祝祕書郎國子博士水部員外郎國子司業公為古風最善自李杜之後風雅道喪繼其美者唯公一人故白太傅讀公集曰張公何為者業文三十春尤工樂府詞舉代少其倫又姚祕監嘗贈公詩云妙絕江南曲淒涼怨女詩古風無手敵新語是人知其為當時文士推服也如此元和中公及元丞相白樂天孟

東野歌詞天下宗匠謂之元和體又長于今体律詩貞元已前作者間出大抵互相祖尚拘于常態迨公一變而章句之妙冠於流品矣自唐末多故荐經離亂公之遺集十不存一予自丙午歲迨至乙丑歲相次緝綴僅得四百餘篇藏諸篋笥餘則更俟博訪以廣其遺闕云耳

唐書韓愈傳後云張籍者字文昌和州烏江人第進士為太常寺太祝久次遷祕書郎愈薦為國子博士歷水部員外郎主客郎中當時有名士皆與游而愈賢重之籍性狷直嘗責愈喜博

塞及為駮雜之説論議好勝人其排釋老不能著書若孟軻揚雄以垂世者愈最後荅書曰云云重荅張籍書見韓集籍為詩長於樂府多警句仕終國子司業按唐史所載司業為和州烏江人而王荆公詩乃云蘇州司業詩名老二説異同然放之昌黎集張中丞傳後叙云元和二年愈與吳郡張籍同閲家中舊書則信其為吳人矣但与孟東野書又有張籍在和州居喪家甚貧之語當是司業生於吳而嘗居于和故唐史誤以為和人也司業詩中寄蘇州白使君云登第早年同座主

題詩今日是州民盡用晉人簡帖中二字韋蘇州所謂敬共尊郡守歲簡具州民是也故司業以此施之樂天至其寄和州使君劉夢得則云送客頻過沙口店看花多上水心亭不過紀其嘗所宴遊之地而無復敬共桑梓之意矣即此二詩觀之益信司業之為吳人而唐史之説不必惑云

張司業詩集世所傳者歷陽旴江二本尔編次不倫字亦多誤予家藏元豐八年寫本以樂府首卷絕句繫後既有條理其間古詩亦多二本十數首如學仙董公二詩乃樂天所称謂可上風人主下誨藩臣者二本闕焉此獨有之但寫時亦久校勘不無錯字今合三本校定為八卷共四百二十六首復錄退之樂天夢得酬贈諸篇附卷後差完善可觀已祭退之長篇諸本皆闕今用昌黎外集添入但樂天所称商女勤齊二詩及韓集所載同張十八效阮步兵一日復

一日体此等詩皆不可復見以此知遺逸多矣
本朝張文懿公於唐人詩中最愛司業之作王
荆文公絶句亦云蘇州司業詩名老樂府皆言
妙入神看似尋常最奇崛成如容易却艱辛前
輩推重司業之詩如此近時罕有傳誦者故為
之搜訪整比以俟好風雅者刻為番陽湯中

張司業詩集卷第一

樂府上 四十首

古釵歎

寶釵墜井無顔色，百尺泥中今復得。鳳凰宛轉有古儀，欲為首飾不称時。女伴傳看玉窓下，羅袖拂拭生光輝。蘭膏已盡股半折，雕文刻樣無年月。雖離井底入匣中，不用還與墜時同。

別離曲

行人結束出門去，馬蹄幾時更蹋門前土。憶昔君初納采時，不言身屬遼陽戍。早知今日當別離，成

君家計良為誰男兒生身自有役那得悞我少年
時不如逐君征戰死誰能獨老空閨裡

隴頭行

隴頭路斷人不行胡騎已入涼州城漢兵處處格
鬬死一朝盡沒隴西地驅我邊人胡中去恣放牛
羊食禾黍去年中國養子孫今著氈裘學胡語誰
能還使李輕車重取涼州屬漢家

各東西言

遊人別一東復一西出門相背西不返唯信車輪
與馬蹄道路悠悠不知處山高海濶誰辛苦遠遊

不定難寄書日日空尋別時語浮雲上天雨墜地
暫時會合終離異我今與子非一身安得生死不
相棄

廢宅行

胡馬崩騰滿阡陌都人避亂唯空宅宅邊青桑垂
宛宛野蠶食葉還成繭黃雀銜草入燕窠嘖嘖啾
啾白日晚去時禾黍埋地中饑兵掘土飜重重鴟
梟養子庭樹上曲墻空室多旋風乱定几人還本
土唯有官家重作主

猛虎行

南山北山樹冥冥猛虎白日遶林行向晚一身當道食山中麋鹿盡無聲年年養子在深谷雌雄上山不相逐谷中近窟有山川長向村家取黃犢五陵年少不敢射空來林下看行跡

秋夜長

秋天如水夜未央天漢東西月色光愁人不寐畏枕席暗蟲嘖嘖遶我傍荒城為村無更声起看北斗天未明白露滿田風裊裊千声萬声鶡鳥鳴

離宮怨

高臺別館連湘渚長向春江閑萬戶荊王去去不

復来宫中美人自歌舞

春别曲

長江春波緑堪染蓮葉出水大如錢江頭髙樹君
自種那不長繫木蘭船

塞上曲

邊州八月修城堡候騎先燒磧中草胡風吹沙度
隴飛隴頭林木無北枝將軍閲兵青塞下鳴鼓鼙
々促獵圍天寒山路石斷裂白日不銷帳上雪烏
孫國亂多降胡詔使名王持漢節年々征戰不得
閑邊人殺盡唯空山

遠別離

蓮葉團團荇葉拆長江鯉魚鬐鬣赤念君少年棄親戚千里萬里獨為客誰言遠別心不易天星墜地能為石幾時斷得城南陌勿使居人有行役

征婦怨

九月匈奴殺邊將漢軍全没遼水上萬里無人收白骨家家城下招魂葬婦人依倚子與夫同居貧賤心亦舒夫死戰場子在腹妾身雖存如晝燭

朱鷺曲

翩翩兮朱鷺來浴春塘棲綠樹羽毛如翦色如染

遠飛欲下雙翅斂避人引子入深壍動處水紋開
灩灩誰知豪家網爾軀不如飲啄江海隅

牧童詞

遠牧牛遶村四面禾黍稠陂中饑烏啄牛背令我
不得戲隴頭入陂草多牛散行白犢時向蘆中鳴
隔堤吹葉應同伴還鼓長鞭三四声牛牛食艸莫
相觸官家截尔頭上角

楚妃怨

梧桐葉下黃金井横架轆轤牽素綆美人初起天
未明手拂銀缾秋水冷

董逃行

洛陽城頭火曈曈乱兵燒我天子宮宮城南面有青山盡將老幼藏其間重巖為屋橡為食丁男夜行候消息聞道官軍猶掠人舊里如今歸未得董逃行漢家幾時重太平

妾薄命

薄命嫁得良家子無事從軍去萬里漢家天子平四夷護羌都尉裹尸歸念君此行為死別對君裁縫泉下衣与君一日為夫婦千年萬歲亦相守君愛龍城征戰功妾願青樓歡樂同人生各各有所

欲詎淂將心入君腹

江村行

南塘水深蘆筍齊下田種稻不作畦耕場磷磷在水底短衣半染蘆中泥田頭刈莎結為屋歸來繫牛還獨宿水淹手足盡為瘡山虻繞衣飛濮濮桑村椹黑蠶再眠小姑採桑不向田江南熱旱天氣毒雨中移秧顏色鮮一年耕種長苦辛田熟家家將賽神

宴客詞

上客不用顧金羈主人有酒君莫違請君看取園

中花地上漸多枝上稀山頭綠樹不見石溪水無
風映天碧人〻齊醉起舞時誰覺飜衣与倒幘明
朝花盡人已去此地獨來空繞樹

湘江曲

湘水無潮秋水闊湘中月落行人發送人歸白蘋
茫茫鷓鴣飛

楚宮行

章華宮中九月時桂花半落紅橘垂江頭騎火照
輦道君王夜從雲夢歸霓旌鳳輦到雙闕臺上重
重歌吹發千門萬户開相當燭籠左右列成行下

輦吏衣入曲房曲房侍女盡焚香玉階羅幕似（一作微）有霜齋言此夕樂未央玉酒湛湛盈華觴絲竹次第鳴中堂巴姬起舞向君王迴身垂手結明璫顧君千年萬年壽朝出射麋夜飲酒

白鼉吟

天欲雨有東風南溪白鼉鳴窟中六月人家井無水夜聞鼉声人盡起

樵客吟

山上採樵選枯樹深處樵多出辛苦秌来野火燒櫟林枝柯已枯堪採取斧声坎坎在幽谷採得齊

捎青葛東日西待伴同下山竹擔彎〻向身曲共知路傍多虎穴未出深林不敢歇村西地暗狐兎行雅子叫時相應声採樵客莫採松与柏松栢生枝直且堅与君作屋成家宅

傷歌行 元和中楊憑貶臨賀尉

黄門詔下促收捕京兆尹繫御史府出門無復部曲隨親戚相逢不容語詞成責尉南海州受命不得須臾留身著青衫騎悪馬東門之東無送者郵夫防吏急喧驅往〻驚隨馬蹄下長安里中荒大宅朱門已除十二戟高堂舞榭鏁管絃美人遥望

東南天

築城詞

築城去千人萬人齊抱杵重重土堅試用錐軍吏執鞭催作遲來時一年深磧裡著盡短衣渴無水力盡不得休杵声杵声未定人皆死家家養男當門户今日作君城上土

春江曲

春江無冰潮水平蒲心出水鳧雛鳴長干夫婿愛遠行自染春衣縫已成妾身生長金陵側去年隨夫住江北春來未到父母家舟小風多渡不得欲

辭舅姑先問人私向江頭祭鬼神

烏栖曲

西山作宮潮滿池宮烏曉鳴茱萸枝吳姬採蓮自唱曲君王昨夜船中宿

車遙遙

征人遙遙出古城雙輪齊動駟馬鳴山川無處無歸路念君長作萬里行野田人稀秋草綠日暮放馬車中宿驚麏遊兔在我傍獨唱鄉歌對僮僕君家大宅鳳城隅年年道上隨行車願為玉鑾繫華軾終日有聲在君側門前舊轍久已平無由暫得

君消息

短歌行

青天蕩〻高且虛上有白日無根株流光暫出還入地使我少年不須臾与君相逢勿寂寞衰老不復如今樂金卮盛酒置君前再拜勸君千萬年

野老歌

老翁家貧在山住耕種山田三四畆苗踈稅多不得食輸入官倉化為土歲暮鋤犁傍空室呼兒登山收橡實西江估客珠百斛舡中養犬長食肉

白紵詞

皎、白苧白且鮮將作春衣稱少年裁縫長短不能定自持刀尺向姑前復恐蘭膏汙纖指常遺傍人收墮珥衣裳著時寒食下還把玉鞭鞭白馬

泗水行

泗水流急石纂、鯉魚上下紅尾短春冰消散日華滿行舟往來浮橋斷城邊漁市人早行水煙漠、多棹声

江南曲

江南人家多橘樹吳姬舟上織白苧土地卑濕饒蟲蛇連木為牌入江住江村亥日長為市落帆度

橋來浦裏青莎覆城竹為屋無井家々飲潮水長干午日沽春酒高々酒旗懸江口倡樓兩岸臨水柵夜唱竹枝留北客江南風土歡樂多悠悠處々盡經過

行客難

湘東行人長歎息十年離家歸未得弊裘羸馬苦難前僮僕飢寒少筋力君不見牀頭黃金盡壯士無顏色龍蟠泥中未有雲不能生彼昇天翼

少年行

少年從獵出長楊禁中新拜羽林郎獨對輦前射

雙虎君王手賜黄金璫日日鬭雞新市裡贏得寶
刀重刻字百里報讎夜出城平明還在倡樓醉遥
聞虜到平陵下不待詔書行上馬斬得名王獻桂
宫封侯起第一日中不為六郡良家子百戰始取
邊城功

永嘉行

甲

黄頭鮮早入洛陽胡兒持戟升明堂晉家天子作
降虜公卿齊去驅牛羊紫陌旌旛暗相觸家〻鷄
犬驚上屋婦人出门隨乱兵夫死眼前不敢哭九
州諸侯自顧土無人領兵来護主北人避胡多在

南〻人至今能晋語

將軍行

彈箏峽東有胡塵天子擇日拜將軍蓬萊殿前賜六纛還領禁軍為部曲當朝受詔不辭家夜向咸陽原上宿戰車彭〻旌旗動三十六軍齊上隴〻頭戰勝夜亦行分兵處〻收舊城胡兒殺盡陰磧暮擾〻空有牛羊声邊人親戚曾戰沒今逐官軍將舊骨磧西行見萬里空幕府獨奏將軍功

雲童行

雲童〻白龍之尾垂江中今年天旱不作雨水足

墻上有禾黍

長塘湖

長塘湖一斛水中半斛魚大魚如柳葉小魚如針
鋒水濁誰能辨真龍

雀飛多

雀飛多觸網羅網羅高樹顛汝飛蓬蒿下勿復投
身網羅間粟積倉禾在田巢之鷇望其母來還

張司業詩集卷第二

樂府下三十五首

節婦吟寄東平李司空師道

君知妾有夫贈妾雙明珠感君纏綿意繫在紅羅襦妾家高樓連苑起良人執戟明光裡知君用心如日月事夫誓擬同生死還君明珠雙淚垂何不相逢未嫁時

沙堤行呈裴相國

長安大道沙為堤早風無塵雨無泥宮中玉漏下三刻朱衣導騎丞相来路傍高樓息歌吹千車不行行者避街官閭吏相傳呼當前十里惟空衢白麻詔下移相印新堤未成舊堤盡

寄菖蒲

石上生菖蒲一寸十二節仙人勸我食令我頭青面如雪逢人寄君一絳囊書中不得傳此方君能來作棲霞侶与君同入丹玄鄉

北邙山

洛陽北门北邙道喪車轔〻入秌草車前齊唱薤露歌高墳新起白峩〻朝〻暮〻人送葬洛陽城中人更多千金立碑高百尺終作誰家柱下石山頭松柏半無主地下白骨多于土寒食家〻送紙錢鵶鳶作窠銜上樹人居朝市未解愁請君暫到北邙遊

山頭鹿

山頭鹿雙角芟芟尾促促貧兒多租輸不足夫死未葬兒在獄旱日熬熬烝野崗禾黍不熟無獄糧縣家惟憂少軍食誰能令尔無死傷

白頭吟

請君膝上琴彈我白頭吟憶昔君前嬌笑語兩情宛轉如縈素宮中為我起高樓更向華池種芳樹春天百艸秋始衰棄我不待白頭時羅襦玉珥色未暗今朝已道不相宜揚州青銅作明鏡暗中持照不見影人心迴互自無窮眼前好惡那能定君

恩已去若再返菖蒲花青（一作生）月長滿

吳宮怨

吳宮四面秋江水江清露白芙蓉死吳王醉後欲更衣坐上美人嬌不起宮中千门復萬户君恩反覆誰能数君心与妾既不同徒向君前作歌舞茱萸滿宮紅實垂秋風裊裊生繁枝姑蘇臺上夕宴罷他人侍寢還獨歸白日在天光在地君今詎得長相棄

求仙行

漢皇欲作飛仙子年年採藥東海裡蓬萊無路海

無邊方士舟中相枕死招搖在天迴白日甘泉玉
樹無仙實九華真人終不下空向離宮祠太一丹
田有氣凝素華君能保之昇絳霞

宛轉行

華屋重翠幄綺席雕象牀遠漏微更踈薄衾中夜
涼爐氣暗徘徊寒燈背斜光妍姿結宵態寢臂憂
夢長宛轉復宛轉憶〻夜未央

採蓮曲

秋江岸邊蓮子多採蓮女兒並船歌青房實圓齊
戢〻爭前競折蕩漾波試牽綠莖下尋藕斷處絲

多刺傷手白練束腰袖半卷不插玉釵粧梳淺舡中未滿渡前洲借問誰家家住遠歸時共待暮潮上自弄芙蓉還蕩槳

羇旅行

遠客出門行路難停車歛策在門端荒城無人雪滿路火燒野橋不得度寒兎入窟鳥歸巢僮僕問我誰家去行尋田頭瞑未息雙轂長轅礙荊棘緣崗入澗到田家主人舂禾為夜食晨雞喔喔茅屋旁行人起掃車上霜舊山已別行已遠身計未成難復返長安陌上相識稀遥望天門白日晚誰人

聽（一作能）我苦辛行為向君前歌一聲

寄衣曲

織素縫衣獨苦辛遠因迴使寄征人官家亦自寄衣去貴從妾手着君身高堂姑老無侍子不得自到邊城裏慇懃為看初着時征夫身上宜不宜

送遠曲

戲馬臺南山簇簇山邊飲酒歌別曲行人醉後起登車席上迴鐏勸僮僕青天漫〻覆長路遠遊無家安可住願君到處自題名他日知君從此去

憶遠曲

水上山沉〻征途復繞林途荒人行少馬跡猶可尋雪中獨立樹海口失侶禽離憂如長線千里縈我心

春堤曲

野塘鵁鶄飛樹頭綠蒲紫菱蓋碧流誰家狂客愛雲水日日獨來城下遊

湖南曲

瀟湘多別離風起芙蓉洲江上人已遠夕陽滿中流鴛鴦東南飛〻上青山頭

寄遠曲

美人去来春江暖江頭無人湘水滿浣沙石上水禽棲江南路長春日短蘭舟桂檝常渡江無因重寄雙明璫

春水曲

鴨鴨觜唼唼青蒲生春水狭蕩漾木蘭舡中有雙少年少年醉鴨不起

送遠曲

吳门向西流水長水長柳暗煙茫茫行人送客各惆悵話離叙别傾清觴吟絲竹鳴笙簧酒酣性逸歌猖狂行人告我掛帆去此去何時返故鄉慇懃

振衣兩相囑世事近来迷淺促頻君看取吳门山帶雪经春依舊條行人行處求知親送君去々徒酸辛

促々詞

促々復促々家貧夫婦歡不足今年為人送租船去年捕魚向江邊家中姑老子復小自執吳綃輸税錢家々桑麻滿地黑念君一身空努力　教牛蹄團々羊角直君身長在應不得

烏啼引

秦烏啼啞々夜啼長安吏人家吏人得罪囚在獄

傾家賣產將自贖少婦起聽夜啼烏知是官家有
赦書下床心喜不重寢未明上堂賀舅姑少婦語
啼烏汝啼慎勿虛借汝庭樹作高巢年年不令傷
汝鶵

楚妃怨

湘雲初起江沉沉君王遙在雲夢林江南雨多旌
戟暗臺下朝朝春水深章華殿前朝下國君心獨
自終無極楚兵滿地兼逐禽誰用一身騁筋力西
江若飜雲夢中麋鹿死盡應還宮

關山月

秋月明朗關山上山中行人馬蹄響關山秋来雨雪多行人見月唱邊歌海邊茫〻天氣白胡兒夜渡黄龍磧軍中探騎暮出城伏兵暗處低旌戟溪水連地霜草平野駞尋水磧中鳴隴頭風急鴈不下沙場苦戰多流星可憐萬里關山道年〻戰骨多秋草

成都曲

錦江近西水更緑新雨山頭茘枝熟萬里橋邊多酒家遊人愛向誰家宿

春日行

春日融々池上暖竹牙出土蘭心短艸堂晨起酒
半醒家僮報我後園花已滿頭上皮冠未曾整直
入花間不尋逕樹々慇懃盡繞行攀枝未遍春日
暝不用積金著青天不用服藥求神仙但願園裏
花長好一生飲酒花間老

賈客樂

金陵向西賈客多舡中生長樂風波欲發移船近
江口船頭祭神各澆酒停杯共說遠行期入蜀徑
蛮誰別離金多衆中為上客夜々算緡眠獨遲秋
江初月猩々語孤帆夜發滿湘渚水上持燭防暗

灘直通山邊及前侶年年逐利西復東姓名不在縣籍中農夫稅多長辛苦葉葉長爲販寶翁

寒塘曲

寒塘沉沉柳葉疎水暗人語驚棲鳧舟中少年醉不起持燭照水射遊魚

廢琴詞

古琴在匣誰復識玉柱顛倒朱絲黑千年曲譜不分明樂府無人傳正声秋蟲暗穿塵作色腹中不辨工人名幾時天下復古樂此琴還奏雲门曲

洛陽行

洛陽宮闕當中州城上峩〻十二樓翠華西去幾時返梟巢乳烏藏蟄燕御門空鎖五十年税彼農夫修玉殿六街朝暮鼓鼕〻禁兵持戟守空宮百官月〻拜章表驛使相續長安道上陽宮樹黄復緑野豺入苑食麋鹿陌上老翁雙淚垂共説武皇巡幸時

懷別

僕人驅行軒低昂出我門離堂無留客席上唯琴樽古道隨水曲悠〻遠荒村遠程未奄息別念在朝昏端居愁歲永獨此留輕景豈無經過人尋歎

門巷靜君如天上雨我如屋下井無因同波流頗
作形與影
離婦
十載來夫家閨門無瑕疵薄命不生子古制有分
離託身言同穴今日事乖違念君終棄捐誰能強
在茲上堂謝姑嫜長跪請離辭姑嫜見我徃將決
復沉疑與我古時釧留我嫁時衣高堂撫我身哭
我於路陲昔日初為婦當君貧賤時晝夜常紡績
不得事娥眉辛勤積黃金濟君寒與飢洛陽買大
宅邯鄲買侍兒夫婿乘龍馬出入有光儀將為富

家婦永与子孫資誰謂出君門一身上車帰有子

未必榮無子生生悲為人莫作女作女寔難為

離怨

切切重切切秋風桂枝折人當少年嫁我當少年

別念君非征行年年長遠途妾身甘獨殁高堂有

舅姑山川豈遙遠行人自不返

西州

羌胡據西州近甸為邊城山東收租稅養我塞下

兵胡騎來無時居人常震驚嗟我五陵間農者罷

耘耕邊頭多傷殺士卒難全形郡縣發丁役丈夫

各征行生男不能養懼身有姓名良馬不念秣烈士不苟榮所願除國難再逢天下平

新桃

桃生葉婆娑枝葉四面多高未出墻顛蒿莧相凌摩植之三年餘今年初試花秋来未成实其陰良已嘉青蟬不来鳴安得迅羽過常恐牵絲蟲蒙羃成網羅斵託戲童兒勿折吾柔柯明年結甘实磊磊充汝家

惜花

濛〻庭樹花墜地無顏色日暮東風起飄揚玉階

側殘葉在猶稀青條聳復直為君結芳實令君勿
歎息

張司業詩集卷第三

古風二十七首

董公詩

誰主東諸侯元臣隴西公旌節居汴水四方皆承
風在朝四十年天下誦其功相我明天子政成如
太宗東方有艱難公乃出臨戎單車入危城慈惠
安群兇公謂其黨言汝材甚驍雄為我帳下士出
入衛我躬汝息為我子汝親我為翁衆皆相顧泣

無不知且恭其父教子義其妻勉夫忠不自以為
資奉上但顒顒公衣無文采公食少肥濃所憂在
萬人人實我寧空輕刑寬其政薄賦施租庸四郡
三十城不知歲饑凶天子臨朝喜元老留在東今
聞揚盛德就安我大邦百辟賀明主皇風恩賜重
朝廷有大事就決其所從海內既無虞君臣方肅
雍端居任僚屬宴語常從容翩翩者蒼烏來巢於
林叢甘瓜生場圃一蔕實連中田有嘉穀隴異畝
穗亦同賢人佐聖人德與神明通感應我淳化生
瑞我地中昔者此州人但矜馬與弓今公施德礼

自然威武崇公與其百年受禄將無窮

學仙

樓觀開朱門樹木連房廊中有學仙人少年休穀糧高冠如芙蓉霞月披衣裳六時朝上清佩玉紛鏘鏘自言天老書祕彼雲錦囊百年度一人妄泄有災殃每占有仙相然後傳此方先生坐中堂弟子跪四廂金刀截身髮結誓焚靈香弟子得其訣清齋入空房守神保元氣動息隨天罡爐燒丹砂盡晝夜候火光藥成既服食計日乘鸞凰虛空無靈應終歲安所望勤勞不能成疑慮積心腸虛羸

生疾疢寿命多夭傷自殁懼人見夜埋山谷傍求
道慕靈異不如守尋常先王知其非戒之在國章

沈千運舊居

汝北君子宅我来見頽墉亂離子孫盡地屬隣里
翁土木被丘墟蹊路不相通舊井蔓艸合牛羊墜
其中君辭天子書放意任體躬一生不自力家與
逆旅同高議切星辰餘聲激瘖聾方將旌舊閭百
歲可封崇嗟其未積年已為荒林叢時豈無知者
莫能敦此風浩蕩竟無覩我將安所從

懷友

人生有行役誰能如艸木別離感中懷乃為我桎梏百年受命短光景良不足念我別離者頹懷日月促平地施道路車馬往不復空知為良田秌望禾黍熟端居無儔侶日夜祷耳目立身難自覺常懼憂与辱窮賤無閑暇疾疢多嗜慾思我攜手人逍遙任心腹

寄韓愈

野館非我室新居未能安讀書避塵雜方覺此地閑過郭多園墟桑果相接連獨遊竟寂寞如寄空雲山夏景常晝毒客林無鳴蟬臨溪一盥濯清去

肢躰煩出林望曾城君子在其間戎府艸章記阻
我此遊盤憶時西潭垂並持釣魚竿共忻得鲂鯉
烹鱠於我前殘朝還復來歎息時偶言

别叚生

与子骨肉親頗其長相随况離父母傍從我學書
詩同在道路中講誦亦未虧為文於我前日夕生
光儀行役多疾疢賴此相扶持貧賤事俱雖今日
有别離我去秦城中子留汴水湄離情两飄斷豈
異風中絲幼年獨為客舉動雖為宜努力自脩勵
長如見我時我時登山岡再揖問還期還期在新

年勿怨歡會遲

贈姚怤

漏天日無光澤土松木長君今職下位志氣安得揚白髮文思壯才為國賢良無人識高韻薦於天子傍況我愚朴姿強趍名利場遠同干貴人身舉固難彰昔逢汴水濱今會習池陽豈無再來期顧恐非此方願為石中泉不為簷上霜離别勿復道所貴不相忘

傷于鵠

西山無逸人忽覺大國貧良玉沉幽泉名為天下

珍野性疎時俗再命乃從軍氣高終不合去如鏡
上塵我初有章句相合者唯君今來弔嗣子對壠
燒斯文耕者廢其耜爨者絕其薪笥無新衣裳局
用光我身奠回徒舟拜昔意安能陳徒保金石韻
千載人所聞

獻從兄

悠〻旱天雲不遠如飛塵賢達失其所況飄同衆
人擢秀登王畿出為良使賓名高滿朝野幼賤誰
不聞一朝遇讒邪流竄八九春詔書近遷移組綬
未及身冬井無寒冰玉潤難為焚虛懷日超遙榮

辱常保純我念出遊時每吟康樂文頗言靈溪期
聊歡相依因

南歸

促促念道路四支不常寧行車未及家天外非盡
程骨肉望我歡鄉里望我榮豈知東與西顦顇竟
無成天寒苦夜長窮者不念明懼離其寢寐百憂
傷性靈世道多險薄相勸異忠誠遠遊無知音不
如商賈行達人有常志愚夫勞無營舊山幸未賣
言歸樂此生

卧疾

身病始知道卧讀神農經空房夜留燈四壁青熒
熒羇旅逐人歡貧賤還自輕今來問良醫乃知病
所生僮僕各相憂杵臼無停聲見我形憔悴勸藥
語丁寧春雨枕席冷牕前新禽鳴開門起無力還
愛雞犬行服藥察耳目漸覺如酒醒方悟養生者
不為憂患并

贈孟郊

歷〻天上星沉〻水中萍幸當清秋夜流影及微
形君生衰俗間立身如禮經淳意發高文獨有金
石聲才名振京國歸省東南行停車楚城下顧我

不念程寶鏡曾墜水不磨雖自明苦節居貧賤所
知賴友生歡會方别離戚戚憂慮并安得在一方
終老無送迎

城南

漾漾南澗水來作曲池流言尋參差島曉榜輕盈
舟萬繞不再止千尋盡孤幽藻澁訝人重萍分指
魚游繁苗毯下垂密箭飜廻輈曝鼈亂自墜陰藤
斜相鈎卧蔣黑米吐飜芰紫角稠橋低競俯僂亭
近閑吏猶目為逐勝朗手因掇芳柔漸喜遊來極
忽疑歸無由氣狀雖可覽纖微諒難搜未聽主人

賞徒愛清華秋

野居

貧賤易為適荒郊亦安居端坐無餘思彌樂古人書秋田多良苗野水多游魚我無耒与網安得充廩廚寒天白日短簷下暖我軀四支甕寬柔中腸鬱不踈多病域志氣為客足憂虞況復時節晚覽物空踟躕

夜懷

窮居積遠念轉〻迷所帰幽蕙零落色暗螢叅差飛病生妹風簟淚墮月明衣無愁坐寂寞重使奏

清徽

奉和舍人叔直省時思琴

藹〻紫微直秋意深無窮滴瀝仙閣漏肅穆禁池
風竹月泛涼影蘐露濬幽叢地清物態勝宵閑琴
思通時屬雅音際迥凝虛抱中達人掌樞近常與
隱默同

野寺後池寄友

佛寺連野水池幽夏景清繁木蔭芙蕖時有水禽
鳴通溪岸暫斷分諸流復縈伴僧鐘磬罷月来池
上明友人竟不至東北見高城獨遊自寂寞況此

悵盈〻

寄别者

寒天正飛雪行人心切〻同為萬里客中路忽離别〻君汾水東望君汾水西積雪無平岡空山無人蹊羸馬時倚轅行行未遑食下車勸僮僕相顧莫歡息詎知佳期隔離念終無極

病中寄白學士拾遺

秋亭病客眠亭樹滿枝蟬涼風遶砌起斜影入林前梨晚漸紅墜菊寒無黄鮮倦游寂寞日感歎蹉跎年塵歡久消委華念獨迎延自寓城闕下識君

弟事烏君爲天子識我方沉病纏無因會同語悄
悄中懷煎

雨中寄元宗簡

秋堂羸病起盥漱風雨朝竹影泠疎澁榆葉暗飄
蕭街徑多墜果墻隅有蜿蜩延瞻遊步阻獨坐閑
思饒君居應如此恨言相去遥

岸花

可憐岸邊樹紅蘂發青條東風吹渡水衝着木蘭
橈

惜花

春潭足芳樹水清不如素幽人愛華景一一空山
暮月出潭氣白遊魚暗銜石夜深春思多酒醒山
寂〻

別　于鵠

離燈及晨輝行人起復思出門兩相顧青山路逶
迤

野艸

冪〻野田草艸中牛羊道古墓無子孫白楊不得
老

秋山

秋山無雲復無風溪頭看月出深松艸堂不閉石
牀静葉間墜露聲重〻

山禽

山禽毛如白練帶棲我庭前栗樹枝獼猴半夜來
取栗一雙中林向月飛

祭退之

嗚呼吏部公其道誠巍昂生為大賢姿天使光我
唐德義動鬼神鑒用不可詳獨得雄直氣發為古
文章學無不該貫吏治得其方三次論諍退其志
亦剛強再使平山東不言謀所臧薦待皆寒羸但

取其才良親朋有孤稚婚姻有辦營彼如天有斗
人可為信常如彼巖有春物宜得華昌哀哉未申
施中年遽殂喪朝野良共哀矧於知舊腸籍在江
湖閭獨以道自將學詩為衆体久乃溢發囊略無
相知人顯如霧中行北遊偶逢公盛語相稱明名
因天下聞傳者入歌聲公領試士司首薦到上京
一來遂登科不見若貢場觀我性朴直乃言及平
生由茲數朋黨骨肉無以當坐令其子拜當呼幼
時名追招不隔日繼踐公之堂出則連轡馳寢則
對榻床搜窮今古書事〻相斟量有疑必同尋有

月必同望為文先見州釀熟皆共觴新果及異鮭
無不相待嘗到今三十年曾不少異更公文為時
師我亦有徵聲而後之學者或號為韓張我官麟
臺中公為大司成念此委末秩不能力自揚時狀
為博士始獲升朝行未幾饗其資遂忝南宮郎是
事賴拯扶如屋有棟梁去夏公請告養疾城南莊
籍時官休罷兩月同游翔黃子陂岸曲地曠氣色
清新池四平漲中有蒲荇香比臺臨稻畦茂柳多
陰涼板亭坐垂釣煩苦稍已平共愛池上佳聯句
舒遐情偶有賈秀士來茲亦同并移船入南溪東

西縱篙撐劃波激舡艇前後飛鷗鶴廻入潭瀨下網截鯉与魴蹈沙撥水蔬樹下恣新秔日來相与嬉不知暑日長柴翁携童兒聚观於岸傍月中登高灘星漢交垂芒釣車擲長綫有獲齊歡鶩夜闌乘馬歸衣上草露光公為遊豁詩唱詠多慨慷自期此可老結社於其鄉籍受新官詔拜恩當入城公因同歸還居處隔一坊中秋十六夜魄圓天差晴公既相邀留坐話於階楹乃出二侍女合彈琵琶箏臨風聽繁絲忽遽聞再更顧我數來過是夜涼雖忘公疾寖日加孺人視藥湯來候不得宿出

門每廻遑自是将重危車馬候從橫门僕皆遣
獨我到寢房公有曠達識生死為一綱及當臨終
晨意色亦不荒贈我珍重言傲然委衾裳公比欲
為書遺約有修章令我署其末以為後事程家人
號於前其書不果成子符奉其言甚於親使令魯
論未訖注手跡今微茫新亭成未登閉在莊西廂
書札与詩文重疊我笥盈頃息萬事盡腸情多摧
傷舊塋明津比野窆動鼓鉦柳車一出门終天無
廻箱籍貧無贈貲曷用申哀誠衣器陳下帳醪餌
奠堂皇明靈庶鑒知髣髴斯来饗

張司業詩集卷第四

五言上六十九首

薊北旅思

日日望鄉國，空歌白紵辭。長因送人處，憶得別家時。失意還獨語，多愁只（作祇）自知。客亭門外柳，折盡向南枝。

舊宮人

歌舞（作得寵）秦州女，歸時白髮生。全家沒蕃地，何處問鄉程。宮錦不傳樣，御香空記名。一身雖自說，愁逐路人行。

春日留别

遊人欲別離醉復對花枝看著春又晚莫輕年少時臨行記分處回首是相思各向天涯去重來未有期

没蕃故人

前年伐月支城下没全師蕃漢斷消息死生長別離無人收廢帳歸馬識殘旗欲祭疑君在天涯哭此時

江南春

江南楊柳春日暖地無塵渡口過新雨夜來生白

蘋晴沙鳴乳燕芳樹醉遊人向曉青山下誰家祭水神

西樓望月

城西樓上月復值一作是雪晴時寒夜共來望思鄉獨下遲幽光落水塹淨色遍霜枝明日千里去此中還別離

別鶴

雙鶴出雲溪分飛各自迷空巢在松杪一作頂折羽落江泥尋水終不食逢林亦未棲別離應易老萬里兩悽〻

江陵孝女

孝女獨垂髮少年唯一身妾家空託墓主祭不從人相弔有行客起廬因舊鄰江頭聞哭處寂寞楚花春

山中古祠

春艸空祠暮荒林唯鳥飛記年一作名碑石在經亂祭人稀野鼠緣珠帳陰塵蓋一作滿畫衣近門潭水裏時有宿龍歸

不食姑

幾年山裏住已作綵毛身護氣常稀語存思自見

神養龜同不食留藥任生塵要問西王母仙中第幾人

古苑杏花

廢苑杏花在行人愁對（一作到）時獨開新壍底半露舊燒枝晚色連荒轍低陰覆折碑茫茫古陵下春盡又誰知

送流人

獨向長城北黃雲暗塞天流名屬蕃（一作邊）將舊業作公田擁雪添軍壘收冰當井泉知君住應老須記别鄉年

宿臨江驛

楚驛南渡口，夜深来客稀。月明見潮上，江靜覺鷗飛。旅宿今已遠，此行猶未帰。離家無信久，又聽搗寒衣。

送蠻客

借問炎州客，天南幾日行。江連悪溪路，山遶夜郎城。椰葉瘴雲濕，桂叢蠻鳥声。知君却回日，記得海花名。

襄國別友

暁色荒城下，相看秋艸時。獨遊無定計，不欲道来

期別處去家遠愁中驅馬遲歸人渡煙水遙認野
棠枝

送遠客

南原相送處秋草水邊生同作憶鄉客如今分路
行因誰寄歸信漸遠問前程明日重陽節無人上
古城

山中贈日南僧

獨向雙峰老松門閉兩涯翻經依貝(一作上集)葉掛衲向(向)
藤花鬱石新開井穿林自種茶時逢海南客蠻語
問誰家

征西将

黄沙北風起半夜又翻營戰馬雪中宿探人氷上
行深山旗未展陰磧鼓無声几道征西将同収碎
葉城

寄友人

憶在江南日同遊三月時採茶尋遠澗鬪鴨向春
池送客沙頭宿招僧竹裡棋如今各千里無計得
相隨

送防秋将

白首征西将猶能射戟支元戎選部曲軍吏換旌

旗逐虜招降遠開邊舊壘移重收隴外地應似漢
家時

律僧

苦行長不出清羸最少年持齋唯一食講律豈曾
眠避艸每移逕濾蟲還入泉從來天竺法到此幾
人傳

送新羅使

萬里為朝使離家今幾年應知舊行路卻工遠歸
船夜宿避蛟室朝炊求島泉悠〻到鄉國還望海
西天

宿廣德寺寄從舅

古寺客堂空，開簷四面風。移床動棲鵲（一作雀），停燭聚飛蟲。閑卧逐涼處，遠愁生靜中。林西微月色，思與舅家同。

宿邯鄲寄磁州友人

孤客到空館，夜寒愁卧遲。雖沽主人酒，不似在家時。幾宿得歡笑，如今成別離。明朝行更遠，回望隔山陂。

送閑師歸江南

徧住江南寺，隨緣到上京。多生修律業，外學得詩

名講殿偏追入齋家別請行青楓御路遠幾日盡
歸程

過賈島野居

青門坊外住行坐見南山此地去人遠知君終日
閑蛙聲籬落外草色戶庭間好是經過處唯愁暮
獨還

酬韓庚子

西街幽僻處正與懶相宜尋寺獨行遠借書常送
遲家貧無易事身病足閑時寂寞誰問相訪應君
子知

答姚合少府

病来辭赤縣，案上有丹經。為客燒茶竈，教兒掃竹亭。詩成添舊卷，酒盡卧空缾。闕下今遺逸，誰占隱士星。

送僧遊五臺兼謁李司空

遠去見雙節，因行上五臺。化楼侵曉出，雪路向春開。邊寺連烽去，胡兒聽法来。定知巡禮後，解夏始應回。

送鄭秀才歸寧

桂檝綵為衣，行當令節歸。夜潮迷浦遠，晝雨見人

稀野父到時熟江鷗泊處飛離琴一奏罷山水一作雨
靄餘暉

送李評事遊越

未習風塵事初為吳越遊露霑湖艸晚日照海山
秋梅市門何在蘭亭水尚流西陵待潮處知汝不
勝愁

夏日閑居

無事门多闲偏知夏日長早蟬声寂寞新竹氣清
涼闲對臨書枝看移曬藥林自憐歸未得猶寄在
班行

夏日閑居

多病逢迎少閑居又一年藥看成日合茶過夘時煎艸長晴來地蟲飛晚後无此時坐步遠不覺到山邊

晚秋閑居

獨坐高秋晚蕭條足遠思家貧常娛客身老轉憐兒萬種盡閑事一生能截時從來疎懶性應只有僧知

和陸司業習靜寄所知

幽室獨焚香清晨下未央山開登竹閣僧到出茶

牀收拾新琴譜封題舊藥方逍遙無別事不似在
班行

醻韓祭酒雨中見寄

雨中愁不出陰黑晝連宵屋濕唯添病泥深未放
朝無芻憐馬瘦少食信兒嬌聞道韓夫子還同此
寂寥

和裴僕射移官言志

久在勤勞地嘗思放曠時功成歸聖主位重委群
司看壘臺邊石行吟篋裏詩蒼生正瞻望難与故
人期

和裴僕射朝迴寄韓吏部

獨愛南園裡山晴竹杪風從容朝早退瀟灑客常通按曲新亭上○移花遠寺中○唯應有吏部詩酒每相同

酬白二十二舍人早春曲江相招

曲江冰欲盡風日已恬和柳色看猶淺泉聲覓漸多紫蒲生濕岸○青鴨戲新波○仙掖高情客相招共一過

和李僕射秋日病中作

由來病源根作淺易見藥功程曉日杵臼静○凉風衣

服輕猶疑少氣力漸覺有心情獨倚紅藤杖時、
階上行

贈太常王建藤杖筍鞋

蠻藤剪為杖楚筍結成鞋稱與詩人用堪隨禮寺
齋尋花入幽徑步月下寒階以此持相贈君應愜
素懷

和周贇善聞子規

秦城啼楚鳥遠思更紛、況是街西夜偏當雨裊
聞應投最高樹似隔數重雲此處誰能聽遥知獨
有君

送李騎曹灵州歸覲

翩翩出上京幾日到邊城漸過風沙處還將弓箭
行席箕侵路暗野馬見人驚軍府知歸應慶教數
騎迎

寒食夜寄姚侍御

貧官多寂寞不異野人居作酒和山藥教兒寫道
書五湖歸去遠百事病來疎況憶同懷客寒庭月
上初

古樹

古樹枝柯少枯來復幾春露根堪繫馬空腹恐藏

人蠹節莓苔老燒痕霹靂新若當江浦上行客祭為神

送徐先生歸蜀

日暮遠歸處雲間仙觀鍾唯持青玉牒独上碧雞峯陰洞長收乳寒潭舊養龍幾時因賣藥得向海邊逢

隱者

先生已得道市井亦容身救病自行藥得錢多與人問年長不定傳法又非真常見鄰家說時聞使鬼神

送友人歸山

出山成白首重去結茅廬移石修廢井掃龕盛舊書開田留杏樹分洞与僧居長在幽峰裡樵人見亦疎

哭山中友人

入雲還便哭山友隔今生遠墓招魂魄鐫岩記姓名犬因無主善鶴為見人鳴長說能尸解多應別路行

老將

鬢衰頭似雪行步急如風不怕騎生馬猶能挽硬

弓兵書封錦字手詔滿香筒今日身憔悴猶誇定遠功

漁陽將

塞深沙草白都護領燕兵放火燒奚帳分旗築漢城下營看嶺勢尋雪覔人行更向桑乾北擒生問磧名

贈同溪客

幽居得相近煙景亦寥寥共伐臨溪樹同爲過水橋自教青雀舞分採紫芝苗更愛南峯住尋君恐路遥

秋閨

秋風窓下起旅雁又向一作南飛日日出門望家、行客帰無因見邊使空待寄寒衣獨閉青樓暮煙深鳥雀稀

聽夜泉

細泉深處落夜久漸聞聲独起出門聽欲尋當澗行還疑隔林遠復畏有風生月下長来立無人亦到明

送南遷客

去、遠遷客瘴中衰病身青山無限路白首不帰

人海國戰騎象蠻州市用銀一家分幾處誰見日南春

薊北春懷

渺渺水雲外別來音信稀因逢過江使却寄在家衣問路更愁遠逢人空說歸今朝薊城北又見塞鴻飛

思遠人

野橋春水清橋上送君行去去人應老年年草自生出門看遠道無信向邊城楊柳別離處秋蟬今復鳴

送宮人入道

舊寵昭陽裡尋仙此最稀名初出宮籍身未稱霞衣已別歌舞貴長隨鸞寉飛中官看入洞空駕玉輪歸

送越客

見説孤帆去東南到會稽春雲剡溪口殘月鏡湖西水鶴沙邊立山鼯竹裏啼謝家曾住處烟洞入應迷

贈辟穀者

學得餐霞法逢人贈小還身輕曾試鶴力弱未離

山無食犬猶在不耕牛自閒朝朝空漱水叩齒艸堂間

思江南 猶遊

江皋三月時花發石楠（一作榴）枝歸客應無數春山自不知獨行愁道遠回信畏家移楊柳東西渡茫茫歘問誰

夜到漁家

漁家在江口潮水入柴扉行客欲投宿主人猶未歸竹深村路遠月出釣船稀遙見尋沙岸春風動艸衣

送邊使

揚旌過隴頭，隴水向西流。塞路依山遠，戍城逢雨秋（一作蕭）。寒沙陰漫漫，瘦（一作疲）馬去悠悠。為問征行將，誰封定遠侯。

春日病中

羸病及年初，心情不自如。多申請假牒，只送賀官書。幽徑獨（一作猶）行步，白頭長懶梳。更憐晴日色，漸漸暖貧居。

送嚴大夫之桂州

旌旆過湘潭，幽奇得遍探。莎城百越北，行路九疑

南有地多生桂無時不養蠶聽歌難辨曲風俗自相諳

詠懷

老去多愁[悲]事非唯見二毛眼昏書字大耳重語聲高望月偏增思尋山易覓勞都無作官意賴得在閑曹

使至藍溪驛寄太常王丞

獨上七盤去峰巒轉轉稠雲中迷象鼻雨裡上箏頭水沒荒橋路鵶啼古驛樓君今在城闕肯見此中愁

留別江陵王少尹

迢迢山上路，病客獨行遲。況此分襟日，當君失意時。寒林露遠驛，晚燒獵（一作過）荒陂。別後空回首，相逢亦未（一作未有）期。

雲溪西亭晚望

雲水碧悠悠，西亭柳岸頭。夕陰生遠岫，斜照逐回流。此地動歸思，逢人方倦遊。吳興耆舊盡，空見白蘋洲。

張司業詩集卷第五

五言下五十七首

春日李舍人宅見西省諸公唱和因書情即事

又見帝城裏東風天氣和官閑人事少年長道情多業掖垣章句青闈更和詠作歎誰知幽寂處終日斷經過

山中春夜

寂寂春山靜幽人歸臥遲横琴當月下壓酒及花時冷露濕茅屋暗泉通衛作竹籬兩峰採芝藥作伴此夕恨無期

送南客

竹路雨脩〻青山尽海頭天涯人去老嶺北水田（作空）流夜市連銅柱巢居屬象州来時舊相識誰問（作向）日南遊

宿江店

野路臨西浦門前有橘花停燈待賈客賣酒與漁家夜靜江水白路迴山月斜閑尋泊船處潮落見平沙

嶺外逢故人

過嶺萬餘里旅遊經此稀相逢去家遠共説幾時歸海上見花發瘴中聞鳥飛炎州望鄉伴自識北

人衣

出塞

秋塞雪初下將軍遠出師分營長記火放馬不收旗月冷邊帳濕沙昏夜探遲征人皆白首誰見滅胡時

寄業閑隱者

紫閣氣沉沉先生住處深有人時得見無路可相尋夜鹿投伴作茅屋秋猿守栗林唯應採靈藥更不別營心

宿黑竈溪

夜到碧溪裏無人秋月明逢幽便移宿取伴亦探
行花下紅泉色雲西乳鶴聲明朝記歸處石上自
書名

荅僧拄杖

靈藤爲拄杖白净色如銀得自高僧手將扶病客
身春遊不騎馬夜會亦呈人持此歸山去深宜戴
角巾

送海客歸舊島

海上去應遠蠻家雲島孤竹船來桂府山市賣魚
鬚入國自獻寶逢人多贈珠却歸春洞口斬象祭

天吳

靈都觀李道士

仙觀雨來靜繞房瓊艸春素書天上字花洞古時人泥竈煑靈液掃壇朝玉真幾廻遊閬苑青節自隨身

送常評事歸華陰

三峰西面住出見世人稀老大誰相識恓惶又獨歸掃憁秋菌落閒篋蟄蛾飛若訪雲中伴還應着褐衣

送閩僧

幾夏京城住今朝獨遠歸修行四分律護淨七條
衣溪寺黃橙熟沙田紫芋肥九龍潭上路同去客
應稀

登感化寺楼（一作登咸陽北寺楼）

高炢原上寺下馬一登臨渭水西来直秦山南去
深舊宮人不住荒碣路難尋日暮涼風起蕭條多
遠心

遊襄陽山寺

秋色江邊路煙霞若有期寺貧無施利僧老足慈
悲薜荔侵禪室蝦蟆占浴池閑遊殊未遍即是下

山時

登城寄王建

聞君鶴嶺住西望日依依遠客偏相憶登城獨不歸十年為道侶幾處共柴扉今日烟霞外人間得見稀

送從弟戴玄往蘇州

楊柳閶門路悠悠水岸斜乘舟向山寺着屐到漁家夜月紅柑樹秋風白藕花江天詩景好迴日莫令賒

送朱餘慶歸越

東南歸路遠幾日到鄉中有寺山皆遍無家水不通湖艥蓮葉雨野氣稲苗風州縣知名久爭邀與客同

閑居

東城南陌塵紫幰與朱輪盡説無多事能閑有幾人唯教推甲子不信有庚申誰見衡門裡終朝自在身

寄昭應王丞

借得街西宅開門渭水頭長貧唯要健漸老不禁愁獨凭藤書案空懸竹酒鉤春風石邊寺作意共

君遊

醻孫洛陽華

家貧相遠住學館入時稀獨坐看書卷閑行著褐衣早蟬庭笋老新雨徑莎肥各離爭名地無人見是非

送人任濟陰

黃綬在腰下知君非旅行將書報舊里留褐與諸生贈別盡沽酒惜歡多出城春風濟水上候吏聽來一作車轂

晚春過崔駙馬宅東園

閑園多好風不意在衛東早早詩聲一作名遠長長酒性同竹香新雨後鶯語落花中莫遣經過少年光漸覺空

送安西將

萬里海西路茫茫邊草秋計程沙塞口望伴驛峯頭雪晴非時宿沙深獨去愁憶一作塞鄉人易老莫住近蕃州

題李山人幽居

襄陽南郭外茅屋一書生無事焚香坐有時尋竹行畫苔藤杖細蹋石笋鞋輕應笑風塵客區區逐

世名

早春閑遊

年長身多病偏宜作冷官從来閑坐慣漸覺出门
雞樹影新猶薄池光晚何寒遥聞有花發騎馬暫
竹看

題清徹上人院

古寺臨壇久松间别起堂看添諸佛水自合讀經
香愛養無家客多傳得力方遇齋長不出坐倚一
繩床

舟行寄李湖州

客愁無次第川路重辛勤藻密行舟澁灣多轉檝頻薄遊空感命一作惠失計自憐貧賴誦汀洲句時時慰遠人

送安法師

出郭見落日別君臨古津遠程無野寺宿處問何人原色不分路錫聲遙隔塵山陰到家節猶及蕙蘭春

贈海東僧

別家行萬里自說過扶餘學得中州語能為外國書與醫收海藻持咒取龍魚更問同來伴天台幾

夏居

寄漢陽故人

知君漢陽住烟樹遠重〻歸使雨中發寄書燈下封同年買江鳥今日隔雲松欲問新移處青蘿最北峯

和裴司空即事通簡舊僚

肅〻上台座四方皆仰風當朝奉明政早日立元功獨對赤墀下密宣黄閣中猶聞動高韻思與舊僚同

寄靈一上人初歸雲門寺

寒山白雲裏法侶自招携竹徑通城下松門隔水
西方同沃洲去不作武陵迷髣髴遥看處秋風是
會稽

使廻留別襄陽李司空

江亭寒日晩弦管有離聲從此一筵別獨為千里
行遲〻戀恩德役〻限公程回首吟新句霜雲満
楚城

和戶部令狐尚書喜裴司空見招看雪

南園新覆雪上宰曉來看誰共登春榭唯聞有地官
色連山遠靜氣與竹偏寒高韻更相應寧同歌吹

歡

和裴司空以詩請刑部白侍郎雙鶴

皎皎仙山鶴，遠留閑宅中。徘徊幽榭月，嘹唳小亭風。丞相西園好，池塘野水通。欲將來放此，賞望與賓同。

同綿州胡郎中清明日對雨西亭讌

郡内新開火，高齋雨氣清。惜花邀客賞，勸酒促歡聲。共醉移芳席，留歡閑暮城。政閑方宴語，琴筑任遙情。

莊陵挽歌三首 敬宗

白日已昭昭干戈亦漸銷迎師親問道從諫早臨
朝佞倖威權薄忠良寵賜饒丘陵今一變無復白
雲謠

其二

觀風欲巡洛習戰亦開池始改三年政旋聞七月
期陵分內外使官具吉凶儀渭北新園路簫笳遠
更悲

其三

曉月龍車動秋風閶闔開行帷六宮出執紼萬方
來慘慘郊原暮遲遲挽唱哀空山煙雨夕新柏繞

陵臺

和左司元郎中秋居十首

選得閑坊住秋来艸樹肥風前卷筒簟雨裡脱生衣野客留方去山童收藥歸非因入朝省過此出門稀

其二

有地惟栽竹無池亦養鵝學書求墨蹟釀酒愛乾和古鏡銘文淺神方謎語多居貧閑自樂豪客莫相過

其三

閑來松菊地未省有埃塵直去多將藁朝回不訪人見僧收酒器迎客換頭巾更恐登請要難成自在身

其四

自知清淨好不要問時豪就石安琴枕穿松壓酒槽山情因月甚詩語入秋高身外無餘事唯應筆硯勞

其五

閑堂新掃洒稱是早秋天書客多呈帖琴僧與合絃莎臺乘晚上竹院就涼眠終日無忙事還應似

得仙

其六

醉倚班藤杖，閑眠瘿木床。案頭竹氣訣，爐内降真
香。尚儉經營少，居閑意思長。秋茶莫夜飲，新自作
松漿。

其七

每憶舊山居，新教上墨圖。脫花廻地種，好酒問人
沽。夜後看朝簿，申前發省符。為郎凡幾歲，已見白
髭鬚。

其八

菊地纔通屐茶房不壘階憑醫看蜀藥寄信覓吴
鞋盡得仙家法多隨道客齋本無榮辱意不是學
安排

其九

林下無拘束閑吟放性靈好時開藥竈高處置琴
亭更撰居山記唯尋相鶴經初當授衣假無吏挽
門鈴

其十

客散高齋晚東園景象編晴明猶有蝶涼冷漸無
蟬藤折霜來子蝸行雨後涎新詩聯上卷已是滿

城傳○

和李僕射雨中寄盧嚴二給事

郊原飛雨至城闕濕雲埋迸點時穿牖○浮漚欲上階○偏滋解籜竹○併灑落花槐○晚潤生琴匣○新涼滿藥齋○從容朝務退放曠掖曹垂盡日無來客閑吟感所懷

酬李僕射晚春見示

戟戶洞一作動初晨鶯聲雨後頻虛庭清氣在○衆藥滋光新○魚動芳池面○苔侵老竹身○教鋪嘗酒處○自問探花人○獨此長多病○幽居欲過春○今朝聽高韻忽

覽離一作在埃塵

和盧常侍寄華山鄭隱者

獨憶三峯下年深學鍊丹一間松葉屋數片石花
冠酒待山中飲琴将洞裏彈開门移遠竹翦草出
幽蘭荒壁通泉架晴崖曬藥壇寄知騎省客長向
白雲看

和令狐尚書平泉東莊近屬李僕射有寄

平地有清泉伊南古寺邊漲池開繞屋出野徧澆
田舊隱離多日新鄰得幾年探幽皆一絕勝選又
雙金门靜山光別園深竹影連斜分採藥逕直過

釣魚船雞犬應還識雲霞頓覺鮮追思應不遠賞
愛涼難偏此處堪長往遊人早共傳各當思重寄
歸卧恐無緣

送鄭尚書出鎮南海

遠鎮承新命王程不假依班行爭路送恩賜併時
來牙旆從城展兵符到府開蠻聲喧夜市海色闊
朝臺畫角天邊月寒關嶺上梅共知公望意多是
隔年迴

徐州試反舌無聲

夏木多好鳥偏知反舌名林幽仍共宿時過即無

聲竹外天空曉溪頭雨自晴居人宜寂寞深院益
淒清入霧暗相失當風鬧易驚來年上林苑知爾
最先鳴

省試行不由徑

田裏有微徑賢人不復行孰知求捷步又恐異端
生從易終多欲安雖患亦卒誰能達天道共此竟
前程子羽有遺訓孔門傳舊聲今逢大君子士節
自應明

新成甲仗樓

謝守起新樓西臨城上頭圖功百尺麗藏器五兵

脩結構欀甍回虚明户檻周魚龍卷旗幟霜雪積戈矛暑雨敞蒸隔涼風宴位錯地高形遠出山静氣清幽睥睨斜光徹欄杆宿露浮芊芊秔稻色脈脉宛溪流郡化黄丞相詩情沈隱侯居茲良得意殊勝峴山遊

贈殷山人

鬱鬱山中客知名四十年恓惶身獨隱寂寞性慵便世業公侯族生涯黍稷田藤懸讀書帳竹縶網魚舡已種千頭橘新開數脉泉閑遊携酒遠幽諧向僧偏入洞題松過看花選石眠避喧長汨没逢

勝即留連自古多高跡如君少比肩耕耘此辛苦
章句已流傳昔日交遊盡當時省閣賢同袍還共
獘連轡每推先講序居重席群儒顧執鞭蒲臺虛
左待衆目望喬遷才異時難用情幽道自全畏人
頻憐澹踈物勢迹遭達者聞知命吾生貴文玄深
藏報恩劍久緝養生篇憔悴衆夫笑經過郡守憐
夕陽悲病鶴霜氣動飢鶻處士誰能薦窮途世所
捐伯鸞甘寄食元淑苦無錢策蹇秋塵裡吟詩黃
葉前故囊餘白領廢瑟斷朱絃志氣終猶在逍遙
任自然家貧念婚嫁身老戀雲烟放逸棲岩鹿清

壺飲露蟬鄭逃秦谷口嚴愛越溪邊霄漢余猶阻
榮枯子不牽山城曾一遇感激意難宣

張司業詩集卷第六

七言七十六首

寒食內宴二首

朝光瑞氣滿宮樓綵纛魚龍四面稠廊下御廚分
冷食殿前飛騎逐香毬千官盡醉猶教坐百戲皆
呈未放休共起一作喜拜恩侵夜出金吾不敢問來一作行
由

其二

城闕沉〻向曉寒恩當冷節賜餘歡瑞烟深處開
三殿香雨微時引百官寶樹樓前分繡幕綵花廊
下映朱欄宮筵戲樂年〻別已得三回對御看

朝日賜櫻桃

仙果人間都未有今朝忽見下天门捧盤小吏初
宣勑當殿群臣共拜恩日色遥分廊下座露香纔
出禁中園每年從此長先熟願得千春奉至尊

拜豐陵　順宗陵

歲朝園寢遣公卿學省班中亦攝行身逐陵官齊
再拜手持木鐸叩三聲寒更報點來山殿曉炬分

行照柏城却下龍門看漸遠金峰高處日微明

贈孔尚書

能將直道歷榮班事著元和實録間三表自陳辭北闕一家相送入南山買來侍女教人嫁賜得朝衣在篋閑宅近青門高靜處時歸林下暫開關

賀祕書王丞南郊攝將軍

正初天子親郊禮詔攝將軍領衛兵斜帶銀刀入黃道先隨玉輅到青城壇邊不在千官位伏下唯聞再拜聲共喜與君逢此日病中無計得隨行

送令狐尚書東都留

朝廷重寄在關東共說從前選上公勳業新成大梁鎮恩榮更守洛陽宮行香暫出天橋上巡禮常過禁殿中每領群官拜章慶半開门仗日曈曈

贈閻少保

辭榮戀闕未還鄉修養年多氣力強半俸將燒伏火藥全家解說養生方特承恩詔新開戟每見公卿不下林竹樹青深寒院靜長懸石磬在虛廊

田司空入朝

西來將相望兼雄不與諸軍覲禮同早變山東知順命新收濟上立殊功朝官序謁逢门外息使宣

迎蒲路中閶闔曉開銅漏靜身當受册大明宫

送鄭尚書赴廣州

聖朝選將持符節内制宣時百辟聽海外蠻夷来蹈舞嶺南封管送圖經白鷴飛遠迎官舫紅槿開當宴客亭此處莫言多瘴癘天邊看取老人星

送和蕃公主

塞上如今無戰塵漢家公主出和親邑司猶屬宗卿寺册號還同屬帳人九姓旗旛先引路一生衣服盡隨身疊城南望無迴日空見沙蓬水柳春

太白老人

日觀東南幽客住竹巾藤帶亦逢迎暗黄脩籙無人見深種胡麻共犬行洞裏仙家常獨到壺中靈藥自爲名春泉四面遶茅屋日〻唯聞杵臼聲

寄虔州韓使君

南康太守負才豪五十如今未擁旄早得一人知姓字常聞三事說功勞月明渡口漳江靜雲散城頭贛石高郡政已成秋思遠閑吟處不問官曹

和裴司空酬蒲城楊少府

聖朝偏重大司空人詠元和第一功擁節高臨褒水上題詩還入漢城中共驚向老多年別更憶登

科舊日同誰不望歸丞相府江邊楊柳又秋風

送從弟濛赴饒州

京城南去鄱陽遠風月悠悠别思勞三領郡符新寄重再登科第舊名高去程江上多看堠迎吏舡中亦帶刀到日便行清静化春田應不見蓬蒿

寄和州劉使君

别離已久猶為郡閑向春風倒酒缾送客時過沙口店看花多上水心亭曉來江氣連城白晴後山光滿眼青到此詩情應更遠醉中高詠有誰聽

胡山人歸王屋因有贈

轉〻無成到白頭人間舉眼盡堪愁此生已是蹉跎去每事應從鹵莽休雖作閑官少拘束難逢勝景可淹留君歸與訪移家處若箇峰前最校幽

送汀州源使君

曾城趙北歸朝計因拜王门最好官為郡暫辭雙鳳闕全家遠過九龍灘山鄉只有輸蕉户水鎮應多養鴨欄地僻尋常來客少刺桐花發共誰看

寄洛陽孫明府

久持刑憲聲名遠好是中朝正直臣赤縣上來應足事青衫老去未離身長思從省連歸馬作覺同

班少舊人遥愛南橋秋日晚雨邊楊柳蘸天津

送淅西周判官

由来自是烟霞客早已聞名詩酒間天闕因持賀章到江城新着賜衣還常吟卷裡相醻句自話湖邊舊住山吴越主人偏愛重多應不肯放君閑

送胡錬師歸王屋

玉陽峰下學長生洞府仙鄉已有名獨戴熊鬚冠暫出唯將鶴尾扇同行錬成雲母休炊爨召得雷公當吏兵却到天壇上頭宿應聞空裡步虚聲

送邵州林使君

詞客南行寵命新，瀟湘郡入曲江津。山幽自足探微處，俗朴應無爭訟人。郭外相連排殿閣，市中多半用金銀。知君不作私家計，遷日還如到日貧。

贈商州王使君

銜命南來會郡堂，却思朝裏接班行。才雄猶是山城守，道薄初為水部郎。還勝相留閣客館，尋幽更引到僧房。明朝從此辭君去，獨出商關路漸長。

寄令狐賓客

勳名盡得国東（一作家）傳，退狎琴僧與酒仙。還帶郡符經幾處，暫離台座已三年。留司來到龍樓下，拜表

長懷玉案前秋日出城伊水好領誰相逐上閑舡

寄梅處士

擾〻人間是與非官閑自覺省心机六行班裏身常下九列符中事且稀市客慣曾賒賤藥見童驚見着新衣君今獨得居山樂應笑多時未辨歸

送施肩吾東歸

知君本是煙霞客被薦因來城闕間世業偏臨七里瀨仙遊多在四明山早聞詩句傳人編新得科名到處聞惆悵灞亭相送去雲中琪樹不同攀

崑崙兒

崑崙家在海中洲蠻客將來漢地遊言語閑教秦
吉了波濤初辨鬱林州金環欲落曾穿耳螺髻長
拳不裹頭自愛肌膚黑如漆行時半脫木綿裘

贈李杭州

仙郎白首未歸朝應為蒼生領六條惠化州人畫
清靜高情野鶴與逍遙竹閒虛館無朝訟山畔青
田長夏苗終日政聲長獨坐閑門唯望浙江潮

酬杭州白使君兼寄浙東元大夫

相印暫辭臨遠鎮掖垣出守復同時一行已作三
年別兩處空傳七字詩越地江山應共見秦天風

月不相知人間聚散真難料莫歎平生信所之

寄蘇州白使君

三朝出入紫微臣頭白金章未在身登第早年同座主題書今日是州民閶門柳色煙中遠茂苑鶯聲雨後新此處吟詩向山寺知君忘却曲江春

酬浙東元尚書見寄綾素

越地繒紗紋樣新遠封来寄學曹人便令裁製為時服頓覺光榮上病身應念此官同棄置獨能相賀更慇懃三千里外無由見海上東風又一春

送白賓客分司東都

赫赫聲名三十春高情今獨出埃塵病辭省闥歸閑處恩許官曹作上賓詩裡難逢相得伴酒邊多見自由身老夫也擬休官去便是君家池上人

贈王司馬赴陝州

京城在處閑人少唯共君行並馬蹄更和詩篇名最出對傾杯酒户常齋同趨闕下聽銅漏獨向軍前聞鼓鞞今日春明門外別更無因得到街西

同將作韋少監贈水部郎中

舊年同是北曹郎各罷魚符自楚鄉重著青衫承詔命齋趨紫殿異班行別來共說經過事老去相

傳補養方憶得當時亦連步如今獨在講書堂

寄王六侍御

漸覺近來筋力少雖堪今日在風塵誰能借問功名事祇自扶持老病身貴得藥資將助道肯嫌家計不如人洞庭已置新居宅歸去期君与作隣

送稽亭山僧

師住稽亭高處寺斜廊曲閣倚雲開山門十里松間入泉澗三重洞裏來名岳尋遊今已遍家城禮謁便應迴舊房到日閑吟後林下還登說法臺

贈項斯

端坐吟詩忘忍飢萬人中覓似君稀門連野水風
長到驢放秋原夜不歸日暖剩收新落葉天寒更
着舊生衣曲江亭上頻頻見為愛鸕鷀雨裏飛

寄陸渾趙明府

與君學省同官處常日相隨說道情新得陸渾山
縣長早知三禮甲科名郭中時有仙人住城上應
多藥艸生公事稀蹤来客少無妨着屐獨閑行

贈道士

城裏無人得實年衣襟常帶臭黄煙樓中賒酒唯
留藥洞裡争碁不賭錢聞客語聲知貴賤對花歌

詠似狂顛尋常行處皆逢見世上多疑是謫仙

送裴相公鎮太原

盛德雄名遠近知功高先乞守藩維銜恩暫遣分龍節署勑還同在鳳池天子親臨樓上送朝官齊出道邊辭明年塞北諸蕃落應起生祠請立碑

送李司空鎮襄陽

中外兼權社稷臣千官齊出拜行塵再調公鼎勲庸盛三受兵符寵命新商路雪明旗旆遠楚堤梅發驛亭春襄陽風景由來好重與江山作主人

送李僕射赴鎮鳳翔

由来勳業屬英雄兄弟連營列伍同先入賊擒惡
首盡封官庫讓元功旌幢獨繼家聲外竹帛新添
國史中天子欲收秦隴地故教移鎮右扶風

寄白二十二舍人

早知内詔過前輩蹭蹬江南百事踈溢浦城中為
上佐爐峯寺後着幽居偏依仙法常求藥長共僧
遊不讀書三省此来名望重肯容君去樂樵漁

寄元員外

外郎直罷無餘事掃洒書堂對藥爐門巷不教當
要鬧詩篇轉覺足功夫月明臺上唯僧到夜静坊

中有酒沽○朝省入頻閑日少可能同作舊遊無

贈梅處士

早聞聲價滿京城頭白江湖放曠情講易自傳新註義○題詩不著舊官名○近移馬迹山前住多向牛頭寺裡行天子如今議封禪應將束帛請先生

贈王祕書

不曾浪出謁公侯唯向花間水畔遊看着新衣看藥竈多收古器在書楼有官祇作山人老平地能開洞穴幽自領閑司無別事得來君處喜相留

謝裴司空寄馬

騄耳新駒駿得名司空遠自寄書生乍離華廐移蹄澁初到貧家舉眼驚每被閑人来借問多尋古寺獨騎行長思歲旦沙堤上得從鳴珂傍火城

酬祕書王丞見寄

相看頭白来城闕却憶漳溪舊往還今體詩中偏出格常參官裏每同班街西借宅常臨水馬上逢人亦說山芸閣水曹雖最冷與君長喜得身閑

送李餘及第後歸蜀

十年人詠好詩章今日成名出舉場歸去唯將新誥牒後来爭取舊衣裳山橋曉上蕉花暗水店晴

看芋葉黃鄉里親情相見日一時携酒賀高堂

早朝寄白舍人嚴郎中

鼓聲初動未聞雞嬴馬街中踏凍泥燭暗有時衝石柱雪深無處認沙堤常叅班裏人猶少待漏房前月欲西鳳閣星郎雖去遠閣門開日入還齋

書懷寄元郎中

轉覺人間無氣味常思身外省因緣經過獨愛遊山客計校唯求買藥錢重作學官閑盡日一離江塢病多年吟君釣客詞中語便欲南歸榜小舡

贈道士宜師

自到王城得幾年已童蜀馬共隨緣西朝侍從當時貴五字詩名遠處傳舊住紅樓通内院新承墨詔賜齋錢閑坊暫喜居相近還得陪師坐竹邊

書懷寄王祕書

白髮如今欲滿頭從来百事盡應休祗于觸目須防病不擬將心更養愁下藥遠求新熟酒看山多上最高樓賴君同在京城住每到花前免獨遊

題韋郎中新亭

記得幽亭最是新碧莎池上更無塵琴書着盡猶嫌少松竹栽多不稱貧藥酒欲開期好客朝衣暫

脱見閑身成名同日官連署此處經過有幾人

送楊判官

奪得煙霞出俗心茅山道士共追尋閑憐鶴貌偏能畫暗辨桐聲自作琴長嘯每來松下坐新詩堪向雪中吟征南幕裏多賓客君獨相知最校深

喜王起侍郎放榜

東風時節近清明車馬爭來滿禁城二十八人初上牓百千萬里盡傳名誰家不借花園看在處多將酒器行共賀春司能鑒識今年定合有公卿

贈王司馬

白笏朱衫年少時久登班位會朝儀貯財不省關身用行義唯愁被衆知藏得寶刀求主帶調成駿馬乞人騎未曾相識多聞説遥望長如玉樹枝

書懷

自小信成疎懶性人間是事總無功別從仙客求方法時到僧房問苦空老大登朝如夢裏貧窮作活似村中未能即便休官去慚愧南山採藥翁

贈令狐巨源博士

頭白新年六十餘近聞生計轉空虛久為博士誰人識自到長安賃舍居騎馬出隨遊寺客呼兒散

寫乞錢書古来賢哲皆如此應是才高与世疎

送從弟彤東歸

雲水東南兩月程貪歸慶節馬蹄輕春橋欲醉攀花別野路閑吟觸雨行詩價已高猶失意礼司曾賞會成名舊山風月知應好萬向秋時不到京

哭立長史

曾到先皇殿上臣丹砂久服不成真嘗騎馬在斷空歷自作書留別故人詩句徧傳天下口朝衣長送地中身最悲昨日同遊處看即春風

贈王秘書

早在山東聲價遠曾將順策佐嫖姚賦來詩句無
閑語老去官班未在朝身屈祇閑詞客說居貧多
見野僧招獨從書閣歸時晚春水橋邊看柳條

送枝江劉明府

老着青衫為楚宰平生志業有誰知家僮從去愁
行遠縣吏迎來怪到遲定訪玉泉幽院宿應過碧
澗早茶時向南漸漸雲山好一路惟聞唱竹枝

送從弟徽東歸

緱山領印知公奏才稱同時盡不如奉使賀成登
冊礼陪班看出降恩書迴程在去秋塵裏受詔辭

歸曉漏初早晚得為朝署拜閒坊買宅作隣居

哭胡十八遇

早得聲名少有倫尋常志氣出風塵文場繼續成三代家族輝華在一身幼子見生孿滿月選書知寫未呈人送君帳下衣裳白數尺墳頭栢樹新

贈賈島

籬落荒涼童僕飢樂游原上住多時蹇驢放飽騎將出秋卷裝成寄與誰拄杖傍田尋野菜封書乞米趁朝炊姓名未上登科記身屈惟應内史知

逢王建有贈

年狀皆齊初有髭鵲山漳水每追隨使君座下朝
聽易處士亭中夜會詩新作句成相借問閑求義
盡共尋思經今三十餘年事卻說還如昨日時

移居請安坊荅元八郎中見寄

長安寺後多時住雖守卑官不厭貧作活每嘗嫌
費力移居祗是貴容身初開井淺偏宜樹漸覺街
閑省踏塵更喜往還相去近門前減卻送書人

送揚少尹赴鳳翔

詩名早日動長安首首人家卷裡看西學已行秦
博士南宮新拜漢郎官得錢只了還書鋪借宅常

時事藥欄今去岐州生計薄移居偏近隴頭寒

送韓侍御歸山

聞君久欲卧雲間為佐嫖姚未得還新結茅廬招隱客獨騎驄馬入深山九靈洞口行應到五粒松枝醉亦攀明日珂声出城去家僮不復掃柴關

新除水曹郎答白舍人見賀

年過五十到南宮章句無名荷至公黃紙開呈相府後朱衣引入謝班中諸曹縱許為仙侶群吏多嫌是老翁幸有紫微郎見愛獨稱官與古人同

送楊少尹赴蒲城

官為本府當身榮因得還鄉任野情自發田園今
作主每逢耆老不呼名舊遊寺裡僧應識新別橋
邊樹已成公事況閑詩更好將誰相逐上山行

哭元九少尹

平生志業獨相知早結雲山老去期初作學官常
對宿晚登朝列暫同時閑来各數經過地醉後齊
吟唱和詩今日春風花滿宅入門行哭見靈帷

送侯判官赴廣州從事

年少才多求自展將身萬里向軍門辟書遠到開
呈客公服新成著謝恩驛舫過江分白堠戍亭當

嶺見紅檣海花蠻艸連冬有行處無家不滿園

荅白杭州郡樓登望畫圖見寄

畫得江城登望處寄来今日到長安乍驚物色從詩出○更想工人下手難○将展書堂偏覺好○每来朝客畫求看○見君向此閑吟意肯恨當初作外官

贈趙将軍

當年膽略已從横每見妖星氣不平身貴早登龍尾道功高自破鹿頭城尋常得對論邊事委曲承恩掌内兵會取安西将報國凌烟閣上大書名

張司業詩集卷第七

絶句 五言一十八首 七言凡十六首

和韋開州盛山十二首

宿雲亭

清淨當深處虛明向遠開卷簾無俗客應只見雲来

桃塢

春塢桃花發多將野客遊日西殊未散看望酒缸頭

梅溪

自愛新梅好行尋一徑斜不教人掃石恐損落来

花

茶嶺

紫芽連白蘂初向嶺頭生自看家人摘尋常觸路行

流盃渠

渌酒白螺盃隨流去復回似知人把處各向面前来

盤石磴

壘石連空遠層層勢更危不知行幾匝得到上頭時

竹巖

獨入千竿裏緣岩踏石層筍頭齊欲出更不許人登

琵琶臺

臺上綠蘿春閑登不待人每當休暇日著屐戴綸巾

胡蘆沼

曲沼春流滿新蒲映綠鵝閑齋朝飯後柱杖繞行多

隱月岫

月出深峯裏清光夏亦寒每嫌西落疾不得到明
看

繡衣石榻

山城無別味藥菜兼魚果時引繡衣人同來石上
坐

上士泉以上十二首係盛山詩

堦上一眼泉四邊青石甃唯待護淨僧添缾與盥
漱

涇州塞

行到涇州塞唯聞羌戍鼙道邊古堠猶記向安

西

送遠客

憔悴遠行客慇懃欲別杯九星壇下路幾日見重来

寄西峯僧

松暗水涓涓夜涼人未眠西峯月猶在遥憶艸堂前

禅師

獨在西峯頂年年閑石房定中無弟子人到為焚香

惜花

山中春已晚處〻見花稀明日来應盡林间宿不歸

題暉禪師影堂

早日欲參禪竟無相識緣道場今獨到惆悵影堂前

七言

登樓寄胡家兄弟

獨上西楼盡日閑林煙演漾鳥緜蠻謝家兄弟重城裏不得同看雨後山

荅劉明府

自病多時又客居滿城故舊久相踈可憐絳縣劉明府獨解頻頻寄遠書

酬藤杖

病裏出门行步遲喜君相贈古藤枝倚来自覺身生力每向傍人説得時

法雄寺東樓

汾陽舊宅今為寺猶有當時歌舞樓四十年来車馬絶古槐深巷暮蟬愁

寄故人

静曲閑门病客居蟬声满樹槿花殊故人只在藍田縣强半年来不得書

感春

遠客悠〻任病身謝家池上又逢春明年各自東西去此地看花是别人

贈李司議

漢庭誰問投荒客十載天南着白衣秋艸漫〻思溪路嶺頭還北送人歸

别客

青山歷〻水悠〻今日相逢明日秋繫馬城邊楊

樹下為君沽酒暫淹留

寄府吏

野水尋花共作期今朝出郭不相隨待君公事有
閑日此地春光應過時

弟蕭遠雪夜同宿

數卷新遊蜀客詩長安僻巷得相隨艸堂雪夜携
琴宿說似青城館裏時

同白侍郎杏園贈劉郎中

一去瀟湘頭已白今朝始見杏園春從來遷客應
無數重到花前有几人

尋仙

溪頭一逕入青崖處々仙居隔杏花更見峰西幽客說雲中猶有兩三家

秋思

洛陽城裏見秌風欲作家（歸作）書意萬重復恐匆々說不盡行人臨發又開封

憶遠

行人猶未有歸期萬里初程日暮時唯愛門前雙柳樹枝々葉々不相離

玉仙館

長溪新雨色如泥野水陰雲盡向西楚客天南行
漸遠山山樹裏鷓鴣啼

倡女詞

輕鬢叢梳闊掃眉為嫌風日下楼稀畫羅金縷難
相稱故着尋常淡薄衣

荅元八遺紗帽

黒紗方帽君邊得稱對山前坐竹牀唯恐被人偷
翦樣不曾閑戴出書堂

題僧院

聞師行講青龍院本寺往来多少年靜掃空房唯

獨坐千莖秋竹在簷前

題故僧影堂

香銷雲凝舊僧家僧刹殘形半壁斜日暮松烟寒漠漠秋風吹破絳蓮花

送元八

百神齋祭相随遍尋水看山亦共行明日城西送君去舊遊重到獨題名

吴楚歌詞

庭前春鳥啄林聲紅夾羅襦縫未成今朝社日停針線起向朱櫻樹下行

題方瞳上人月観臺

一身清浄無童子獨坐空堂得幾年每夜焚香通

月観可憐光影最團圓

寄宋景

詔發官兵取亂臣将軍弓箭不離身君今獨在征

東府莫遣功名屬别人

寄王奉御

愛君紫閣峯前好新作書堂藥竈成見欲移居相

近住有田多與種黄精

題渭北寺上方

昔祭郊壇今謁陵寺中高處重來登十餘年外人
多别喜見當時轉讀僧

題山寺僧院

終日不離塵土間若為人一作能見此身閑今朝暫共
遊僧語更恨多時别舊山

送客遊蜀

行盡青山到益州錦城樓下二江流杜家曾向此
閑住為到浣花溪水頭

憶故山

壘石為山伴野夫仍收靈藥讀仙書如今身是干

名（一作他州）客每見青山憶舊居

贈陸暢

共蹋長安街裡塵吳州獨作未歸身昏門舊宅今誰住君過西塘與問人

答鄱陽客藥名詩

江臯歲暮相逢地黄葉霜前半夏枝子夜吟詩向松桂心中萬事喜君知

華岳廟

金天廟下京西道巫女紛紛走似煙手把紙錢迎過客遣求恩福到神前

弱栢院僧影堂

弱栢倒垂如線蔓簷頭不見枝（有）柯影堂香火長相續應得人来禮拜多

病中酬元宗簡

東風漸漸滿城春獨向深房養病身莫說櫻桃花已發今年不作看花人

寺宿齋

晚到金光門外寺寺中新竹隔簾多齋官禁與僧相見院院關門不得過

贈施肩吾

世間漸覺無多事雖得空名未着身合取藥成相待喫不須先作上天人

贈王建

自君去後交遊少東野無来篋笥貧賴有白頭王建在眼前猶見詠詩人

逢賈島

僧房逢着款冬花出寺行吟日已斜十二街中春雪滿馬蹄今去又誰家

春日早朝

曉陌春寒朝騎来瑞烟深處見楼臺夜来新雨沙

堤濕東上閤門應未闌

涼州詞三首

邊城暮雨雁飛低蘆笋初生漸欲齊無数鈴聲遥

過磧應馱白練到安西

古鎮城門白磧開胡兵往往傍沙堆巡邊使客行

應早每待平安火到来

鳳林關裏水東流白艸黄榆六十秋邊將皆承明

主澤渾無人道取涼州

宮詞二首

新鷹初放兎猶肥白日君王在内稀薄暮千門臨

欹鎖紅粧飛騎向前歸

黄金捍撥紫檀槽絃索初張調更高盡理昨来新上曲内官簾外送櫻桃

華清宫

温泉流入漢離宫宫樹行行浴殿空武帝時人今欲盡青山空閉御墻中

崔駙馬養鶴

身閑無事稱高情已有人間章句名求得鶴来教翦翅望仙臺下亦将行

閑遊

老身不計人間事野寺秋晴每獨遊病眼校來猶
斷酒却嫌行處菊花多

劉兵曹贈酒

一缾顏色似秋泉閑向新栽小竹前飲罷自中更
無事移牀獨就夕陽眠

送梧竹王使君

楚江亭上秋風起看發蒼梧太守舡千里同行從
此别相逢又隔幾多年

寄朱闇二山人

為箇朝章東此自眼看東路去無因歷陽舊客今

應少轉憶鄰家二老人

寄李潡

五度谿頭躑躅紅高陽寺裏講時鍾春山處處行
應好一月看花到幾峰

鄰婦哭征夫

雙鬟初合便分離萬里征夫不得隨今日軍迴身
獨殁去時鞍馬別人騎

和崔駙馬聞蟬

鳳凰樓上多歡樂不覺秋風暮雨天應為昨來身
暫病蟬聲得到耳傍邉

和裴僕射看櫻桃花

昨日南園新雨後櫻桃花發枝柯舊天明不待人同看繞樹重重履跡多

和長安郭明府與友人縣中會飲

一樽新酒兩人同好在街西水縣中自恨病身相去遠此時閑坐對秋風

興唐觀看花

新紅舊紫不相宜看覺從前兩月遲更向同來詩客道明年到此莫過時

九華觀看花

街西無数閑遊處不似九華仙觀中花裡可憐池
上景幾重墻壁貯春風

贈姚合

丹鳳城門向曉開千官相次入朝来唯君獨走衝
塵土下馬橋邊報直迴

同韋員外開元觀尋道士

觀裏初晴竹樹涼閑行共到最高房昨来官罷無
生計欲就師求斷穀方

同韓侍郎南谿夜賞

喜作閑人得出城南谿两月逐君行忽聞新命須

歸去一夜船中語到明

使行至悟真寺

採玉峯連佛寺出高高斜對驛門樓無端来去騎
高馬寸步教身不得遊

重陽日至硤道

無限青山行已盡迴看忽覺遠離家逢高欲飲重
陽酒山菊今朝未有花

贈主客劉郎中

憶昔君登南省日老夫猶是褐衣身誰知二十餘
年後来作客曹相替人

同嚴給事聞唐昌觀玉蘂院近有仙過因成

絶句二首

千枝花裏玉塵飛阿母宮中見亦稀應共諸仙鬬

百艸獨来偷折一枝帰

五色雲中紫鳳車尋仙来到洞仙家飛輪廻處無

蹤跡唯有班班落地花

送蜀客

蜀客南行祭碧雞木綿花發錦江西山橋日晚行

人少時見猩猩樹上啼

宮山詞

秌州宮人斜裏暮宮中誰送葬來時千千萬萬皆
相似家在城邊亦不知

美人宮碁

紅燭臺前出翠娥海沙鋪局巧相和趁行移子巡
収盡數數看誰得最多

蠻州

瘴水蠻中入洞流人家多住竹棚頭青山海上無
城郭惟見松牌記象州

送元宗簡

貂帽垂肩窄皂裘雪深騎馬向西州暫時相見還

相別閑却閑門依舊愁

寄徐晦

鄠陂魚美酒偏濃不出琴齋見雪峰應勝昨來趨府日簿書牀上亂重重

寄白學士

自掌天書見客稀縱因休沐鎖雙扉幾回扶病欲相訪知向禁中歸未歸

題玉像堂

玉毫不著世間塵輝映分明十八身入夜無煙燈亦一作更好堂中唯有轉經人

與賈島閑遊

水北原南艸色新雪銷風暖不生塵城中車馬應無數解出閑行有幾人

哭丘長史

丘公已没故人稀欲過街西更訪誰每到子城東路上憶君相逐入朝時

哭孟郊一作孟寂

曲江院裏題名處十九人中最少年今日春光君不見杏花零落寺門前

患眼

三年患眼今年校免與風光便隔生昨日韓家後
園裏看花猶似未分明

答劉競

劉君久被時拋擲老向城中作選人昨日街西相
近住每来存問老夫身

贈華嚴院僧

一身依止荒閑院燭耀窓中有宿煙徧禮法華經
裏字不曾行到寺門前

逢故人

山東二十餘年别今日相逢在上都說盡向来無

限事相看摩捋白髭鬚

送蕭遠弟

街北槐花傍馬垂病身相送出門遲與君別後秋
風夜作得新詩說向誰

送辛少府任樂安

才多不肯浪容身老大詩章轉更新選得天台山
下縣一家渾作學仙人

贈任道士

長安多病無生計藥鋪醫人亂索錢欲得定知身
上事憑君為算小行年

招周處士

閑門秋雨湿墻荻俗客来稀野思多已掃書堂安藥竈山人作意早経過

送許處士

髙情自與俗人踈獨向藍谿僻處居會對白雲長取醉不能窓下讀閑書

送律師歸婺州

京中開講已多時曾作壇頭證戒師歸到雙溪橋北寺鄉僧爭就學威儀

題楊祕書新居

愛閑不向争名地稱在街西最静坊巷裡詩過一
千首白頭新授秘書郎

送晊師
九星壇下煎茶別五老峯前覓寺居作得新詩旋
相寄人来請莫達空書

送僧歸金州
聞道漢陰山水好師行一一徧經過事須覓取堪
居處若箇谿邊藥最多

尋徐道士
尋師遠到暉天觀竹院森森閑藥房聞入静来經

七日仙童簷下獨焚香
荅開州韋使君寄車前子
開州午日車前子作藥人皆道有神慚愧使君憐
病眼二千里外寄閑人
蠻中
銅柱南邊毒艸春行人幾日到金麟玉環穿耳誰
家客自抱琵琶迎海神
贈道士
茅山近別剡谿逢玉節青旄十二重自說年年上
天去羅浮最近海邊峰

望平驛作

茫茫菰客平如地，啾啾長堤曲似城。日暮未知投宿處，逢人更問向前程。

宿天竺寺寄靈隱寺僧

夜向靈谿息此身，風泉竹露淨衣塵。月明石上堪同宿，那作山南山北人。

送元紹

春日同遊漳水邊，如今重說恨綿綿。天涯相見還離別，客路秋風又幾年。

喜王六同宿

十八年来恨別離唯同一宿詠新詩更相借問詩
中語共說如今勝舊時

張司業詩集卷第八

聯句

會合聯句　韓愈　孟郊　張徹　張籍

離別言無期會合意彌重籍病添兒女恋老喪丈
夫勇愈斂心知未謝詩思猶孤聳郊愁去劇箭飛
懽來若泉湧徹折言多新貫攄抱無昔擁籍念難
須勤追悔易勿輕踵愈吟巴山犖确說楚波堆壟
郊馬辭虎豹怒舟出蛟鼉恐徹狂鯨時孤軒幽狘

雜百種愈瘴衣常腥膩蠻器多踈冗籍剝苔吊班
林角飯餌沉冢愈忽爾衡遠命歸歟舞新寵郊鬼
窟脫幽妖天居覿清拱愈京遊步方振謫夢意猶
恟籍詩書誇舊知酒食接新奉愈嘉言寫清越瘉
病失肬腫郊夏陰偶高庇宵魄接虛擁愈雪絃寂
寂聽茗盌纖〻捧郊馳輝燭浮螢幽響泄潛蛬愈
詩老獨何心江疾有餘尰郊我家本瀍穀有地介
皋鞏休跡憶沈冥峨冠慙闒[illegible]郊升朝高轡逸振
物群聽悚徒言濯幽泌誰與薙荒茸籍朝紳鬱青
綠馬飾曜珪珙國讎未銷鑠我志蕩邛隴郊君才

誠倜儻時論方洶溶格言多彪蔚懸解無梏拳張生得淵源寒色技山冢堅如撞群金眇若抽獨蛹愈伊余何所擬跛鼈詎能踊塊然墮岳石飄爾罥巢氄郊龍旆垂天衛雲韶凝禁甬君胡眠安然朝鼓聲洶〻

春池泛舟聯句　裴度　崔群　劉禹錫　賈餗

鳳池新雨後池上好風光上相公禹錫取酒愁春盡留賓喜日長度送户部柳絲迎畫舸水鏡寫雕梁群送閣長賈潭洞迷仙府煙霞認醉鄉餗送司業張鸎聲隨笑語竹色入壺觴籍送主客晚景含澄徹時芳得艷陽禹錫飛

皃拂輕浪緑梆暗田塘度逸韻追安石高居勝辟
彊群杯停新令舉詩動絲牋忙餘顧謂同來客歡
遊不可忘籍

宴興化池亭送白二十二東歸聯句 裴白劉

東洛言歸去西園告別來白頭青眼客池上手中
杯度離瑟殷勤奏仙舟委曲回征輪令欲動賓閤
為誰開 禹錫 坐弄琉璃水行登緑縟茵花低粧炤
影萍散酒吹醅 居易 岸蔭新抽竹亭香欲變梅隨
遊多笑傲遇勝且徘徊 籍 澄澈連天鏡潺湲出地
雷林塘難共賞鞍馬莫相催 度 信及魚還樂機忘

鳥不猜晚晴槐起露新暑石添苔禹錫挺作雲泥
別猶思頃刻陪歌停珠貫斷飲罷玉峰頹居易雖
有消搖志其如磊落才會當重入用此去肯悠哉籍
首夏猶清和聯句 裴白劉
記得謝家詩清和即此時居易餘花數種在密葉
幾重垂度芳謝人人惜陰成處處宜禹錫水萍爭
點綴梁燕共追隨行式亂蝶憐踈蘂殘鶯戀好枝
籍艸香殊未歇雲勢漸多奇居易單服初寧體新
篁已出籬度與春為別近覺日轉行遲禹錫遠樹
風光少侵階苔蘚滋行式唯思奉歡樂長得在西

池籍

薔薇花聯句　裴白劉

似錦如霞色連春接夏開禹錫波紅分影入風好
帶香来度得地依東閤當階奉上台行式淺深皆有
態次第暗相催禹錫滿地愁英落緣隄惜棹回度
芳濃濡雨露明麗隔塵埃行式似着烟脂染如經
巧婦裁居易奈花無別計只有酒殘杯籍

西池落泉聯句　裴白劉

東閣聽泉落餘今夜興多行式散時猶帶沫淙處
却跳波度偏洗磷磷石還驚泛泛鴛籍色清塵不

染光白月相和居易黄雪紫松竹攢珠濺芙荷禹錫
對吟時合響觸樹更搖柯籍照圖紅分藥侵堦緑
浸淡居易日斜車馬散餘韻逐鳴珂禹錫

張司業詩集拾遺

三原李氏園讌集

暮春天早熱邑居苦囂煩言從君子樂樂彼李氏
園園中有艸堂池引涇水泉開户西北望遠見嵯
峨山借問主人翁北州佐戎軒僕夫守舊居為客
施榻筵高壤有餘滋竹樹芳且鮮傾我所持觴盡
日共留連跡拙不偶俗常喜形體閑況来幽棲地

不能重笑言

山中醻人

山中日暖春鳩鳴逐水看花任意行向晚歸來石牕下菖蒲葉上見題名

岳州晚景

晚景寒鴉集秋聲旅鴈歸水光浮日去霞彩映江飛洲白蘆花吐團紅柿葉稀長沙卑濕地九月未成衣

水

蕩漾空沙際虛明入遠天秋光照不極鳥色去無

邊勢引長雲闊波輕片雪連汀洲杳難測萬古覆蒼煙

和李僕射西園

過午歸閑處西亭敞四簷高眠着琴枕散帙檢書籤印在休通客山晴好捲簾竹涼蠅少到藤暗蝶爭潛晚鸛頻驚喜踈蟬不許枯石苔生紫點欄藥吐紅尖虛坐詩情遠幽探道似兼所營當勝地雖儉復誰嫌

右五詩見木鐸集木鐸者司業詩之別名也前國子監書庫官張元龍震發得於故家張氏問

其由来則皇祐三年舍人毗陵錢公輔通守越郡時得於太守楊君云張洎家本也眡他本最完大略與今所刻司諫湯公家藏本相出入而此五詩則今刻本無之今刻本第六卷贈項斯七言則木鐸集闕焉因互見云　魏峻併識

張司業詩集附録

此日足可惜一首贈張籍　韓吏部愈

此日足可惜此酒不足嘗捨酒去相語共分一日光念昔来知子孟君自南方自矜有所得言子有文章我名屬相府欲往不得騫思之不可見百端

在中腸維時月魄死冬日朝在房驅馳公事退聞
子適及牆命車載之至引坐於中堂開懷聽其說
往往副所望孔丘歿已遠仁義路久荒紛紛百家
起詭怪相披猖長老守所聞後生習為常少知誠
難得純粹古已亡譬彼植園木有根易為長留之
不遣去館置城西旁歲時未云幾浩〻觀湖湘衆
夫指之笑謂我知不明兒童畏雷電魚鱉驚夜光
州家舉進士選試繆所當馳辭對我策章句何煒
煌相公朝服立工席歌鹿鳴禮終樂亦闋相拜送
於庭之子去須臾赫〻流盛名竊喜復竊歎諒知

有所成人事安可恒奄忽令我傷聞子高第日正
從相公喪哀情逢吉語惝怳難為雙暮宿偃師西
展轉在空牀夜聞汴州亂遶壁行徬徨我時留妻
子倉卒不及將相見不復期零落甘所丁驕女未
絕乳念之不能忘忽如在我前耳若聞啼聲中途
安得返一日不可更俄有東來說我家免罹殃乘
船下汴水東去趨彭城從喪朝至洛還走不及停
假道經盟津出入行澗岡日西入軍門羸馬顛且
僵主人願少留延入陳壺觴卑賤不敢辭忽忽心
如狂飲食豈知味絲竹徒轟轟平明脫身去决若

驚鳧翔黄昏次汜水欲濟無舟航號呼久乃至夜
濟十里黄中流上沙灘沙水不可詳驚波暗合沓
星宿争翻芒馬乏復悲鳴左右泣僕童甲午憩時
門臨泉窺闘龍東南出陳許陂澤平茫茫道邊州
木花紅紫相低昂百里不逢人角角雉雊鳴行行
二月暮乃及徐南疆下馬步堤岸上船拜吾兄誰
云經艱難百口無夭殤僕射南陽公宅我睢水陽
篋中有餘衣盎中有餘糧閉門讀書史清風窗户
凉日念子来遊子豈知我情别離未為久辛苦多
所經對食每不飽共言無倦聽連延三十日晨坐

達五更我友二三子宦遊在西京東野窺禹穴李翶觀濤江蕭條千萬里會合安可逢淮之水舒舒楚山直叢叢子又捨我去我懷焉所窮男兒不再壯百歲如風狂高爵尚可求無為守一鄉

醉贈張祕書

人皆勸我酒我若耳不聞今日到君家呼酒持勸君為此座中客及余各能文君詩多態度藹藹春空雲東野動驚俗天葩吐奇芬張籍學古淡軒昂避雞群阿買不識字頗知書八分詩成使之寫亦足張吾軍所以欲得酒為文俟其醺酒味既冷冽

酒氣又氤氳性情漸浩〻諧笑方云〻此誠得酒
意餘外徒繽紛長安衆富兒盤饌羅羶葷不解文
字飲惟能醉紅裙雖得一餉樂有如聚飛蚊今我
及數子固無蕕與薰險語破鬼膽高詞媲皇墳至
寶不雕琢神功謝鋤耘方今向泰平元凱承華勛
吾徒幸無事庶以窮朝曛

贈張籍

吾老嗜讀書餘事不挂眼有兒雖甚憐教示不免
簡君來好呼出踉蹡越門限懼其無所知見則先
愧赧聊因有緣事上馬揷手版留君住廳食使立

侍盤琖薄暮歸見君迎我笑而莞指渠相賀言此
是萬金產吾愛其風骨粹美無可揀試將詩義授
如以肉貫丳聞祛露毫末自得高蹇嵼我身蹈丘
軻爵位不早綰固宜長有人文章紹編劃感荷君
子德怳若乘朽棧召令吐所記解摘了瑟僩顧視
窗壁間親戚競覘讚喜氣排寒冬逼耳鳴睍睆如
今更誰恨便可耕灞滻

調張籍

李杜文章在光焰萬丈長不知群兒愚那用故謗
傷蚍蜉撼大樹可笑不自量伊我生其後舉頸遙

相望夜夢多見之晝思反微茫徒觀斧鑿痕不矚
治水航想當施手時巨刃磨天揚垠崖劃崩豁乾
坤擺雷硠惟此兩夫子家居率荒涼帝欲長吟哦
故遣起且僵翦翎送籠中使看百鳥翔平生千萬
篇金薤垂琳琅仙官勑六丁雷電下取將流落人
間者大山一毫芒我願生兩翅捕逐出八荒精誠
忽交通百怪入我腸刺手拔鯨牙舉瓢酌天漿騰
身跨汗漫不着織女襄顧語地上友經營無太忙
乞君飛霞珮與我高頡頏

病中贈張十八

中虛得暴下避冷卧北窻不蹋曉鼓朝安眠聽逢
逢籍也處閭里抱能未施邦文章自娛戲金石日
擊橦龍文百斛鼎筆力可獨扛談舌久不掉非君
亮誰雙扶几導之言曲節初樅樅半途喜朝〔開〕鑿派
別失大江吾欲盈其氣不令見麾幢牛羊滿田野
解旆束空杠傾樽與斟酌四壁堆罌缸玄帷隔雪
風照鑪釘明釭夜闌縱捭闔哆口踈眉厖勢侔高
陽翁坐約齊橫降連日挾所有形軀頓胮肛歸將
乃徐謂子言得無哤迴軍與角逐斫樹收窮龐雌
聲吐款要酒壺綴羊腔君乃崑崙渠籍乃嶺頭瀧

瀧譬如蟻垤微詎可陵崆峣幸願終賜之斬拔枿
與椿從此識歸處東流水淙淙

晚寄張十八助教周郎博士

日落風景曠出歸偃前簷晴雲如擘絮新月似磨
鎌田野興偶動衣冠情久厭吾生可携手歎息歲
將淹

題張十八所居

君居泥溝上泥濁萍青青蛙讙橋未掃蟬嘒門長
扃名秩後千品詩文齊六經端來問奇字為我講
聲形

翫月喜張十八員外與王秘書至

前夕雖十五月長未滿規君來晤我時風露渺無
涯浮雲散白石天宇開青池孤質不自憚中天為
君施翫翫夜遂久亭亭曙將披況當今夕圓又以
嘉客隨惜無酒食樂但用歌嘲為

與張十八同效阮步兵一日復一日

一日復一日一朝復一朝秖見有不如不見有所
超食作前日味事作前日調不知久不死憫憫尚
誰要富貴自縶拘貧賤亦煎焦俯仰未得所一世
已解鑣譬如籠中鶴六翮無所搖譬如兎得跡安

用東西跳還看古人書復舉前日瓢未知所究竟
且作新詩謠

詠雪贈張籍

秖見從横落寧知遠近來飄颻還自弄歷亂竟誰
催座暖銷那怪池清失可猜坳中初蓋底垤處遂
成堆慢有先居後輕多去却迴度前鋪瓦隴奔發
積牆隈穿細時雙透乘危忽半摧舞深逢坎井集
早值層臺砧練終宜擣階紈未暇裁城寒裝睥睨
樹凍裹莓苔片片匀如翦紛紛碎若挼定非燖鵠
鷺真是屑瓊瑰緯繣觀朝萼冥茫矚晚埃當窓恒

凜、出戶郎鏜、壓野榮芝菌傾都委貨財娥嬉
華蕩漾脅怒浪崖寬磧迴疑浮地雲平想輾雷隨
車翻縞帶逐馬散銀杯萬屋漫汗合千林照曜開松
篁遭挫抑糞壤獲饒堆隔絕門庭遶擠排陛級綫
豈堪裨岳鎮強欲效鹽梅隱匿瑕疵盡包羅委瑣
該誤雜宵呢喔鶩雀暗徘徊浩浩過三暮悠、市
九垓鯨鯢陸死骨玉石火焚灰厚慮滇溟竪高愁
撖斗魁日輪埋欲側坤軸壓將頹崕巔長虵攪陵
猶巨象極水官吞傑黠木氣怯肧胚胎着地無由
卷連天不易椎龍魚冷蟄苦虎豹飢號哀巧借奢

豪便專繩困約災威貪凌布被光肯離金罍賞玩
捐他事歌謠放我才狂教詩硉矹興与酒陪鰓惟
子能諳耳諸人得語哉助留風作黨歡坐火為媒
雕刻文刀利搜求智網恢莫煩相屬和傳示及提
孩

贈張十八助教籍

喜君眸子重清朗攜手城南歷舊遊忽見孟生題
竹處相看淚落不能收

賀張十八秘書得裴司空馬

司空遠寄養初成毛色桃花眼鏡明落日已曾交

蠻語春風還擬並鞍行長令奴僕知飢渴須着賢良侍性情旦夕公歸伸拜謝免勞去騎逐波旋

雨中寄張博士籍侯主簿喜

放朝還不報夜半蹋泥歸雨慣曾無節雷頻自失威見牆生菌徧憂麥作蛾飛歲晚偏蕭索誰當救晉飢

早春与張博士籍遊楊尚書林亭寄第三閣老兼呈白馮二閣老

牆下春渠入禁溝渠冰初破滿渠浮鳳池近日長先暖流到池時更不流

同張水部籍遊曲江寄白二十二舍人居易

漠漠輕陰晚自開青春白日映樓臺曲江水滿花千樹有底忙時不肯来

和張水部勑賜櫻桃

漢家舊種明光殿炎帝還書本艸經豈似滿朝承雨露共看傳〔賜〕出青冥香隨翠籠擎初重色炤銀盤瀉未停食罷自知無所報空然慙汗仰皇扃

早春呈水部張十八員外二首

天街小雨潤如酥艸色遥看近却無最是一年春好處絶勝烟柳滿皇都

其二

莫道官忙身老大即無年少逐春心憑君先到江頭看柳色如今深未深

讀張籍古樂府詩

張君何爲者業文三十春尤工樂府詩舉代少其倫爲詩意如何六義互鋪陳風雅比興外未嘗著空文讀君學仙詩可諷放佚君讀君董公詩可誨貪暴臣讀君商女詩可感悍婦仁讀君勤齊詩可勸薄夫淳上可裨教化舒之濟萬民下可理情性卷之善一身始從青衿歲迨此白髮新日夜秉筆

吟心苦力亦勤時無采詩官委棄如泥塵恐君百歲後滅沒人不聞願藏中秘書百代不湮淪願攜内樂府時得聞至尊言者志之苗行者文之根所以讀君詩亦知君爲人如何欲五十官小身賤貧病眼街西住無人行到門

贈張十八

諫垣幾見遷遺補憲府頻聞轉殿監獨有詠詩張太祝十年不改舊官銜

喜張十八博士除水部員外郎

老何殁後吟聲絶雖有郎官不愛詩無復篇章傳

道路空留風月在曹司長嗟博士官猶屈亦恐騷
人道漸衰今日聞君除水部喜於身得省郎時

江樓晚眺景物鮮奇吟翫成篇寄水部張員
外　杭州

澹煙疎雨間斜陽江色鮮明海氣凉蜃散雲収破
樓閣虹殘水焰斷橋梁風翻白浪花千片雁點青
天字一行好著丹青圖寫取題詩寄与水曹郎

雨中招司業宿

過夏衣香潤迎秋簟色鮮斜支花石枕臥詠蕊珠
篇泥濘非遊日陰沉好睡天能來同宿否聽雨對

牀眠

酬張十八訪宿見贈

昔我為近臣君嘗稀到門今我官職冷唯君来往
頻我受宥介性立為頑拙身平生雖寡合、即無
緇磷況君秉高義富貴視如雲五侯三相家眼冷
不見君問其所与游獨言韓舍人其次即及我、
愧非其倫胡為謬相愛歲晩逾勤勤落然頽簷下
一話夜逹晨牀單食味薄亦不嫌我貧日高上馬
去相顧猶逡巡長安久無雨日赤風昏、憐君將
病眼為我犯埃塵遠從延康里来訪曲江濵所重

君子道不獨愧相親

寄張十八

飢止一簞食渴止一壺漿出入止一馬寢興止一牀此外無長物於我有若亡胡然不知足名利心遑遑念茲彌懶放積習遂爲嘗經旬不出門竟日不下堂同病者張生貧僻住延康慵中每相憶此意未能忘迢迢青槐街相去八九坊秋來未相見應有新詩章早晚來同宿天氣轉清凉

答張籍因以代書

憐君馬瘦衣裘薄詩到江東訪鄙夫今日正閒天

又暖可能扶病暫來無

酬張大祝晚秋卧病見寄

高才淹禮寺短羽翔禁林西街居處遠北闕官曹深君病不來訪我忙難往尋差池終日别寥落經年心露湿緑蕪地月寒紅樹陰况茲獨愁夕聞彼相思吟上嘆言笑阻下嗟時歲侵容衰曉窓鏡思苦秋絃琴一章錦繡段八韻瓊瑶音何以報珍重慙無雙南金

曲江独行招張十八

曲江新歲後氷与水相和南岸犹殘雪東風未有

波偶遊身独自相憶意如何莫待春深去花時鞍
馬多
　酬韓侍郎張博士雨後遊曲江見寄
小園新種紅櫻樹閑遶花行便當遊何必更隨鞍
馬隊衝泥蹋雨曲江頭
　逢張十八員外籍
旅思正悠、相逢此道傍晚嵐林葉闇秋露草花
香白髮江城守青衫水部郎客亭同宿處忽似夜
歸鄉
　張十八員外以新詩二十五首見寄郡樓月

下吟翫通夕因題卷後封寄微之

秦城南省清秋夜江郡東樓明月時去我三千六百里得君二十五篇詩陽春曲調高難和淡水交情老始知坐到天明吟未足重封轉寄與微之

和令狐相公言懷寄河中楊少尹 劉賓客禹錫

章句慙非第一流世間才子昔陪遊吴宮已歎芙蓉死張司業詩云吳宮四面秋江水天青露白芙蓉死邊月空悲蘆管秋李尚書任向洛陽稱傲吏分司賓客白苦教河上領諸侯天平相公石渠甚對圖書老關外楊公安穩不

裴相公見示荅張祕書謝馬詩并群公屬和

因命追作

艸玄門巷少塵埃丞相并州寄馬來初自塞垣銜首着忽行幽徑破莓苔尋花緩轡威遲去帶酒垂鞭躞蹀回不畏王侯与詞客知輕富貴重清才

張郎中籍遠寄長句開緘之日已及新秋因本目前仰酬高韻

南宮詞客寄新篇清似湘靈促柱弦京邑舊遊勞夢想歷陽秋色正澄鮮雲銜日腳成山雨風駕潮頭入渚田對此獨吟還獨酌知音不見思蒼然

自昔名人勝士生平游歷之地世傳以爲美談

而物之經品題者一時亦為之增重錢塘之人以歐公不一來為恨東坡謂江山奇麗秀絕之氣常為能文者用西湖特公几案間一物所謂言有大而非誇者也唐張司業樂府世多傳罕有盡得其他詩者侍講司諫湯公獨表而出之司業所居里舊史略弗錄新史稱為和州烏江人未有質其居吳者司諫始訂而信之峻嘗誦司業詩有學者號韓張之句世無韓吏部不當在弟子列其磊、落、在人耳目者如此而遺風餘韻那人弗傳圖志弗載世之泯滅不少概

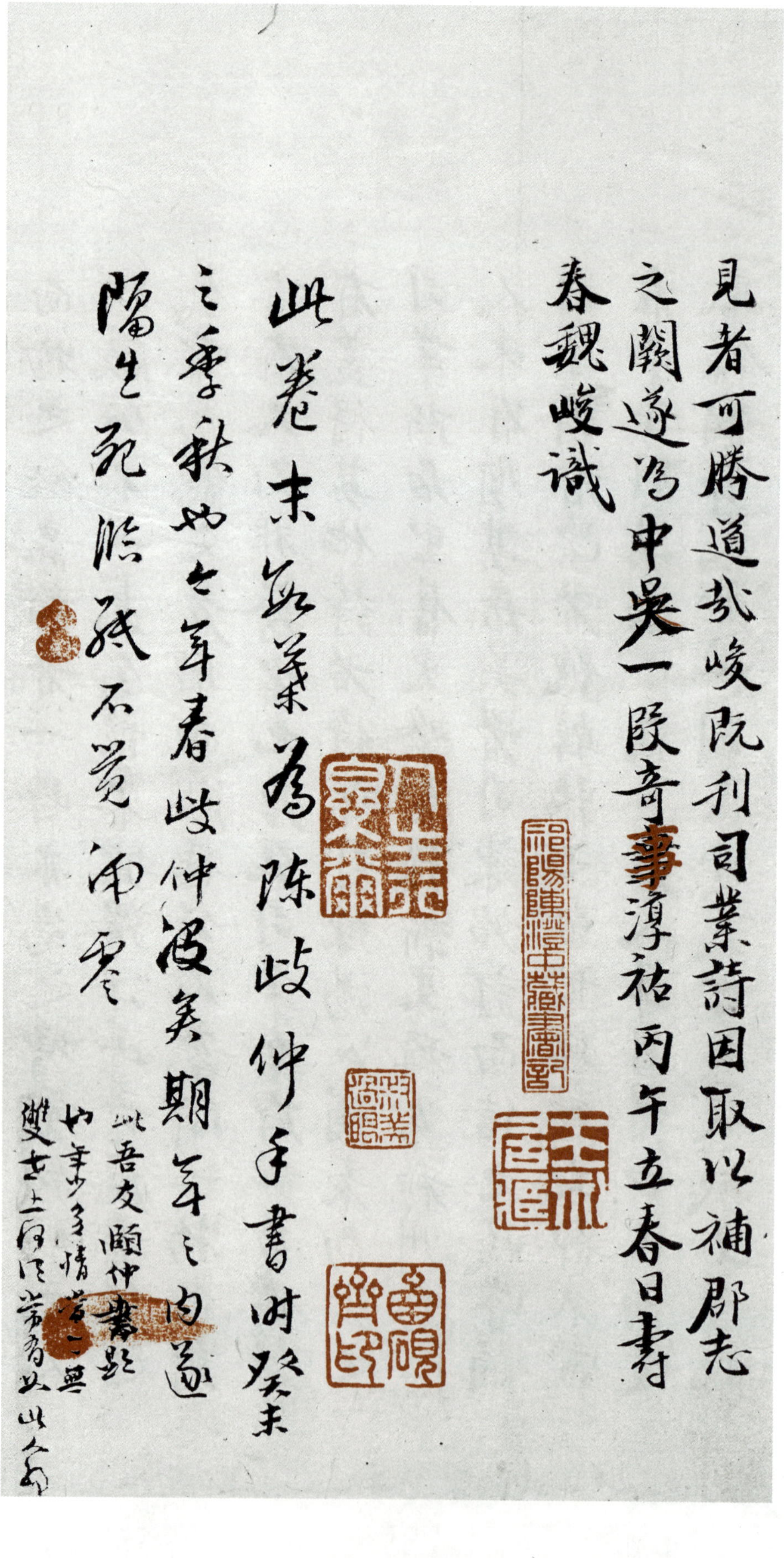
見者可勝道哉峻既刊司業詩因取以補郡志
之闕遂爲中吳一段奇事淳祐丙午立春日壽
春魏峻識

此卷宋葉爲陳政仲手書時癸未
之季秋也七年春政仲復奚期年之内遽
隔生死臨紙不覺雨零

張司業詩集余所藏三卷本係影宋本續又借試飲堂顧氏藏陸勅先手校本臨校一過頃書友以八卷本舊鈔者示余取對前本知八卷本爲勝方信顧本陸勅先跋以爲八卷本最勝者果不誣矣三卷本詩此皆有之而諸體中間有多於彼者此所以爲勝也其聯句拾遺附録皆八卷所録爲獨迥與三卷本不同矣至于古色古香人所共愛余又無庸贅言　嘉慶癸酉春三月三日復翁識

道光壬午秋試飲堂書散出余從坊間轉收得小種幾册陸手校本此張司業集在焉遂以余臨陸校本貼補坊友今後余所藏張集竟見成雙璧矣外此又有正德時河中劉成德增次本係分體編緝統爲一卷古色古香居然舊刻未嘗不可與此及陸校影宋而三也中秋前三日暑退涼生秋香滿院展閲一過頓覺塵俗一清蕘夫記

張司業集八卷本爲最勝席百家唐書本亦八卷即此後有
馮錢兩家跋可證也癸酉三月十二記

右二行爲黃蕘圃手書原色紙上語百家本適無此書
頤仲見馮定遠錢吟樵錄姓錢馮呼爲以友黃所謂
馮蓋以馮以歲豈己未七月晦日錄附書末并記如右

應階

此陳岐仲手書當從調後籍
第三行起至末計共十葉